MOEWIG

SCIENCE FICTION

Jack Vance

DER AZURNE PLANET

Herausgegeben und mit einem Nachwort
von Hans Joachim Alpers

MOEWIG

Titel der Originalausgabe: The Blue World
Aus dem Amerikanischen von Ronald M. Hahn

Umschlagillustration: Norma/Maroto
Umschlagentwurf und -gestaltung: Franz Wöllzenmüller, München
Redaktion: Hans Joachim Alpers
Verkaufspreis inkl. gesetzl. Mehrwertsteuer
Auslieferung in Österreich:
Pressegroßvertrieb Salzburg, Niederalm 300, A-5081 Anif
Printed in Germany 1981
Druck und Bindung: Mohndruck Graphische Betriebe GmbH, Gütersloh
ISBN 3-8118-3509-2

1

Die Zunftunterschiede verloren unter den Treibenden mehr und mehr von ihrer uralten Bedeutung. Die der Anarchisten und Zuhälter waren bereits gänzlich untergegangen, und eheliche Verbindungen zwischen Angehörigen der verschiedenen Zünfte waren keinesfalls mehr ungewöhnlich, insbesondere dann nicht, wenn beide Ehekandidaten Gruppierungen entstammten, deren sozialer Status miteinander vergleichbar war. Dennoch deutete nichts darauf hin, daß die Gesellschaft einem Chaos entgegensteuerte. Die Fassadenkletterer und Feuerwerker hielten an ihrer traditionellen Zurückhaltung fest, und was die Lockvögel anging, so brachte man ihnen noch immer zwar nur unterschwellig fühlbare, dessenungeachtet aber weitverbreitete Geringschätzung entgegen. Dort, wo die Zünfte in irgendeiner Verbindung zu Handel und Handwerk standen, funktionierten sie sogar mit unverminderter Leistungsfähigkeit. Die Hochstapler stellten die absolute Mehrheit derjenigen, die von den Weidenrutenbooten aus fischten, und obwohl die einstmals zahlreichen Raffer nur mehr aus einer Handvoll bestanden, bildeten sie die Mehrheit jener, die auf der Feenpflanze den Großteil der Färberarbeiten ausführten. Die Schwarzbrenner kochten nun Firnis, und die Beutelschneider zogen Zähne. Die Ehrabschneider beschäftigten sich mit der Schwammpfahlzucht und -ernte in den Lagunen, und die Tipgeber hatten die Nachrichtenübermittlung zu ihrem Monopol gemacht. Letztere Berufsbeziehung lieferte der Jugend auch den Grund für die ständig wiederkehrende Frage, welcher Begriff eher existiert habe, der des Tip- oder der des Signalgebers, woraufhin die Älteren stets dem Brauch gemäß antworteten: „Als das Weltraumschiff die Ersten auf diesen glückseligen Inseln ablud, befanden sich unter den zweihundert auch vier Tipgeber. Später, nachdem man die Türme gebaut und die Lampen installiert hatte, mußte sie irgend jemand bedienen, und es erschien ihnen als nur zweckdienlich, wenn dies von den Tipgebern übernommen würde. Es ist nicht unmöglich, daß sie bereits vor der großen Flucht in der äußeren Wildnis eine ähnliche Funktion ausgeübt haben, denn auch dort wird es hin und wieder Gelegenheiten gegeben haben, in denen man anderen Menschen mit Lampen Signale geben mußte. Ihre Zunftbezeichnung deutet jedenfalls darauf hin. Natürlich gibt es diesbezüglich noch viel, von dem wir nichts wissen, weil die Aufzeichnungen sich darüber ausschweigen oder doppelsinnig auslegbar sind.“

Ob die ehemaligen Tipgeber also aufgrund alter Erfahrungen in die Berufsgruppe der Signalgeber geraten waren oder nicht – fest stand jedenfalls, daß sie jetzt diejenigen waren, die jener seltenen Tätigkeit nachgingen, die der Übermittlung von Informationen diente, sei es nun als Gerüstmechaniker, Lampenanzünder oder vollausgebildeter Signalgeber.

Eine andere Zunft, die der Langfinger, konstruierte die Türme, die, im allgemeinen zwischen fünfundzwanzig und fünfunddreißig Meter hoch im Mittelpunkt, direkt über der Hauptwurzel der Seepflanze aufragten. Gewöhnlich standen sie auf vier miteinander verbundenen oder lamellenförmigen Füßen aus Weidenpfählen, die durch im Untergrund befindliche Löcher sechs bis acht Meter in die Tiefe reichten und dort auf den festen Stiel der Seepflanze trafen. Auf der Turmspitze war eine Kuppel angebracht. Ihre Wände bestanden aus Weidengeflecht und einem Dach aus lamellenartiger, gefirnister Bodenhaut. Rahnocken, die aus jeder Seite der Kuppel herausragten, stützten gitterförmige, jeweils aus zwei mal neun Lampen bestehende Vorrichtungen, die im Quadrat angeordnet waren und die dazugehörenden Kippmechanismen der Signaltücher enthielten. Vom Inneren der Kuppel aus erlaubten Fenster einen Ausblick über das Wasser bis zu den Nachbarplattformen hinüber. Durch sie konnte man ebenso die vierhundert Meter zwischen Leumar und Socialis wie die drei Kilometer zwischen Grünlicht und Edelranke überblicken.

Der Signalmeister saß an einer Schalttafel. Zu seiner Linken befanden sich neun Tasten, deren Kreuzverbindungen zu den Signaltüchern am Gitterwerk zu seiner Rechten führten. Auf die gleiche Weise kontrollierten die Tasten zu seiner Rechten die Signaltücher auf der linken Seite, und damit war jeder Begriff, den er sendete, von seinem Gesichtspunkt aus gesehen, identisch und brachte ihn nicht durcheinander. Tagsüber waren die Lampen erloschen, dann wurde ihre Funktion von weißen Scheiben übernommen. Der Signalgeber erzeugte die Begriffe, indem er mit der rechten und linken Hand schnelle Schläge austeilte und den Freigeber trat, woraufhin die Signaltücher der jeweiligen Lampen (oder Scheiben) weggeschnippt wurden oder sich senkten. Jede Signalstellung symbolisierte ein Wort; das Wissen um die einzelnen Symbole und die manchmal bemerkenswerte Gewandtheit der Signalgeber stellte somit ihr ganzes geistiges Kapital dar. Jeder Signalgeber kannte mindestens fünftausend Symbole, manche sogar sechs-, sieben-, acht- oder neuntausend. Die Seepflanzenbewohner konnten diese Symbole, die gegen den vehementen Protest der Schreiber ebenso zur Speicherung der Archive wie zu vielen anderen Zwecken der Kommunikation – von der öffentlichen Bekanntmachung bis hin zum allerneuesten Klatsch – benutzt wurden, mehr oder weniger gut lesen.[1)]

Auf Tranque, der am weitesten im Osten gelegenen Pflanzenplattform, wurde die Position des Signalmeisters von einem gewissen Zander Rohan eingenommen, der streng, alt und pedantisch war und über siebentausend Symbole beherrschte. Sein Erster Assistent Sklar Hast konnte fünftausend anwenden, kannte aber weitaus mehr, als man ihm bislang zu senden gestattet hatte. Außer ihm verfügte der Turm noch über zwei weitere Assistenten, drei Lehrlinge, zwei Gerüstmechaniker, einen Lampenanzünder und einen Mann für die Wartung der Weidenrutengewebe. Letzterer war ein Langfinger. Zander Rohan bediente den Turm von Sonnenuntergang bis in die

[1)] Die Orthographie war in den Anfangstagen entwickelt worden und unterlag einem ausgeklügelten System. Während die linke Lichtergruppe den Oberbegriff symbolisierte, bezeichnete die rechte die Einzelheit. So bedeutete das linksstehende Zeichen⁝⁚den Oberbegriff *Farbe*. Folglich war

Weiß ⁝⁝⁝ ·
Schwarz ⁝⁝⁝ .
Rot ⁝⁝⁝ ··
Orange ⁝⁝⁝ ⋱
Dunkelrot ⁝⁝⁝ ˙:
und so weiter.

späten Abendstunden hinein, denn das war die Zeit, in der Klatschgeschichten, Bekanntmachungen, Nachrichten und Angaben, die König Krakon betrafen, hauptsächlich zwischen der über achtzig Kilometer langen Linie der Pflanzenplattformen hin und her eilten.

Sklar Hast bediente die Anlage am Nachmittag. Wenn Zander Rohan in der Kuppel auftauchte, kümmerte er sich um die Apparaturen und beaufsichtigte die Lehrlinge. Obwohl er ein noch relativ junger Mann war, hatte Sklar Hast seinen Status aufgrund der einfachsten und unkompliziertesten Politik erhalten, die man sich nur vorstellen kann: Er strebte mit allergrößter Beharrlichkeit nach Vervollkommnung seiner Arbeit und versuchte den gleichen Standard auch an die Lehrlinge weiterzuvermitteln. Er war ein selbstbewußter und offener Mensch, der zwar nicht sonderlich leutselig, aber auch keinesfalls boshaft oder hinterlistig war, weder ein besonders ausgeprägtes Taktgefühl besaß noch mit herausragender Geduld ausgestattet war. Die Lehrlinge schätzten seine Direktheit zwar nicht sonderlich, aber sie respektierten ihn. Zander Rohan selbst sah in seinem Ersten Assistenten einen rechthaberischen Menschen, der im Umgang mit seinen Vorgesetzten – also ihm selbst – sich oft zuviel herausnahm. Sklar Hast störte weder der eine noch der andere Vorwurf. Zander Rohan mußte sich bald auf das Altenteil zurückziehen; dann würde er, Sklar Hast, sein Nachfolger und mithin selbst Signalmeister werden. Er hatte keine Eile; auf dieser stillen, ungetrübten, gleichförmigen Welt, in der die Zeit eher träge dahintrieb als floß, konnte man mit Eile nur wenig gewinnen.

Sklar Hast besaß eine kleine Plattform, die er ganz allein bewohnte. Es war nur ein herzförmiges Klümpchen aus schwammigem Material, das dreißig Meter durchmaß und im Norden der Lagune still und sanft vor sich hindümpelte. Die Hütte, die er bewohnte, entsprach dem allgemeinen Standard und bestand aus gebogenen und festgezurrten Weidenruten, die man mit Fetzen jener beinahe durchsichtigen Membrane überzogen hatte, die den Boden der Pflanzenplattform bildete. All das hatte man anschließend mit gut gealtertem Firnis abgedichtet, den man durch das Abkochen der Pflanzensäfte erhielt. Dies kam dadurch zustande, daß man die Säfte entwässerte und miteinander verschmolz.

Aber auch andere Gewächse gediehen auf dem schwammigen Gewebe des Untergrunds: Buschwerk; eine Hecke aus bambusartigen Stengeln, die Weidenruten von bester Qualität lieferte, und Epiphyten, die aus der Mittelachse der Seepflanze emporstrebten. Auf anderen Plattformen hätte man die Gewächse wahrscheinlich aufgrund von ästhetischen Erwägungen in Reih und Glied angeordnet, aber Sklar Hast waren derlei Dinge ziemlich schnurz, weswegen der Mittelpunkt seiner Pflanze auch aussah wie ein buntes Gewirr aus verschiedenen Wurzeln, Farnwedeln, Ranken und Zweigen, das in schwarzen, grünen und rostroten Farben leuchtete.

Sklar Hast sah sich selbst als glücklichen Menschen an, aber leider fiel in dieses Gefühl hin und wieder auch ein Wermutstropfen, denn die Fähigkeiten, die ihm Stellung, Prestige und Privatinsel eingebracht hatten, reichten dennoch nicht dazu aus, die ungeschriebenen Gesetze der Gesellschaft zu umgehen. Erst an diesem Nachmittag hatte er sich in einen Disput eingelassen, der alle grundsätzlichen Lebensprinzipien der Pflanzenvolk-Gemeinschaft miteinbezogen hatte. Jetzt saß er vor seiner Hütte auf einer Bank, schlürfte einen Becher Wein und sah zu, wie der lavendelblaue Sonnenuntergang über dem Ozean stattfand. Er brütete vor sich hin und dachte über die dickköpfige Sturheit von Meril, Zander Rohans Tochter, nach. Eine Brise versetzte das Wasser in leichte Wellenbewegungen und ließ den Untergrund kaum merklich schwanken. Sklar Hast holte tief Luft und fühlte, wie der Ärger sich löste und zu schwinden begann. Natürlich stand es Meril Rohan frei, zu tun, was sie wollte. Es war töricht, sich damit auseinanderzusetzen, ob sie nun mit ihm, Semm Voiderveg oder irgendeinem anderen eine Beziehung eingehen wollte. Die Dinge lagen nun einmal so und nicht anders, und wenn sich niemand das Maul darüber zerriß, warum sollte ausgerechnet er es tun? Damit war das Problem erledigt. Sklar Hast produzierte ein schwaches, bitteres Lächeln, denn ihm wurde klar, daß es ihm in diesem Fall unmöglich sein würde, seinen Prinzipien hundertprozentig treu zu bleiben . . .

Aber der Abend war viel zu lieblich und einschmeichelnd, als daß man jetzt dergleichen Probleme wälzen durfte. Wenn alles seinen richtigen Weg nahm, würden die Dinge ihren vorherbestimmten Verlauf nehmen. Als Sklar Hast auf den Horizont hinaussah, glaubte er in einem klaren Augenblick in die Zukunft zu sehen, die so weitgefächert und einleuchtend war wie das sich träumerisch ausbreitende Meer und der Himmel. Er würde sich einstweilen auf eines der Mädchen konzentrieren, die er gerade prüfte, und für immer der Privatsphäre entsagen, redete er sich sehnsuchtsvoll ein. Es gab keinen Grund zur Eile. Und was den Fall Meril Rohan anging . . . Aber nein. Sie geisterte nur deswegen in seinen Gedanken herum, weil sie in bezug auf Semm Voiderveg eine für seine Begriffe unnatürliche und starrsinnige Haltung einnahm. Es hatte keinen Sinn, daß er an ihr seine Zeit vergeudete.

Sklar Hast trank seinen Weinbecher leer. Ihm konnte es schließlich gleichgültig sein. Was sollte er nörgeln? Das Leben war schön. In der Lagune standen die Pfähle, an denen die saftigen, schwammähnlichen Organismen wuchsen, die – wenn man sie gereinigt, gerupft und gekocht hatte – das Hauptnahrungsmittel des Treibenden Volkes darstellten. Die Lagune selbst war voller schmackhafter Fische, die man mit Hilfe eines weitgespannten Netzes von den Raubfischen des Ozeans fernhielt, und es gab Unmengen von weiteren verfügbaren Nahrungsmitteln: die Sporen des Befruchtungsorgans der Seepflanze, die verschiedenartigen Ranken und Knollen und das köstliche Fleisch der Graufische, die die Hochstapler aus dem Ozean holten.

Sklar Hast genehmigte sich einen weiteren Becher Wein, lehnte sich zurück und sah zu den jetzt allmählich sichtbar werdenden Himmelskonstellationen hinauf. Auf halber Höhe fand er eine Ansammlung von fünfundzwanzig hellen Sternen. Von ihnen, so behauptete die Geschichte, waren einst seine Ahnen auf der Flucht vor größenwahnsinnigen Tyrannen gekommen. Zweihundert Personen, die den unterschiedlichsten Zünften angehörten, war es gelungen, das Weltraumschiff zu verlassen, bevor der unendliche Ozean es verschlungen und hinweggespült hatte. Jetzt, zwölf Generationen später, waren aus den zweihundert über zwanzigtausend geworden, die über mehr als achtzig Kilometer verstreut auf den Blättern der treibenden Seepflanzen lebten. Die Zünfte, so eifersüchtig man auch während der ersten Generationen über ihre Abgrenzung gewacht hatte, waren schließlich miteinander versöhnt worden, und jetzt vermischten sie sich sogar. Es gab kaum etwas, das den angenehmen Fluß des Lebens störte, und schon gar keinen harten oder beunruhigenden Störfaktor – wenn man von König Krakon absah.

Sklar Hast stand auf und wanderte an den Rand seines Blattes zu der Stelle, wo König Krakon erst vor zwei Tagen drei seiner Schwammpfähle abgerupft hatte. Sein Appetit wuchs von Jahr zu Jahr mit seinem Leibesumfang, und Sklar Hast fragte sich, wie groß er wohl noch werden würde. Ob es für ihn überhaupt eine Wachstumsgrenze gab? Solange er auf der Welt war, war König Krakon sichtlich gewachsen. Er maß nun etwas mehr als zwanzig Meter in der Länge. Sklar Hast warf einen Blick über den Ozean nach Westen, genau in die Richtung, aus der König Krakon im allgemeinen erschien. Er bewegte sich dabei mit langen Zügen seiner vier Schaufelglieder voran, was darauf hindeutete, daß der große, von grotesker Häßlichkeit beschaffene Anthropoid im Bruststil schwamm. Aber damit endete auch schon seine Ähnlichkeit mit dem Menschen, denn König Krakons Körper war der eines schwarzen Knorpelfisches und sah aus wie ein langer Zylinder, der auf einem wuchtigen Rechteck hockte, von dessen Ecken die Schaufeln abstanden. Der Zylinder, der den Hauptteil seines Körpers bildete, öffnete sich vorn zu einem mit vier Kinnbacken und acht Fühlern ausgerüsteten Maul und war auf der Hinterseite mit einem After versehen. Überragt wurde seine Gestalt von einem Turm, aus dem vier Augen glotzten, von denen zwei nach vorn und zwei nach hinten sahen. König Krakon war im Prinzip eine fürchterliche Vernichtungswaffe, aber glücklicherweise konnte man ihn in Schach halten, denn er liebte es, wenn man ihn mit ungeheuren Mengen von Schwämmen fütterte. Sobald sein Hunger gestillt war, verhielt er sich friedlich und beschädigte nichts. Im Gegenteil – er hielt die Umgebung von anderen räuberischen Exemplaren seiner eigenen Gattung sauber, indem er Eindringlinge entweder tötete oder prügelnd und schubsend in den Ozean hinausjagte, bis sie von Panik ergriffen das Weite suchten.

Sklar Hast kehrte zu seiner Bank zurück und setzte sich, um die vom Turm ausgesandten Signale besser im Auge behalten zu können, auf den Rand. Im Moment saß Zander Rohan hinter den Signaltüchern des Tranque-Turms; seine Handschrift war unverkennbar, denn sie zeichnete sich durch einen dermaßen abgehackt wirkenden Stil aus, daß sie beinahe schon hölzern wirkte. Wenn man ihn selbst fragte, so war seine Symbolgebung natürlich sauber und exakt, und seine Genauigkeit und Flexibilität entsprach genau der eines Signalmeisters. Aber seine Schnelligkeit hatte sich sichtlich verringert, da sein Zeitsinn nicht mehr der alte war; seine Signalgebung entbehrte nicht einer gewissen Sprödigkeit und konnte mit der eines Meisters auf der Höhe seiner Leistungsfähigkeit nicht mehr verglichen werden. Zander Rohan wurde alt. Sklar Hast wußte, daß er ihn jederzeit würde schlagen können, sollte er je auf die Idee kommen, den alten Mann demütigen zu wollen. Aber das war ungeachtet der ihm eigenen Unverblümtheit das letzte, was er zu tun wünschte. Aber – wie lange würde der alte Mann noch darauf bestehen, seiner Pflicht gerecht werden zu können? Gerade erst hatte er aus uneinsichtigen Gründen seinen Rückzug aus der Arbeitswelt hinausgeschoben – aus Eifersucht und Gehässigkeit, wie Sklar Hast annahm.

Die Antipathie, die Zander Rohan seinem Ersten Assistenten entgegenbrachte, beruhte auf einer ganzen Reihe von Ursachen, etwa auf Sklar Hasts kompromißlosem Verhalten, seiner Selbstsicherheit und professionellen Kompetenz – und außerdem war da noch die Sache mit seiner Tochter Meril. Vor fünf Jahren, als die Beziehungen zwischen den beiden Männern noch besser gewesen waren, hatte Rohan eine Reihe unverkennbarer Zaunpfahlwinke abgelassen, die andeuteten, daß Sklar Hast sich überlegen möge, ob Meril nicht die richtige Gefährtin für ihn sei. Jeder, der Herr seiner Sinne gewesen wäre, hätte diese Chance auf der Stelle beim Schopf ergriffen, denn Meril gehörte nicht nur seiner Zunft an und hätte als Tochter eines Signalmeisters seiner weiteren Karriere dienlich sein können, sondern sie war auch noch eine Elferin und entstammte mithin der gleichen Generation wie Sklar Hast selbst. Das war zwar nur von äußerem Belang, aber im allgemeinen galt eine solche Verbindung als erstrebenswert und einträglich. Und letztlich war Meril auf keinen Fall häßlich, auch wenn an ihrem Körper die Beine etwas zu stark dominierten und sie sich burschikoser Umgangsformen bediente.

Was Sklar Hast jedoch nachdenklich gemacht hatte, war Merils Unberechenbarkeit und ihr widernatürliches Verhalten. Wie die meisten Treibenden hatte sie zwar die Signalzeichen lesen gelernt, aber andererseits war sie auch in der Schnörkelschrift der Ersten ausgebildet worden. Und Sklar Hast, dessen Augen ganz auf die Genauigkeit und Eleganz der Signalzeichen fixiert waren, sah die andere Schreibweise als krakelig, schief und zweideutig an. Er fühlte sich von ihrem Mangel an Einheitlichkeit abgestoßen, und selbst wenn er sie als Leistung anerkannte, blieb er dennoch ein Verehrer des einmaligen und individuellen Schreibstils, der jeden Signalgeber vom anderen unterschied. Einmal hatte er Meril Rohan nach dem Grund gefragt, warum sie ausgerechnet diese Schrift erlerne. „Weil ich die Aufzeichnungen lesen will", hatte sie erwidert. „Und weil ich Schreiberin werden will."

Nun fand Sklar Hast zwar nichts Falsches an dieser Einstellung – er war der Ansicht, daß jeder auf seine Weise mit seinen Ambitionen fertig werden solle –, aber er war dennoch verwundert gewesen.

„Weswegen all diese Mühe?" hatte er gefragt. „Die Auszüge sind in Signalzeichen niedergeschrieben worden, und sie lehren uns das Wichtigste aus den Aufzeichnungen, da sie die Ungereimtheiten völlig außer acht lassen."

Meril Rohan hatte daraufhin in einer Art gelacht, die Sklar Hast Unbehagen verursachte. „Aber das ist es ja gerade, was mich interessiert! Die Absurditäten, die Widersprüche, die Anspielungen! Ich frage mich, was sie wohl bedeuten mögen!"

„Sie bedeuten, daß die Ersten eine verwirrte und mutlose Gruppe von Männern und Frauen waren."

„Was ich tun möchte", sagte Meril, „ist, eine völlig neue und sorgfältige Studie der Aufzeichnungen anzufertigen. Ich möchte alle Ungereimtheiten auflisten, sie zu verstehen und in eine Beziehung mit den anderen zu bringen versuchen, denn ich kann einfach nicht glauben, daß jene, die diese Passagen verfaßten, sie ebenfalls als Ungereimtheiten betrachtet haben."

Sklar Hast zuckte unschlüssig die Schultern. „Da fällt mir gerade ein, daß dein Vater andeutete, daß du eventuell geprüft werden möchtest. Wenn du willst, kannst du jederzeit auf meine Plattform kommen. Aber erst morgen früh – dann wird Coralie Vozelle gegangen sein."

Meril Rohan preßte in einer Mischung aus Amüsiertheit und

Verärgerung die Lippen aufeinander. „Mein Vater möchte mich verheiratet sehen, ohne darüber nachzudenken, ob ich mit seinen Plänen überhaupt einverstanden bin. Vielen Dank, aber im Augenblick liegt mir nichts ferner als der Gedanke, geprüft werden zu wollen. Meinetwegen kann sich Coralie auch noch eine Woche länger um dich bemühen. Von mir aus auch noch einen ganzen Monat.“

„Wie du willst“, sagte Sklar Hast. „Möglicherweise wäre es ja ohnehin nur verschwendete Zeit, da wir keine Seelengemeinschaft bilden.“

Kurz darauf hatte Meril Rohan Tranque verlassen, um sich auf die Schreiberakademie von Quatrefoil zu begeben. Sklar Hast hatte zwar keine Ahnung, ob sie aufgrund seiner Anspielung mit ihrem Vater gesprochen hatte, aber anschließend hatte sich das Verhalten von Zander Rohan ihm gegenüber merklich abgekühlt.

Und dann war Meril Rohan erwartungsgemäß mit ihren eigenen Abschriften der Aufzeichnungen nach Tranque zurückgekehrt. Die Jahre auf Quatrefoil hatten sie verändert. Sie war weniger sorglos, weniger überspannt, äußerte ihre Ansichten vorsichtiger und war beinahe hübsch geworden, obwohl sie noch immer lange Beine hatte und wenig Wert auf Kleidung und Umgangsformen legte.

Sklar Hast hatte ihr zweimal angeboten, sie zu prüfen. Bei der ersten Gelegenheit hatte sie ihm geistesabwesend einen Korb gegeben; bei der zweiten – und das war nur einen oder zwei Tage her – hatte sie ihn wissen lassen, daß Semm Voiderveg beabsichtigte, sich mit ihr ohne vorhergehende Prüfung zu verheiraten.

Sklar Hast erschien diese Neuigkeit nicht nur als unglaublich und aufrührerisch, sondern auch als unannehmbar. Semm Voiderveg aus der Zunft der Achtgroschenjungen war der Fürbitter Tranques und war, was sein Prestige anging, nur Ixon Myrex, dem Schiedsmann, untergeordnet. Aber nicht nur deshalb, fand Sklar Hast, war diese Verbindung unmöglich. Er wußte noch Dutzende von anderen Gründen und scheute sich nicht, sie aufzuzählen. „Er ist ein alter Mann – und du fast noch ein Kind! Er ist möglicherweise ein Achter, höchstens ein Neuner!“

„So alt ist er nun auch wieder nicht. Er ist zehn Jahre älter als du. Also ist er ein Zehner.“

„Ja, aber du bist eine Elferin – so wie ich ein Elfer bin!"

Meril Rohan schaute ihn an, legte den Kopf dabei in einer eigentümlichen Weise schief, und plötzlich wurde sich Sklar Hast schmerzlich all dessen bewußt, was ihm zuvor niemals aufgefallen war – des hellen Glanzes ihrer Haut, der Fülle ihrer Locken und des aufreizenden Charmes, den er einst für burschikoses Benehmen gehalten hatte und der nun etwas ganz anderes ausstrahlte.

„Pah!" murmelte er. „Ihr seid doch alle beide übergeschnappt; ihr werdet ein feines Paar abgeben. Er, weil er dich ohne Prüfung nimmt – und du, weil du dich freiwillig an den Haushalt eines Krakonfütterers kettest. Weißt du überhaupt, aus welcher Zunft er stammt? Er ist nichts anderes als ein Achtgroschenjunge!"

„Welch ein respektloses Benehmen!" fauchte Meril. „Semm Voiderveg ist immerhin unser Fürbitter!"

Sklar Hast maß sie mit einem finsteren Blick und versuchte herauszufinden, wie ernst es ihr war. Als Unterton ihrer Stimme glaubte er eine Leichtigkeit auszumachen, eine unterdrückte Beschwingtheit, die er nicht so recht zu interpretieren vermochte. „Na und?" fragte er. „Wenn du eins und eins zusammenzählen kannst, ist der Krakon nichts anderes als ein Fisch. Ein großer Fisch, zugegeben. Dennoch erscheint es mir närrisch, wegen eines Fisches derartige Zeremonien zu veranstalten."

„Wenn es sich wirklich nur um einen gewöhnlichen Fisch handeln würde", sagte Meril Rohan, „wären deine Argumente stichhaltig. Aber König Krankon ist weder ein Fisch, noch ist er gewöhnlich. Er ist außergewöhnlich."

Sklar Hast grunzte enttäuscht. „Und du willst noch immer diejenige sein, die nach Quatrefoil ging, um Schreiberin zu werden? Was, glaubst du, wird Voiderveg von deinen unorthodoxen Ideen halten?"

„Ich weiß nicht." Meril Rohan machte eine Bewegung mit dem Kopf. „Mein Vater will, daß ich heirate. Als Gattin des Fürbitters habe ich Zeit zum Abfassen meiner Untersuchung."

„Entsetzlich", sagte Sklar Hast und machte sich davon. Meril Rohan zuckte die Achseln und ging ihrer eigenen Wege.

Den ganzen Morgen lang brütete Sklar Hast über dieser Sache; später am Tag suchte er dann Zander Rohan auf. Der Mann war so groß wie er selbst und nannte einen dichten Büschel weißen Haars, einen gleichfarbenen, gepflegten Bart und ein Paar durchdringender grauer Augen sein eigen. Seine Hautfarbe war von einem ferkelhaften Rosa. Zander Rohan verhielt sich ruhig, aber Sklar Hast wußte, daß er zu plötzlich auftretenden Wutausbrüchen von außerordentlicher Grobheit neigte. Alles was Meril von ihrem Vater hatte, war die Farbe ihrer Augen.

Da Sklar Hast nichts von diplomatischer Vorgehensweise hielt, sagte er offen heraus: „Ich habe mit Meril gesprochen. Sie hat mir erzählt, du verlangst, daß sie Voiderveg heiratet."

„Ja", erwiderte Zander Rohan. „Und was geht dich das an?"

„Das wäre für Meril keine gute Partie. Du kennst doch Voiderweg. Er ist ein hohlköpfiger, aufgeblasener, rechthaberischer, egoistischer . . ."

„Ich verbitte mir das!" donnerte Zander Rohan. „Immerhin ist er der Fürbitter von Tranque! Meiner Tochter kann gar keine größere Ehre widerfahren, als von ihm geprüft zu werden!"

„Hmmm." Sklar Hast zog die Augenbrauen hoch. „Mir hat sie erzählt, daß er auf eine Prüfung verzichten will."

„Was das betrifft, kann ich dazu nichts sagen. Wenn er wirklich dazu bereit ist, ist die Ehre um so größer."

Sklar Hast holte tief Luft und rang sich zu einer festen Entscheidung durch. „Ich will sie heiraten", knurrte er. „Und zwar ebenfalls ohne Prüfung. Das wäre besser für sie."

Rohan wich zurück. Seine Lippen teilten sich zu einem höhnischen Grinsen. „Weshalb sollte ich meine Tochter einem Signalgeberassistenten geben, wenn sie einen Fürbitter haben kann? Und dann auch noch ausgerechnet an einen, der glaubt, er sei sich eigentlich viel zu schade für sie?"

Sklar Hast schluckte seinen Ärger hinunter. „Ich bin Signalgeber, ebenso wie sie. Willst du sie etwa mit einem Achtgroschenjungen vermählen?"

„Welchen Unterschied macht das schon? Er ist immerhin Fürbitter!"

„Ich will dir sagen, welchen Unterschied das macht", erwiderte Sklar Hast. „Der Kerl hat keine Fähigkeiten außer der, um die Gunst eines Fisches zu betteln. Ich bin der Erste Assistent eines Signalmeisters, nicht nur ein Assistent. Und meine Fähigkeiten kennst du sehr gut."

Zander Rohan preßte die Lippen zusammen und schüttelte heftig und mit abrupten Bewegungen den Kopf. „Ich kenne nicht nur deine Fähigkeiten, sondern darüber hinaus auch noch einiges andere, das nicht gerade für dich spricht. Wenn du danach strebst, deine handwerklichen Qualitäten zu vervollkommnen, dann solltest du die Tasten ein wenig genauer bedienen und weniger Umschreibungen benutzen. Wenn du ein Wort senden mußt, das du nicht kennst, laß es mich wissen, dann bringe ich es dir bei."

Sklar Hast mußte sich anstrengen, um die wütenden Worte, die in seiner Kehle aufwallten, zurückzuhalten. Aufgrund der ihm eigenen Direktheit hatte er jedes Mal einen harten Kampf mit sich auszufechten, wenn man ihn auf diese Weise ansprach und behandelte. Fest in Zander Rohans Augen blickend, überprüfte er die momentane Lage. Wenn er sein Gegenüber jetzt herausforderte, war Zander Rohan gezwungen, seine Stellung zu verteidigen. Es erschien ihm beinahe, als würde der alte Mann es darauf anlegen. Warum, das war Sklar Hast unklar, und der einzige Grund, den er sich vorzustellen vermochte, war die persönliche Antipathie, die sie gegeneinander hegten. Einst waren Wettbewerbe dieser Art an der Tagesordnung gewesen, aber heute wurden sie immer seltener, da der Verlust einer hohen Position ihren Inhaber auch von der Last der Verantwortung befreite. Sklar Hast hatte nicht die Absicht, den Signalmeister aus seiner Position zu verdrängen, denn ihm selbst lag ebensowenig daran, auf eine solche Weise ausgebootet zu werden . . . Er wandte sich um, ignorierte das verächtliche Schnaufen Zander Rohans und ließ ihn einfach stehen.

Am Fuß des Turms hielt er an und starrte niedergeschlagen und geistesabwesend zu Boden. Ein paar Schritte nur trennten ihn von Zander Rohans mit drei Domen ausgestatteter, geräumiger Hütte, vor der Meril unter einem mit Süßquasten verzierten Sonnendach saß und die Helligkeit ausnutzte, um weiße Tücher zu weben, womit sie einer Freizeitbeschäftigung frönte, der alle weiblichen Pflanzenbewohner von der Kindheit bis zum hohen Alter nachgingen. Sklar Hast stellte sich an den niedrigen Zaun aus Weidengeflecht, der Rohans Besitz vom öffentlichen Weg trennte. Meril gab, obwohl sie ununterbrochen weiterwob, mit einem kleinen Lächeln zu erkennen, daß sie seine Gegenwart registriert hatte.

Mit der angemessenen Zurückhaltung sagte Sklar Hast: „Ich habe gerade mit deinem Vater gesprochen. Ich habe gegen die geplante Heirat zwischen dir und Voiderveg Einspruch erhoben und erklärte ihm, daß *ich* dich heiraten würde.“ Er wandte sich um und warf einen Blick über die Lagune. „Und zwar ohne Prüfung.“

„Tatsächlich? Und was sagte er dazu?“

„Er sagte nein.“

Ohne einen Kommentar abzugeben, fuhr Meril mit ihrer Beschäftigung fort.

„So wie die Situation ist, ist sie jedenfalls untragbar“, fuhr Sklar Hast fort, „aber das ist natürlich nur zu typisch für dieses abgelegene und rückständige Gebiet. Auf Apprise oder Sumber würde man sich darüber schieflachen.“

„Wenn du dich hier unglücklich fühlst“, warf Meril in einem leicht spöttisch klingenden Tonfall ein, „warum gehst du dann nicht einfach anderswo hin?“

„Das würde ich tun, wenn ich es könnte – am liebsten würde ich von diesen ganzen Pflanzenplattformen überhaupt nichts mehr sehen! Ich würde zu den fernen Welten hinausfliegen, wenn ich nicht wüßte, daß es dort noch viel verrückter zugeht als hier.“

„Lies die Aufzeichnungen und finde selbst heraus, wie es dort ist.“

„Hmmm. Nach zwölf Generationen könnte sich dort eigentlich allerlei verändert haben. Aber was die Aufzeichnungen angeht, so sollten sie denjenigen überlassen bleiben, die über zuviel Freizeit verfügen. Welchen Grund sollte ich haben, in der Asche der Vergangenheit herumzustochern? Die Schreiber sind auch nicht mehr wert als die Fürbitter. Wenn ich's mir recht überlege, geben Semm Voiderveg und du vielleicht doch ein passendes Paar ab. Während er König Krakon um seine Gunst anwinselt, könntest du die tollsten Schlüsse aus den Aufzeichnungen ziehen.“

Meril unterbrach ihre Webarbeit und warf einen finsteren Blick auf ihre Hände. „Weißt du, daß ich genau das tun werde?“ Sie stand auf und näherte sich dem Zaun. „Vielen Dank, Sklar Hast!“

Sklar Hast sah sie mißtrauisch an. „Meinst du das im Ernst?“

„Aber sicher. Oder kennst du mich etwa als Witzereißerin?“

„Ich bin mir nie ganz sicher gewesen . . . Was sollte man mit neuen Erkenntnissen aus den Aufzeichnungen überhaupt anfangen? Stimmt mit den alten etwas nicht?“

„Wenn man aus einundsechzig Aufzeichnungsbänden drei mit Auszügen macht, muß man zwangsweise einen Großteil der Informationen wegfallen lassen.“

„Andeutungen, Doppeldeutigkeiten und privater Kleinkram! Konnte man daraus jemals Lehren ziehen?“

Meril Rohan schürzte die Lippen. „Gerade die Ungereimtheiten sind es, die die Sache interessant machen. Trotz der Verfolgungen, denen die Ersten ausgesetzt waren, drücken die Aufzeichnungen aus, daß sie es bedauerten, ihre Heimatwelten verlassen zu haben.“

„Es muß unter den Verrückten schließlich auch ein paar Gesunde gegeben haben“, erwiderte Sklar Hast schlagfertig. „Aber was soll das? Zwölf Generationen sind vergangen; es kann sich mittlerweile alles geändert haben. Wir selbst haben uns geändert – und nicht gerade zum Besseren hin. Unser ganzes Denken wird nur noch von Bequemlichkeit und Wohlstand geprägt. Hauptsache, wir sind satt, leiden keinen Durst und haben es angenehm. Glaubst du etwa, die Ersten hätten sich dazu herabgelassen, einem Meeresungeheuer zu huldigen und nach seiner Pfeife zu tanzen, wie es dein zukünftiger Gatte macht?“

Meril warf einen Blick über Sklar Hasts Schulter hinweg. Sklar Hast drehte sich um und sah den Fürbitter Semm Voiderveg, der mit verschränkten Armen hinter ihm stand und in wütender Manier das Kinn vorgeschoben hatte. Er war ganz der Mann, den er repräsentierte: erwachsen, stattlich, aber nicht direkt fettleibig, obwohl seine regelmäßigen Gesichtszüge rundlich wirkten. Er hatte eine reine und gesunde Haut und braune, magnetisch wirkende Augen.

„Das sind außerordentlich freche Bemerkungen über einen Fürbitter“, sagte Semm Voiderveg vorwurfsvoll. „Auch wenn du so über seine Persönlichkeit denkst, verlangt sein hohes Amt doch dementsprechenden Respekt!“

„Hohes Amt?“ fragte Sklar Hast. „Was tust du denn schon?“

„Ich leiste Fürbitte für die Bewohner von Tranque und sichere für jeden von uns die Gunst König Krakons."

Sklar Hast lachte hämisch. „Ich frage mich, ob du selbst an diesen ganzen theoretischen Quatsch glaubst."

„Theorie ist ein ungenaues Wort", behauptete Semm Voiderveg. „Ich würde Begriffe wie Wissenschaft oder Lobpreisung bevorzugen." Mit kalter Stimme fuhr er fort: „Die Tatsachen sind unumstößlich. König Krakon beherrscht den Ozean und leiht uns seinen Schutz; zum Dank dafür geben wir ihm gerne einen Anteil unseres Überflusses. Jedem Gläubigen müßte das klar sein."

Die Diskussion rief bereits die Aufmerksamkeit einiger anderer aus dem Treibenden Volk hervor. Bereits jetzt waren sie von einem Dutzend Menschen umgeben, die ihnen aufmerksam zuhörten.

„Alles was mir klar geworden ist", sagte Sklar Hast, „ist, daß wir weich und ängstlich geworden sind. Die Ersten würden sich entsetzt von uns abwenden, wenn sie sehen könnten, wie weit es mit uns gekommen ist. Anstatt uns selbst zu beschützen, bestechen wir ein Ungeheuer, diese Arbeit zu erledigen."

„Genug!" bellte Semm Voiderveg in plötzlich eiskalter Wut. Er wandte sich Meril zu, deutete auf die Hütte ihres Vaters und schrie: „Hinein – damit du nicht das Geschwätz dieses Menschen mit anhören mußt! Das ist also ein Signalgeber-Assistent! Es ist kaum zu glauben, daß er es geschafft hat, so schnell in seiner Zunft aufzusteigen!"

Mit einem eher als matt einzustufenden Lächeln drehte Meril sich um und kehrte in die Hütte zurück. Ihre Unterwürfigkeit erstaunte Sklar Hast nicht nur, sondern entsetzte ihn geradezu.

Mit einem letzten aufgebrachten Blick folgte Semm Voiderveg ihr.

Sklar Hast wandte sich ab und steuerte auf die Lagune zu, hinter der seine eigene Plattform auf dem Wasser dümpelte. Einer der Männer, die stehengeblieben waren, schrie: „Einen Augenblick, Sklar Hast! Glaubst du ernsthaft, daß wir uns selbst beschützen könnten, wenn König Krakon sich dazu entschlösse, uns zu verlassen?"

„Na klar", erwiderte Sklar Hast entschieden. „Wir könnten uns zumindest darum bemühen! Die Fürbitter wollen keine Veränderungen – warum sollten sie auch?"

„Du bist ein Aufrührer, Sklar Hast!" kreischte eine schrille weibliche Stimme aus den hinteren Reihen der Gaffer. „Ich kenne dich, seit du ein kleiner Junge warst, und du hast dich immer schon unnatürlich aufgeführt!"

Sklar Hast bahnte sich einen Weg durch die Umstehenden und ging durch den Sonnenuntergang auf die Lagune zu, von wo aus er mit seinem Weidenrutenboot übersetzte.

Er betrat seine Hütte, genehmigte sich einen Becher Wein und ging wieder hinaus, um sich auf die Bank zu setzen. Der sternenbefleckte Himmel und die Kühle des Wassers beruhigten ihn bald, und es dauerte nicht lange, bis er begann, sich über seine eigene Vorgehensweise zu amüsieren – bis er die paar Schritte zu den Schwammpfählen hinüber machte, die König Krakon leergefressen hatte. Sofort flackerte die Wut wieder in ihm auf.

Er beobachtete eine Zeitlang die Lichtsignale. Mehr denn je wurde ihm klar, daß Zander Rohan abgewirtschaftet hatte. Als er sich von den Lichtsignalen abwandte, bemerkte er am Rande des unter Wasser aufgespannten Netzes ein leichtes Rucken. Ein schwarzer Körper, der von leuchtenden Flecken des vom Sternenlicht erhellten Wassers umgeben wurde, machte sich dort zu schaffen. Sklar Hast begab sich an den Rand seiner Pflanze und bemühte sich, mit freiem Auge die Dunkelheit zu durchdringen. Es war keine Frage: Ein kleinerer Krakon prüfte die Festigkeit des Netzes, das die Nahrunglagune Tranques vom Ozean abschirmte!

2

Sklar Hast rannte los, sprang in sein Weidenrutenboot und ruderte dem Hauptblatt entgegen. Er ließ sich gerade so viel Zeit, um das Boot an einem dem menschlichen Oberschenkelknochen nachgebildeten Haltpunkt festzumachen, dann eilte er mit Höchstgeschwindigkeit dem Signalturm entgegen. Eineinhalb Kilometer westlich leuchteten die Lampen von Thrasneck auf, und die Symbole, die den unmißverständlichen Stil des dort lebenden Signalmeisters Durdan Farr widerspiegelten, verbreiteten die folgende Nachricht: „. . .*Dreizehn . . . Scheffel . . . Salz . . . gingen . . . verloren . . . aufgrund . . . eines Lecks . . . das . . . sich . . . eine . . . Barke . . . zwischen . . . Sumber . . . und . . . Edelranke . . . zuzog . . .*"

Sklar Hast kletterte die Leiter hinauf und stürmte in die Kuppel. Zander Rohan fuhr überrascht herum und war einem Wutanfall nahe, als er ihn erkannte. Seine rosafarbene Gesichtsfarbe verdunkelte sich, seine Lippen wurden zu schmalen Strichen. Sklar Hast hatte sogar den Eindruck, als sträube sich das schlohweiße Haar des Mannes und reagiere unabhängig von der fraglos vorhandenen Wut seines Besitzers. Flüchtig verschwendete Sklar Hast einen Gedanken daran, daß Zander Rohan in der Zwischenzeit bereits mit Semm Voiderveg gesprochen haben konnte. Er zweifelte nicht daran, daß der Grund für diese mögliche Unterhaltung in seiner ureigensten Person zu suchen war, aber jetzt ging es um Wichtigeres. Er deutete auf die Lagune hinaus. „Ein Räuber versucht, das Netz zu zerreißen! Ich habe ihn gerade erst ausgemacht. Du mußt König Krakon rufen!"

Zander Rohan vergaß auf der Stelle seinen persönlichen Verdruß und sendete das Unterbrechungssignal. Dann schlugen seine Finger auf die Tasten, und er trat den Freigeber. „. . .*Wir . . . rufen . . . König . . . Krakon*", signalisierte er. „. . .*Ein . . . Räuber . . . ist . . . in . . . die . . . Lagune . . . von . . . Tranque . . . eingedrungen!*"

Von Thrasneck aus übermittelte Durdan Farr die Botschaft nach

Bickle weiter, von wo aus sie nach Sciona und in den fernen Westen ging. Schließlich kam von dort eine Antwort zurück: „... *König ... Krakon ... ist ... nirgendwo ... aufzutreiben.*" Es dauerte ganze zwölf Minuten, bis die Nachricht endlich auf Tranque registriert wurde.

Sklar Hast hatte ihr Eintreffen allerdings nicht abgewartet, sondern war die Leiter hinuntergeklettert und lief zur Lagune zurück. Der Krakon hatte inzwischen ein Teil des Netzes zerrissen, sich halb durch das Loch geschoben und weidete den nächstliegenden Schwammpfahl ab. Sklar Hast bahnte sich einen Weg durch die Menge, die dem Schauspiel ehrfürchtig beiwohnte. „He! Ho!" schrie er und wedelte mit den Armen. „Verschwinde, du Ausgeburt der Finsternis!"

Der Krakon ignorierte ihn, setzte sein Mahl mit einer geradezu beleidigenden Langsamkeit fort und stopfte einen der delikaten Schwämme nach dem anderen in sein klaffendes Maul. Sklar Hast hob einen schweren, verkrüppelten Auswuchs des Seepflanzenstammes auf und schleuderte ihn gegen den aus dem Wasser ragenden Kopfturm der Bestie, wobei er eines der vorderen Glotzaugen traf. Der Krakon zuckte zusammen und begann gereizt seine Schaufeln zu bewegen. Die Treibenden murmelten furchtsam etwas vor sich hin, aber einige brachen auch in ein gelöstes Gelächter aus. „Das ist die einzige Sprache, die ein Krakon versteht!" rief Irvin Belrod, ein erfahrener alter Lockvogel, aus. „Verpaßt ihm noch einen!"

Sklar Hast nahm einen zweiten Knüppel, aber irgend jemand fiel ihm in den Arm. Es war Semm Voiderveg, der mit scharfer Stimme sagte: „Welchen Verbrechens hast du vor, dich zu befleißigen?"

Sklar Hast riß sich los und sagte: „Mach die Augen auf, dann wirst du es sehen." Er wandte sich dem Krakon zu, aber Voiderveg verstellte ihm den Weg. „Was du praktizierst, ist Ketzerei! Hast du unserem Glauben abgeschworen? König Krakon hat hierüber allein zu Gericht zu sitzen, also überlaß ihm das Urteil! Damit fertig zu werden, ist allein sein Recht!"

„Und in der Zwischenzeit zerreißt dieses Vieh unser Netz, nicht wahr? Schau!" Sklar Hast deutete über das Wasser nach Thrasneck hinüber, dessen Signalturm gerade eine Nachricht übermittelte: *„König ... Krakon ... ist ... nirgendwo ... zu ... finden."*

Semm Voiderveg nickte steif. „Ich werde alle Fürbitter verständigen, damit sie mir bei der Suche nach König Krakon behilflich sind."

„Behilflich? Wie denn? Indem ihr über euren Köpfen Laternen schwenkt?"

„Sorge du dich nur um die Signalgebung", sagte Semm Voiderveg mit der kältesten Stimme, zu der er fähig war. „König Krakon geht allein die Fürbitter etwas an."

Sklar Hast wandte sich von ihm ab, schleuderte den zweiten Knüppel und traf das Ungeheuer am Maul, woraufhin es ein wütendes Zischen ausstieß, mit den Schaufeln um sich schlug und das Netz zerriß, das nun in der Lagune versank. Dann verharrte der Fisch. Er war etwa fünf Meter lang.

„Sieh, was du jetzt angerichtet hast!" heulte Semm Voiderveg aufgebracht. „Bist du nun zufrieden? Jetzt ist das Netz kaputt, daran gibt es nichts zu deuteln."

Alle wandten sich nun um, um den Krakon im Auge zu behalten, der nun seine Schaufeln schwang und das Wasser durchpflügte. Er wirkte wie die Karikatur eines Menschen, der sich im Brustschwimmen übte. Das Sternenlicht tanzte und hüpfte über dem aufgewühlten Wasser und zeigte deutlich an, wo sich der Krakon aufhielt. Sklar Hast stieß einen lauten Wutschrei aus, denn jetzt wurde ihm klar, daß das Vieh sich genau auf jene Schwammpfähle zubewegte, zwischen denen erst kürzlich noch König Krakon selbst gewildert hatte. Seine eigenen! Er rannte auf sein Boot zu und ruderte zu seiner Plattform hinüber. Der Krakon hatte bereits seine Fühler ausgestreckt und tastete die Pfähle ab. Sklar Hast suchte nach einem Gegenstand, der ihm als Waffe dienlich sein konnte, aber es gab nichts, das sich ihm anbot. Alles, was er fand, waren ein paar Schmuckartikel aus Menschenknochen, ein hölzerner Eimer und eine aus Fasern gewebte Matte.

Gegen seine Hütte gelehnt stand ein Bootshaken, dessen Griff beinahe drei Meter lang und aus einem sorgfältig geradegebogenen, enthäuteten und getrockneten Pflanzenstengel hergestellt worden war. Seine Spitze bildete eine hakenförmig bearbeitete menschliche Rippe. Er nahm ihn an sich und hörte im gleichen Augenblick die von der Hauptplattform herüberdringende Stimme Semm Voidervegs schreien: „Sklar Hast! Was hast du vor?"

Sklar Hast schenkte ihm keine Beachtung, sondern rannte auf den Rand seiner Plattform zu und drosch unter Aufbietung aller Kraft auf den Turm des Krakons ein. Das Biest wehrte sich mit einem heftigen Schlag eines Fühlers. Der Bootshaken prallte ab. Sklar Hast packte ihn erneut und konzentrierte seine Körperkraft auf die verwundbarste Stelle des Tieres: die weiche Fläche der Fühlerenden gleich über dem Maul. Hinter sich hörte er Semm Voiderveg zu einem brüllenden Protestgeschrei ansetzen: „Unter keinen Umständen darfst du das tun! Aufhören! Aufhören!"

Der Krakon zuckte unter dem ersten Schlag zusammen und drehte seinen massiven Turmkopf, um Sklar Hast anzustarren. Dann hob er eine seiner Vorderschaufeln und schlug aus. Er verfehlte Sklar Hast, der reaktionsschnell zurückgesprungen war, nur um wenige Zentimeter. Auf der Hauptplattform schrie Semm Voiderverg wie am Spieß: „Einen Krakon darf man unter keinen Umständen belästigen! Das ist eine Sache, die ganz allein dem König gebührt! Und dessen Autorität müssen wir respektieren!"

Als der Krakon seine Mahlzeit fortsetzte, schaute Sklar Hast ihm mit zunehmender Besorgnis zu. Als wollte das Tier ihn für seine Behinderung strafen, trieb es ganz nahe an die Pfähle heran, bearbeitete sie mit seinen Schaufeln und – da sie lediglich aus fiberummantelten Pflanzenstengeln bestanden – zerbrach sie. Sklar Hast stöhnte auf. „Genau das hast du auch verdient!" schrie Semm Voiderveg mit sich überschlagender Stimme zu ihm hinüber. „Du hast dich in die Rechte von König Krakon eingemischt. Jetzt sind deine Schwammpfähle zerbrochen. Das ist die ausgleichende Gerechtigkeit!"

„Gerechtigkeit?" brüllte Sklar Hast. „Ich pfeife darauf! Wo ist er denn jetzt, dein feiner König Krakon, dieses gefräßige Monstrum, das wir ständig füttern? Wo steckt er jetzt, da wir ihn brauchen?"

„Ich muß doch sehr bitten!" schnaubte Semm Voiderveg. „In einem solchen Tonfall spricht man doch nicht über König Krakon!"

Sklar Hast tastete sich durch die Schatten, lehnte den Bootshaken wieder gegen die Hüttenwand und stellte dabei fest, daß der Knochen abgebrochen war und eine scharfe Spitze hinterlassen hatte. Er nahm ihn erneut an sich und schleuderte ihn mit aller Macht gegen das erstbeste Auge der Bestie. Die Spitze glitt an der halbrunden Linse ab und bohrte sich in das danebenliegende Gewebe. Der Krakon machte einen Buckel, der ihn plötzlich zweimal so groß erscheinen ließ, wie er tatsächlich war, machte einen Luftsprung, fiel klatschend wieder ins Wasser zurück und verschwand geräuschvoll im Nichts. Wellen wurden gegen die Lagune gespült, schlugen gegen die Plattform und verliefen sich. Dann war alles still.

Sklar Hast ging zu seinem Weidenrutenboot, ruderte zur Hauptplattform hinüber und kehrte zu der Gruppe zurück, die noch immer am Rand stand und ins Wasser starrte.

„Ist er tot?" fragte Morgan Resley, ein Hochstapler mit ziemlich gutem Ruf.

„Leider nicht", brummte Sklar Hast. „Aber beim nächsten Mal . . ."

„Beim nächsten Mal ist *was*?" verlangte Semm Voiderveg zu wissen.

„Beim nächsten Mal bringe ich ihn um."

„Und was ist mit König Krakon, dem derlei Dinge zu regeln ganz allein zusteht?"

„König Krakon kümmert es nicht im geringsten, was wir tun oder nicht tun", sagte Sklar Hast. „Ihn interessiert nämlich nur eines: daß wir, nachdem wir schon eimal den Versuch unternommen haben, einen Krakon selbst zu töten, ihn vielleicht demnächst mit ganz anderen Augen ansehen könnten."

Semm Voiderveg stieß ein röchelndes Geräusch aus, warf die Arme in die Luft, wandte sich um und eilte hastigen Schrittes von dannen.

Poe Belrod, der den Rang des Ältesten der Belrod-Sippe einnahm, obwohl Irvin ihn noch um einige Jahre überragte, fragte: „Glaubst du wirklich, man könnte einen Krakon töten?"

„Ich weiß es nicht", gab Sklar Hast zurück. „Ich habe bis jetzt nicht einmal darüber nachgedacht."

„Es sind zähe Biester." Poe Belrod schüttelte unschlüssig seinen mächtigen Kopf. „Und außerdem würden wir uns damit den Zorn von König Krakon auf den Hals laden."

„Man sollte darüber nachdenken", sagte Sklar Hast.

Tinmons Valby aus der Zunft der Wucherer sagte: „Wie sollte

König Krakon überhaupt davon erfahren? Er kann schließlich nicht überall zugleich sein."

„Er erfährt es; er erfährt alles!" behauptete ein furchtsamer alter Feuerwerker. „Es geht uns doch gut hier. Wir dürfen nicht übermütig werden und uns selbst erhöhen. Damit würden wir nur Kummer auf uns laden. Erinnert euch an Kilborns Spruch aus den Aufzeichnungen: Hochmut kommt vor dem Fall!"

„Na schön, aber dann sollten wir uns auch an Baxters Ausspruch erinnern: Den Aufrechten wird niemals Böses widerfahren, wenn sie den Teufeln Manieren beibringen!"

Einen Augenblick lang stand die Gruppe in schweigender Stille da und schaute über die Lagune. Der Krakon kehrte allerdings nicht zurück.

„Er ist unter Wasser verschwunden", sagte Morgan Resley, der Hochstapler.

Allmählich verstreuten sich die Leute. Einige kehrten zu ihren Hütten zurück, andere strebten der Taverne entgegen, die in einem langen Gebäude untergebracht und mit Tischen, Bänken und einer Theke ausgestattet war, an der man Wein, Saft, Gewürzkuchen und Pfefferfisch bekommen konnte. Sklar Hast schloß sich der letzteren Gruppe an, verhielt sich aber trotz der Diskussionen, die sich mit dem Ereignis des heutigen Abends auseinandersetzten, ruhig. Dem Anschein nach gab es unter den Männern niemanden, der den Krakon liebte, aber angesichts der Methoden, mit denen man ihn bekämpfen konnte, gingen die Ansichten doch weit auseinander. Einige stellten die Vorgehensweise Sklar Hasts zumindest in Frage. Jonas Serbano aus der Zunft der Fassadenkletterer war der Meinung, daß Sklar Hast ein wenig zu übereilt gehandelt habe. „Bei allen Vorhaben dieser Art, die König Krakon betreffen, sollten wir uns vorher miteinander beraten. Die Erfahrung, die manche von uns der Sache beisteuern können, darf, angesichts noch so großen Mutes anderer und ungeachtet der Provokation, der diese ausgesetzt wurden, nicht unterbewertet werden."

Die Augen der Anwesenden richteten sich auf Sklar Hast, aber der gab keine Antwort, was dazu führte, daß einer der jüngeren Belrods bemerkte: „Das hört sich ja alles sehr schön an, aber in der Zeit, die wir damit verbringen, uns durch die Debatten zu kämpfen, sind unsere Schwammpfähle längst abgeerntet."

„Besser einen Schwammpfahl verlieren, als das Risiko eingehen, König Krakon zu verärgern!" erwiderte Jonas Serbano beleidigt. „Die See und alles, was sich in ihr bewegt, ist sein Reich, und wir durchqueren sie auf eigene Gefahr!"

Der junge Garth Gasselton, der ursprünglich der alten Zunft der Wucherer angehörte, nun aber den Beruf eines Bodenabziehers ausübte, warf mit dem idealistischen Eifer der Jugend ein: „Wenn wir den Möglichkeiten, die sich uns bieten, entsprechend leben würden, wären wir längst die Herren der ganzen Welt. Alles würde uns gehören: die Plattformen, die Lagunen – selbst die See! Auch die Schwammpfähle wären dann unser Eigentum, und wir hätten uns vor niemandem mehr zu verbeugen!"

Auf der anderen Seite des Raumes saß an einem Tisch Ixon Myrex. Er war der Schiedsmann der Tranque-Plattform, ein Mann von großer körperlicher Kraft und hoher moralischer Reife. Bis zu diesem Augenblick hatte er der Diskussion schweigend zugehört und den Kopf in den Händen verborgen gehalten, um anzuzeigen, daß er nicht gestört zu werden wünschte. Nun aber stand er langsam auf und warf dem jungen Garth Gasselton einen strafenden Blick zu. „Du sprichst, ohne nachzudenken. Sind wir denn so allmächtig, daß wir nur noch mit der Hand zu winken brauchen, um alles unserem Befehl zu unterwerfen? Du solltest dir darüber klar werden, daß unsere Bequemlichkeit und die Tatsache, daß wir keinen Hunger zu leiden brauchen, nicht natürlich gewachsen sind, sondern Schätze einer Natur sind, die wir nicht hervorgerufen haben. Kurz gesagt: Wir existieren nur dank der Gnade von König Krakon – das sollten wir niemals vergessen!"

Der junge Gasselton blickte beschämt auf seinen Saftbecher, aber den alten Irvin Belrod konnte man auf diese Art nicht so schnell besänftigen. „Ich will dich an etwas erinnern, das du vergessen zu haben scheinst, Schiedsmann Myrex. König Krakon ist das, was er ist, weil wir ihn dazu gemacht haben. Ganz am Anfang war er ein stinknormaler Krakon, der vielleicht nur ein wenig größer und schlauer war als die anderen. Das, was er heute ist, ist er, weil jemand den Fehler begangen hat, ihn zu füttern. Und jetzt, nachdem man den

Fehler einmal begangen hat, garantiere ich dir, daß König Krakon gelernt hat, daß wir ihn füttern, wenn er uns dafür die kleinen Räuber vom Halse hält. Aber wo, frage ich dich, soll das alles enden?“

Wall Bunce, ein alter Langfinger, der seit einem Absturz vom Gerüst des Signalturms verkrüppelt war, hob schulmeisterhaft einen Finger und sagte: „Vergeßt nicht Cardinals Ausspruch aus den Aufzeichnungen: Wer immer bereit ist, ein Opfer darzubringen, muß damit rechnen, daß sich jemand findet, der es auch tatsächlich annimmt.“

Jetzt betraten Semm Voiderveg und Zander Rohan die Taverne. Sie nahmen neben Ixon Myrex Platz und repräsentierten damit die drei einflußreichsten Männer von Tranque. Nachdem Ixon Myrex Voiderveg und Rohan begrüßt hatte, wandte er sich Wall Bunce zu. „Bevor du mich mit Zitaten aus den Aufzeichnungen bearbeitest, solltest du daran denken, daß ich dir gleichermaßen antworten kann: Der größte Narr ist der, der nicht weiß, wie gut es ihm geht!“

„Na gut“, konterte Bunce. „Ich kenne auch noch einen guten Spruch: Wenn du während eines Boxkampfes die Hände in den Taschen läßt, bleiben sie zwar warm, aber dafür bekommst du eine blutige Nase!“

Ixon Myrex schob zornig das Kinn vor. „Ich habe keine Lust, den ganzen Abend hindurch mit dir Zitate auszutauschen, Wall Bunce.“

„Das scheint mir kein gutes Argument zu sein, um einen Rückzug zu motivieren“, stichelte Irvin Belrod.

„Das sollte auch gar kein Argument sein“, erwiderte Ixon Myrex unbeholfen. „Es geht hier nämlich um Dinge von grundsätzlicher Bedeutung, und alles, was mit ihnen zusammenhängt, betrifft das Wohlergehen von Tranque und der anderen Plattformen. Eine Sache wie diese hier kann man einfach nicht von zwei Gesichtspunkten aus betrachten!“

„Moment, Moment!“ protestierte ein junger Schreiber. „Auf diese Art lassen wir uns aber nicht überfahren! Daß jeder von uns das Wohlergehen und den Wohlstand Tranques im Auge hat, steht wohl außer Frage. Das einzige, was uns voneinander unterscheidet, ist die Tatsache, daß wir den Begriff ‚Wohl‘ anders definieren.“

Ixon Myrex sah sein Gegenüber finster an. „Das Wohlergehen von

Tranque ist gar nicht so schwer zu definieren", sagte er. „Alles was wir brauchen, ist genügend Nahrung und den gebührenden Respekt für diejenigen Einrichtungen, die weise Männer in der Vergangenheit geschaffen haben."

Semm Voiderveg sah über die Köpfe der Anwesenden hinweg und sagte gestelzt: „Heute abend kam es zu einem erschreckenden Vorfall, den ein Mann auslöste, der eigentlich besser wissen müßte, wie man sich zu verhalten hat. Es ist mir einfach unmöglich nachzuvollziehen, wie jemand dem Glauben verhaftet sein kann, in derart hochmütiger Weise eine Entscheidung zu fällen, die dem Wohlergehen ganz Tranques schaden kann."

Das konnte Sklar Hast natürlich nicht kommentarlos hinnehmen. Er lachte sarkastisch und erwiderte: „Was deinen Glauben angeht, so verstehe ich ihn jedenfalls gut genug. Wenn König Krakon nicht da wäre, müßtest du arbeiten wie jeder andere. Du hast dir ein Pöstchen verschafft und kannst nicht riskieren, daß sich hier irgend etwas verändert; deswegen kann es dir auch egal sein, wie oft wir den Rücken krumm machen und uns demütigen lassen müssen."

„Den Rücken krumm machen? Wer muß das denn? Und Demütigungen hinnehmen? Du wagst es, diesen Begriff in Zusammenhang mit mir, Schiedsmann Myrex oder Signalmeister Rohan zu gebrauchen? Ich versichere dir, daß sich keiner von uns gedemütigt fühlt, und ich bin der festen Ansicht, daß die beiden meine Feststellung nur unterstreichen können!"

Sklar Hast grinste. „Es gibt ein Sprichwort, das alles ausdrückt, was ich darauf entgegnen möchte: Wenn dir der Schuh paßt, zieh ihn dir an!"

Zander Rohan schrie plötzlich: „Das ist der Gipfel! Sklar Hast, du entehrst deine Zunft und deinen Ruf! Ich habe leider keinen Einfluß darauf, die Privilegien, die dir durch deine Geburt verliehen wurden, rückgängig zu machen, aber glücklicherweise bin ich Zunftmeister! Ich versichere dir, daß deine Karriere als Signalgeber beendet ist!"

„Pah", sagte Sklar Hast näselnd. „Und aus welchen Gründen?"

„Wegen charakterlicher Verworfenheit!" brüllte Zander Rohan. „Das steht in den Satzungen unseres Berufsbildes, wie du wissen dürftest!"

Sklar Hast musterte Zander Rohan mit einem langen, prüfenden Blick. Dann seufzte er und fällte eine Entscheidung.

„In unserem Berufsbild steht ebenso, daß man nur so lange Zunftmeister sein kann, solange man von niemandem an Können überflügelt wird. Ich stelle hiermit nicht nur dein Recht in Frage, Urteile über deine Untergebenen abzugeben, sondern ebenso deinen Rang als Zunftmeister."

Man hätte in diesem Moment eine Stecknadel fallen hören können. Mit brüchiger Stimme fragte Zander Rohan: „Du glaubst also, du könntest mich überflügeln?"

„Zu jeder Zeit; bei Tag und bei Nacht."

„Und warum triffst du diese prahlerische Feststellung erst jetzt?"

„Wenn du die Wahrheit unbedingt erfahren willst: Ich wollte dich nicht demütigen."

Zander Rohan knallte beide Fäuste auf die Tischplatte. „Na schön. Wir werden ja sehen, wer von uns gedemütigt wird. Komm, wir gehen zum Turm!"

Sklar Hast zog überrascht die Augenbrauen hoch. „Hast du es so eilig?"

„Du hast gesagt, du seist dazu bereit; bei Tag und bei Nacht."

„Wie du willst. Wer wird unseren Wettkampf überwachen?"

„Schiedsmann Myrex natürlich. Wer noch?"

„Schiedsmann Myrex wird genügen, vorausgesetzt, wir haben genügend Leute, die die Zeit messen und die Fehler notieren."

„Ich empfehle Semm Voiderveg, denn er liest mit außerordentlicher Gewandtheit."

Sklar Hast deutete auf einige andere Anwesende, Personen, von denen er wußte, daß sie über gute Augen verfügten und ausgezeichnete Signalzeichenleser waren. „Rubal Gallager – Freiherz Noe – Herlinger Showalter. Ich empfehle diese drei, um Fehler zu notieren."

Zander Rohan erhob keinen Einwand; daraufhin erhoben sich sämtliche Anwesenden und marschierten zum Turm hinaus.

Der Raum unterhalb des Turms war von einem Zaun aus Weidengeflecht umgeben, den man mit Unterbodenhaut abgedichtet hatte. Auf der untersten Ebene befand sich ein Schuppen mit Übungsmaschinen, auf der zweiten lag das Lager, in dem Signaltücher für Ersatzzwecke, Öl für die Lampen, Verbindungsleinen und Aufzeichnungen aufbewahrt wurden. Die dritte und vierte Ebene beherbergten die Unterkünfte der Lehrlinge, Signalassistenten vom Dienst und der für die Gerüstwartung zuständigen Langfinger.

Zander Rohan und Sklar Hast betraten die erste Ebene. Ihnen folgten diejenigen, die sich als Schiedsrichter zu betätigen gedachten, und zehn oder zwölf andere; so viele, wie der Schuppen aufnehmen konnte. Lampen wurden angezündet und Bänke zurückgeschoben. Damit die Luft nicht zu schnell schlecht wurde, öffnete man die Fenster.

Zander Rohan wandte sich der neueren der beiden Übungsapparaturen zu, ließ die Finger über die Tasten sausen und bediente den Freigeber. Er runzelte die Stirn, schob die Lippen ein wenig vor und ging dann zu der älteren Maschine hinüber, die zwar eingespielter und leichter zu handhaben war, aber auch über mehr Spiel verfügte. Dann gab er den Lehrlingen, die von der zweiten Ebene herabstarrten, einen Wink. „Bringt Öl. Schmiert die Verbindungsteile. Ist dies die Art, wie ihr mit den Maschinen umgeht?“

Die Lehrlinge beeilten sich, ihm zu gehorchen.

Sklar Hast ließ seine Finger über die Tasten beider Maschinen gleiten und entschloß sich dazu, die neuere zu nehmen, falls man ihm die Wahl ließ. Zander Rohan strebte dem Ende des Raumes entgegen, wo er sich im Flüsterton mit Ixon Myrex und Semm Voiderveg unterhielt. Schließlich kehrten sie alle drei zurück und musterten Sklar Hast, der teilnahmslos abwartete. Die Feindseligkeit, die im Raum hing, war beinahe zu riechen.

Ixon Myrex und Semm Voiderveg wandten sich Sklar Hast zu. „Hast du irgendwelche Bedingungen oder Ausnahmen anzubringen?“

„Sagt mir, wie der Wettkampf aussehen soll“, erwiderte Sklar Hast, „dann sage ich euch, ob ich irgendwelche Bedingungen stelle oder Ausnahmen durchsetzen möchte.“

„Was wir vorhaben, ist in keiner Weise ungewöhnlich. Wir wollen einen Test durchführen, der demjenigen ähnlich ist, wie er im Jahr von Waldemars Antrieb während des Turniers von Aumerge veranstaltet wurde.“

Sklar Hast nickte kurz. „Vier Auszüge aus den Aufzeichnungen also?"

„Genau."

„Welche Auszüge?"

„Lehrlingsübungen wären vielleicht am besten, aber ich glaube nicht, daß Meister Rohan in ihnen noch sehr bewandert ist."

„Ebensowenig wie ich. Lehrlingsübungen dürften demnach das beste sein."

„Wir haben vor, nach der Turnierbeurteilung vorzugehen. Das beste Ergebnis wird mit fünfzig multipliziert, das zweitbeste mit dreißig, das drittbeste mit zwanzig, das schlechteste mit zehn. Das stellt sicher, daß der besten Leistung das größte Gewicht zukommt."

Sklar Hast dachte nach. Dieses System der Beurteilung tendierte dazu, die Leistung eines nervösen oder fehlerhaft arbeitenden Signalgebers zu bevorzugen, während der gleichmäßiger und ausgeglichener arbeitende Konkurrent ins Hintertreffen geriet. Unter den gegebenen Umständen machte das aber keinen großen Unterschied, denn weder er noch Zander Rohan gehörten zu denjenigen, deren Arbeitsgeschwindigkeit uneinheitlich war. „Ich bin einverstanden. Wie sieht es mit den Fehlern aus?"

„Jeder orthographische oder Tippfehler wird mit drei Sekunden Zeitabzug geahndet."

Sklar Hast erklärte sich auch damit einverstanden. Man diskutierte noch eine Weile darüber, wie ein Fehler beschaffen sein mußte, um als solcher zu gelten, über einige technische Probleme und die Frage, wie gemachte Fehler notiert und in Beziehung zur Funktionsweise der Zeituhr gebracht werden sollte.

Schließlich waren alle möglichen Unklarheiten beseitigt, und die Texte wurden ausgewählt. Dabei handelte es sich um die Übungen 61, 62, 63 und 64, die allesamt aus den Auszügen, der dreibändigen komprimierten Form der einundsechzig Aufzeichnungen, stammten.

Bevor man sich jedoch an die Maschinen begab, setzte Zander Rohan die Augengläser auf, die er erst seit kurzem trug, zwei Linsen aus durchsichtiger Folie, die in ein Gestell aus Weidenstöckchen eingegossen waren. Dann las er sich die Übungen erst einmal durch. Sklar Hast tat es ihm gleich, obwohl er aufgrund seiner Arbeit mit den

Lehrlingen mit ihnen vertraut war. Auf die Frage, welche Maschine die Konkurrenten zu bedienen wünschten, wählten beide die neuere, und man kam überein, die Übungen nacheinander auszuführen. Zander Rohan machte deutlich, daß er es vorzog, wenn Sklar Hast den Anfang machte.

Sklar Hast setzte sich hinter die Maschine, breitete die Übung 61 vor sich aus, knetete seine gebräunten Finger, probierte die Tastatur und die Tretknüppel aus. Am anderen Ende des Raumes saßen die Schiedsrichter, während Schiedsmann Myrex die Uhr überwachte. Im gleichen Moment glitt die Eingangstür auf, und Meril Rohan betrat den Raum.

Zander Rohan machte eine abwehrende Geste, aber Meril ignorierte sie. Fürbitter Voiderveg runzelte daraufhin finster die Stirn und hob mahnend einen Finger, aber auch das schien sie kalt zu lassen. Sklar Hast, der kurz in ihre Richtung schaute, stellte sich, als ihre Blicke sich trafen, die Frage, ob sie jetzt wohl wütend, verunsichert oder einfach nur amüsiert war. Egal, für ihn machte es keinen Unterschied.

„Fertig", rief Ixon Myrex. Sklar Hast beugte sich leicht vor und brachte seine Finger in Stellung. „Anfangen!"

Sklar Hasts Finger rasten über die Tastatur, und seine Füße betätigten den Freigeber. Die erste Wortstellung, die zweite, die dritte. Er sendete gleichmäßig und gelöst und ließ die Geschwindigkeit seinem natürlichen Muskelrhythmus folgen.

. . . selbst wenn wir die Möglichkeit hätten, mit unseren Heimatwellen Kontakt aufzunehmen: Ich frage mich, ob wir es tun würden. Abgesehen von der unausweichlichen Verfolgung, der wir daraufhin ausgesetzt sein würden (was wiederum an unserer einmaligen Vergangenheit liegt) – weswegen dies nur eine hypothetische Frage bleiben kann –, haben wir hier etwas erreicht, das keiner von uns zuvor je gekannt hat: einen Sinn für das, was sich im besten Falle vielleicht als soziale Anpassung bezeichnen läßt. Im großen und ganzen kann man sagen, daß wir auf den Blättern der Seepflanzen unser Glück gefunden haben. Natürlich existiert auch in uns ein gewisses Heimwehgefühl sowie das der Rückbesinnung und des schmerzlichen Bedauerns – wer

könnte ihnen schon entgehen? Aber wäre dies auf Neu-Ossining nicht genauso gewesen? Diese Frage ist von uns in aller Länge und Breite ausgiebig diskutiert worden, ohne daß wir zu einem Ergebnis gelangt wären. Tatsache ist, daß wir offenbar alle bereit sind, der neuen Wirklichkeit unseres Lebens mit einer Gleichmut und Ausgeglichenheit ins Gesicht zu sehen, die anfangs keiner von uns auch nur für möglich gehalten hätte.

„Fertig!" rief Sklar Hast. Ixon Myrex überprüfte die Uhr.

„Einhundertsechsundvierzig Sekunden."

Sklar Hast lehnte sich zurück und stand auf. Eine gute Zeit, wenn auch nicht gerade berauschend – aber auf keinen Fall eine Spitzenleistung. „Fehler?" fragte er.

„Keine Fehler", erwiderte Rubal Gallager.

Die Normalzeit für diesen Text betrug einhundertzweiundfünfzig Sekunden, was ihm einen Punktevorteil von 6/162 oder 3,95 minus einbrachte.

Zander Rohan nahm hinter der Maschine Aufstellung und sendete auf das Signal der Schiedsrichter hin die Botschaft in seinem üblichen abgehackten Stil hinaus. Sklar Hast beobachtete sein Tun aufmerksam. Es hatte den Anschein, als arbeitete er etwas schneller als sonst.

Zander Rohans Zeit betrug einhundertfünfundvierzig Sekunden. Auch er machte keine Fehler, also stand seine Punktzahl bei 4,21 minus. Mit einem angedeuteten Lächeln machte er Sklar Hast Platz.

Sklar Hast warf Meril aus den Augenwinkeln einen Blick zu, der keinen anderen Zweck verfolgte als den, seine Neugier zu befriedigen.

Er breitete die Übung 62 vor sich aus. Ixon Myrex gab das Zeichen, und im gleichen Moment begannen Sklar Hasts Finger auch schon zuzuschlagen. Erst jetzt fühlte er sich auf der Höhe seiner Kraft. Seine Finger arbeiteten wie kleine Stempel.

Die Übung 62 war wie die vorhergehende ein Auszug aus den Aufzeichnungen von Eleanor Morse:

Wir haben viele hundert Male diskutiert, was nach meinen Begriffen der erstaunlichste Aspekt unserer neuen Gemeinschaft geworden ist: das Gefühl des gegenseitigen Vertrauens, die Tatsache, daß wir zusammen-

arbeiten und uns füreinander verantwortlich fühlen. Wer hätte sich je vorstellen können, daß eine bunt zusammengewürfelte Gruppe wie die unsere, in der jeder Vertreter eine andere Mentalität aufzuweisen hat (ob sie angeboren oder anerzogen wurde, will ich dahingestellt sein lassen), sich zu einem dermaßen ordentlichen, hilfreichen und kameradschaftlichen Gemeinwesen entwickeln kann? Unser gewählter Anführer ist – wie ich selbst – ein Raffer. Einige unserer unentwegtesten und aufopferungsvollsten Arbeiter sind vorher entweder dasselbe oder Klöpper und Achtgroschenjungen gewesen. Jetzt wäre es unmöglich, auf ihre Vergangenheit zu schließen. Die Situation ist natürlich nicht völlig spannungsfrei, aber wir haben unsere alten Angewohnheiten und Verhaltensweisen zu einem erstaunlich hohen Maß abgestreift, da wir in einem positiven Sinn an einem Leben teilnehmen, das großartiger ist, als wir es uns jemals vorzustellen vermochten. Für die meisten von uns ist es so, als wäre ihnen eine verlorene Jugend zurückgegeben worden; eine Jugend, die sie nie gekannt haben.

„Fertig!" rief Sklar Hast.

Ixon Myrex hielt die Uhr an.

„Die Zeit: einhundertzweiundachtzig Sekunden. Normzeit: zweihundert Sekunden. Fehler: keine."

Damit hatte Sklar Hast solide neun Punkte zu seinen Gunsten herausgeschlagen. Zander Rohan nahm hinter der Apparatur Aufstellung und sendete in einem schnellen, aber nervösen Stakkato den gleichen Text hinaus. Er benötigte einhunderteinundneunzig Sekunden dafür und machte dabei mindestens zwei Fehler. Rubal Gallager und Herlinger Showalter behaupteten weiterhin, ein Symbolstraucheln bemerkt zu haben, was für die Anrechnung eines dritten Fehlers gelangt hätte, aber Freiherz Noe hatte nichts davon gesehen, und sowohl Semm Voiderveg als auch Ixon Myrex beeilten sich zu versichern, daß gerade diese Wortstellung einwandfrei aus der Maschine gekommen sei. Trotzdem – mit einem Abzug von sechs Sekunden schmolz Zander Rohans Zeit auf einhundertfünfundachtzig zusammen, mit einem Ergebnis von 15/200 oder 7,5 Prozent minus.

Nachdenklich wandte sich Sklar Hast der dritten Übung zu. Wenn es ihm jetzt gelang, einen größeren Vorteil herauszuholen, war es von hoher Wahrscheinlichkeit, daß Zander Rohans Nerven versagten und er seinen Teil der Übung völlig vermasselte.

Er nahm seine Position ein. „Los!“ schrie Ixon Myrex. Und wieder jagten Sklar Hasts Finger über die Tasten. Diese Übung war ein Auszug aus den Aufzeichnungen von Wilson Snyder, einem Mann, dessen zunftmäßige Herkunft im dunkeln lag:

Es sind jetzt beinahe zwei Jahre vergangen. Niemand wagt mehr zu bezweifeln, daß wir eine erfindungsreiche Gruppe sind. Ständige Bereitschaft, tüftlerische Fähigkeiten und Improvisationskunst, das sind unsere Charakteristiken. Oder, wie unsere Verleumder es vielleicht ausdrücken würden: Bauernschläue. Na gut, meinetwegen. Es gibt allerdings auch einen Zug, der uns allen (mehr oder weniger) gleichsam zueigen ist: ein entwickelter Hang zur Resignation. Vielleicht ist auch Fatalismus das richtige Wort, aber das liegt an Umständen, die außerhalb unserer Kontrolle liegen. Auf jeden Fall können wir mit diesem Hang zum Fatalismus das Leben leichter ertragen als eine vergleichbare Gruppe von, sagen wir Musikern, Wissenschaftlern oder sogar Türschließern. Nicht etwa, daß diese Berufe in unserer kleinen Horde keine Repräsentaten hätten: Jora Alvan ist eine ausgezeichnete Flötenspielerin, und James Brunet war Physikprofessor an der Südwest-Universität, Howard Gallager ein hoher Polizeioffizier. Und ich selbst . . . Aber nein, ich will mein Gelübde nicht vergessen. Nichts über meine eigene Vergangenheit. Bescheidenheit? Ich wünschte, ich könnte davon so viel erringen wie nur eben möglich!

„Fertig!“ Sklar Hast holte tief Luft und wandte sich von der Maschine ab. Er sah Zander Rohan nicht an, denn dies wäre ihm als ein Akt absoluter Boshaftigkeit erschienen. Er hatte die Maschine nämlich so schnell bedient, wie es ihre technischen Möglichkeiten erlaubten. Kein derzeit lebender Mensch hätte schneller gewesen sein können als er. Es war einfach nicht möglich, einen noch schnelleren Signalrhythmus anzuschlagen.

Ixon Myrex überprüfte die Uhr. „Die Zeit: einhundertzweiundsiebzig Sekunden“, meldete er zögernd. „Normzeit . . . Hier muß ein Irrtum vorliegen. Zweihundertacht?“

„Zweihundertacht ist korrekt", sagte Rubal Gallager trocken. „Und er hat keine Fehler gemacht."

Ixon Myrex und Semm Voiderveg kauten wütend auf ihren Unterlippen herum. Freiherz Noe gab die Punktezahl bekannt: 36/208 – oder ein bemerkenswertes 17,3 minus!

Zander Rohan trat mutig vor und baute sich hinter der Maschine auf. „Los!" rief Ixon Myrex mit einer Stimme, die vor Spannung beinahe überkippte. Zander Rohans einst schnelle, nun jedoch steif gewordenen Finger huschten über die Tasten, aber sein einst sorgfältiger Rhythmus war nur noch ein Schatten seiner selbst. Die Umstehenden wagten sich nicht zu rühren. Sie warteten gebannt auf das Ergebnis.

Schließlich sagte Zander Rohan: „Fertig."

Ixon Myrex sah auf die Uhr. „Zweihundert Sekunden."

„Und zwei Fehler", gab Semm Voiderveg bekannt. Rubal Gallager wollte etwas sagen, überlegte es sich dann jedoch anders. Er hatte mindestens fünf Fehler bemerkt und war der Ansicht, daß jeder einigermaßen begabte Beobachter sie ebenfalls hätte registrieren müssen – sogar Zander Rohan selbst. Aber der Wettkampf war auch so schon eindeutig entschieden worden. Zweihunderteins Sekunden zuzüglich sechs Abzugspunkte gaben Zander Rohan ein Ergebnis von 1/208 oder 0,48 Prozent minus.

Die vierte Übung war ein Auszug aus den Aufzeichnungen von Hedwig Swin, die es wie Wilson Snyder bevorzugt hatte, nichts über ihre Herkunft zu erzählen.

Ixon Myrex stellte mit zitternden Fingern die Uhr ein und stieß den Startruf aus. Sklar Hast begann mit der Arbeit und sendete, ohne sich groß anzustrengen. Sein Text floß in einem stetig gleichbleibenden Strom:

Welch angenehme, schöne Welt! Eine Welt mit hervorragendem Klima und unvergleichlicher Schönheit, eine Welt, die nur aus Wasser und Himmel besteht und meinem begrenztem Wissen zufolge nicht einmal einen Quadratzoll an Landmasse aufweist. Auf der Äquatorlinie, wo die Seepflanzen wachsen, muß der Ozean verhältnismäßig seicht sein, obwohl es uns noch nicht gelungen ist, seine genaue Tiefe auszuloten.

Diese Welt wird ganz bestimmt nicht von den Narben einer industriellen Zivilisation bedeckt werden, was mich ganz besonders freut. Und dennoch würde ich, wenn ich ganz ehrlich bin, ein oder zwei Fleckchen Erde willkommen heißen: einen soliden Berg etwa, umgeben von Felsbrocken und bewachsen mit Bäumen, deren Wurzeln tief in den Erdboden greifen, oder ein Bächlein, ein paar Wiesen und Felder und einen Obstgarten. Aber Bettler können nun einmal nicht wählerisch sein, und verglichen mit unserem ursprünglichen Bestimmungsort ist diese Welt geradezu das Paradies.

„Fertig!"

Ixon Myrex sagte kurz und bündig: „Die Zeit: einhunderteinundvierzig. Normzeit: einhundertsechzig."

Damit war Zander Rohan aus dem Rennen. Um zu gewinnen, hätte er wenigstens ein Ergebnis von fünfundzwanzig oder dreißig erreichen müssen. Da er wußte, daß das für ihn unerreichbar war, fiel das Ergebnis seiner Übung dementsprechend aus. Er sendete ohne Hoffnung und wirkte energielos. Dennoch erreichte er sein bestes Ergebnis des ganzen Kampfes: 12,05 Prozent minus. Aber er hatte trotzdem verloren und mußte nun nach der Zunftordnung zurücktreten und seinen Posten Sklar Hast übergeben.

Zander Rohan brachte kein Wort hervor. Meril wandte sich auf dem Absatz um, ging hinaus und kehrte zu ihrer Behausung zurück.

Schließlich schaffte es Zander Rohan doch, sich Sklar Hast zuzuwenden. Er wollte gerade seine Niederlage eingestehen, als Semm Voiderveg einen schnellen Schritt nach vorn machte, ihm in den Arm fiel und ihn zur Seite zog.

Während Sklar Hast ihn mit einem sardonischen Grinsen musterte, sprach Voiderveg mit leiser Stimme auf Zander Rohan ein. Ixon Myrex gesellte sich zu den beiden und strich nachdenklich über sein Kinn. Zander Rohan stand ein wenig gebeugter da als üblich. Sein Bart stand etwas ab, und sein weißes, büscheliges Haar war gesträubt. Von Zeit zu Zeit schüttelte er mit einer verloren wirkenden Gestik den Kopf. Er schien mit dem, was Semm Voiderveg ihm vorzuschlagen hatte, nicht recht einverstanden zu sein.

Aber Semm Voiderveg schien sich durchgesetzt zu haben, denn er wandte sich plötzlich um und näherte sich Sklar Hast. „Es gibt ernsthafte Bedenken gegen das Ergebnis des Wettkampfes. Ich fürchte, wir können es so nicht stehenlassen."

„Tatsächlich?" fragte Sklar Hast. „Und wie sehen deine Bedenken aus?"

„Es ist offensichtlich, daß du aufgrund der Tatsache, daß du täglich mit der Lehrlingsausbildung beschäftigt bist, im Vorteil warst. Kurz gesagt: Weil du mit den eben ausgeführten Übungen vertrauter bist als Zander Rohan, ist der Kampf nicht fair gewesen."

„Aber du hast die Übungen doch selbst vorgeschlagen."

„Nun ja. Dennoch wäre es deine Pflicht gewesen, darauf hinzuweisen, wie sehr du mit der Materie vertraut bist."

„Wenn ich ganz ehrlich sein soll", sagte Sklar Hast, „muß ich zugeben, daß ich mit ihnen überhaupt nicht vertraut bin und sie zum letzten Mal gesendet habe, als ich selbst noch ein Lehrling war."

Semm Voiderveg schüttelte den Kopf. „Das kann ich unmöglich glauben. Ich für meinen Teil weigere mich jedenfalls, die Resultate dieses sogenannten Wettkampfes anzuerkennen, und glaube, daß Schiedsmann Myrex dieser Affäre gegenüber die gleiche Abscheu und Empörung empfindet wie ich."

Zander Rohan rappelte sich zu einem lahmen Protest auf. „Laßt die Resultate stehen wie sie sind. An der Richtigkeit der Ergebnisse gibt es für mich nichts herumzudeuteln."

„Auf keinen Fall!" rief Semm Voiderveg aus. „Ein Signalmeister muß in jedem Fall ein Mann von äußerster Redlichkeit sein. Wir wollen in dieser ehrfurchtgebietenden Position doch keinen Mann haben der . . ."

In freundlichem Tonfall sagte Sklar Hast: „Paß auf, was du redest, Fürbitter. Verleumdungen werden hart bestraft, wie dir Schiedsmann Myrex bestätigen wird."

„Eine Verleumdung läge nur dann vor, wenn eine Behauptung der Wahrheit entbehrt oder aufgrund von Boshaftigkeit geäußert wird. Mich interessiert lediglich das Wohlergehen von Tranque und die Fortführung der bisherigen moralischen Integrität. Ist es etwa eine Verleumdung, wenn ich behaupte, daß du ein gewöhnlicher Mogler bist?"

Sklar Hast machte einen Schritt vorwärts, aber Rubal Gallager fiel ihm in den Arm. Sklar Hast wandte sich Schiedsmann Myrex zu. „Und was hast du als Schiedsmann zu alldem zu sagen?"

Ixon Myrex legte seine Stirn in Falten. „Vielleicht hätten wir andere Übungstexte nehmen sollen, selbst wenn du mit der Auswahl nichts zu tun hattest."

Zwei oder drei Angehörige der Belrod-Sippe, die von der Zunft der Lockvögel abstammten und nun den Berufen von Tauchern nachgingen und wegen ihrer rauhen Umgangsformen bekannt waren, mischten sich in das Gespräch ein. Poe Belrod, der Sippenälteste, ein vierschrötiger, starkknochiger Mann, schlug sich wütend mit der Hand auf den Schenkel. „Schiedsmann Myrex, du wirst dich doch nicht zu einem solchen Ränkespiel hergeben? Erinnere dich daran, daß man dich dazu auserwählt hat, Richtsprüche auf der Basis der Gerechtigkeit zu fällen. Linientreue hat in deinem Urteil nichts zu suchen!"

Ixon Myrex bekam beinahe einen Wutanfall. „Stellst du etwa meine Integrität in Frage? Der Fürbitter ist zu mir gekommen und hat einen Einwand erhoben. Es sieht so aus, als seien die Wettbewerbsbedingungen unglücklich ausgewählt worden, und deswegen erkläre ich das Ergebnis für bedeutungslos. Zander Rohan bleibt weiterhin Signalmeister!"

Sklar Hast setzte zum Sprechen an, aber im gleichen Augenblick drang von draußen her ein Schrei an ihre Ohren: „Der Krakon ist zurückgekehrt! Der Krakon schwimmt wieder in der Lagune!"

3

Sklar Hast stürzte hinaus, jagte, ohne sich ablenken zu lassen, auf die Lagune zu, während alle, die den Wettkampf verfolgt hatten, sich an seine Fersen hefteten.

Im Mittelpunkt der Lagune konnte man den schwarzen Körper des Krakons treiben sehen, dessen Schaufeln beständig das Wasser durchpflügten. Einen Moment lang musterten seine Vorderaugen die Menge auf der Hauptplattform; dann kam er näher heran, und seine Kinnladen klickten mit offensichtlichem Appetit.

Ob er Sklar Hast wiedererkannt hatte oder nicht, war unklar; dennoch bewegte er sich auf die Stelle zu, an der dieser stand, wobei er eine ungeheure Schaufelaktivität an den Tag legte und eine hohe Welle vor sich herschob, die über den Rand der Plattform schwappte. Als der Krakon den Rand erreicht hatte, riß er plötzlich eine seiner Schaufeln hoch und schlug mit dem flachen Ende gegen Sklar Hasts Brust.

Er taumelte zurück, war jedoch zu überrascht und schockiert, um eine rechtzeitige Bewegung zu machen, die seinen Sturz verhindert hätte.

Irgendwo in der Nähe klang Semm Voidervegs Lachen auf. „Ist das der Krakon, von dem du so leichtfertig behauptet hast, daß du ihn töten würdest?“

Sklar Hast stand auf und starrte schweigend den Krakon an. Das Sternenlicht schimmerte auf seinem ölig-schwarzen Körper, und er sah aus, als bestünde seine Haut aus Seide. Dann schwang der Fisch sich herum und jagte mit äußerster Geschwindigkeit auf eine Ansammlung stark bewachsener Schwammpfähle zu, die – wenn seine Beobachtung stimmte – den Belrods gehören mußten. Poc Belrod stieß eine Serie wütender Flüche aus.

Sklar Hast sah zu ihm hinüber. Mindestens hundert Treibende hatten sich in der Nähe versammelt. Sklar Hast deutete auf die Lagune und sagte: „Das gefräßige Biest wird uns alles rauben! Ich sage euch: Wir müssen es töten, ebenso wie jeden anderen Krakon, der es wagt, sich an unseren Schwammpfählen zu vergreifen!“

Semm Voiderveg stieß ein heiseres Krächzen aus. „Bist du wahnsinnig geworden? Ist denn niemand da, der diesem wild gewordenen Signalgeber, der zu lange in die Blinklichter gesehen hat, einen Eimer Wasser über den Kopf schüttet?“

In der Lagune weidete inzwischen der Krakon genüßlich die besten Pfähle der Belrods ab, woraufhin die ganze Sippe in ein Wutgeheul ausbrach.

„Ich sage euch: Tötet das Biest!“ schrie Sklar Hast. „Der König hat uns verraten! Sollen wir an seiner Stelle nun auch noch alle anderen Krakons des Ozeans durchfüttern?“

„Tötet die Bestie!“ schrien die jüngeren Belrods.

Semm Voiderveg versuchte sich mit einigen hastigen Gesten Gehör zu verschaffen, aber Poe Belrod schubste ihn einfach beiseite. „Seid still! Laßt uns hören, was der Signalgeber zu sagen hat. Wie können wir den Krakon töten? Ist es überhaupt möglich?“

„Nein!“ schrie Semm Voiderveg.

„Natürlich ist das nicht möglich! Es ist außerdem weder weise noch erlaubt!

Was würde aus unserem Abkommen mit König Krakon?“

„König Krakon soll verflucht sein!“ brüllte Poe Belrod außer sich. „Laßt uns tun, was der Signalgeber sagt! Sprich, Sklar Hast: Kennst du eine Methode, mit deren Hilfe wir uns den Krakon vom Halse schaffen können?“

Sklar Hast warf durch die Dunkelheit einen nachdenklichen Blick auf den schwarzen Fischkörper. „Ich glaube – ja. Aber diese Methode erfordert die Kräfte vieler Männer.“

Mit einer Handbewegung deutete Poe Belrod auf eine Gruppe von Männern, die vom Rand der Plattform aus den Krakon beobachteten. „Da sind sie!“

„Kommt mit“, sagte Sklar Hast. Er kehrte zum Mittelpunkt der Plattform zurück. Dreißig oder vierzig Männer folgten ihm auf dem Fuße; die meisten waren Hochstapler, Lockvögel, Ehrabschneider, Langfinger und Wucherer. Die restlichen blieben verunsichert zurück.

Sklar Hast führte sie zu einem Pfahlhaufen, der eigentlich beim Baum eines neuen Lagerhauses hatte Verwendung finden sollen. Jeder der Pfähle bestand aus bearbeiteten Weidenruten, die der Länge nach aufgeschichtet und mit Firnis beschichtet waren. Jeder von ihnen war etwa sieben Meter lang und fünfundzwanzig Zentimeter dick und kombinierte mithin Festigkeit mit Leichtheit. Dennoch wählte Sklar Hast einen Pfahl aus, der noch dicker war – einen Firstbaum. „Nehmt diesen hier", befahl er, „und hievt ihn auf einen Bock!"

Während die anderen taten, was er sie geheißen hatte, sah Sklar Hast sich um und gab Rudolf Snyder, der zwar ein Neuner, aber keinesfalls älter als er selbst war, da er der langlebigen Zunft der Feuerwerker angehörte, ein Zeichen. Snyders Zunft hatte das Monopol der Seilerei für sich gesichert.

„Ich brauche etwa hundert Meter Trossenseil, das stark genug ist, um den Krakon zu heben. Wenn du davon nichts auftreiben kannst, müssen wir ein Doppel- oder Dreifachseil nehmen, damit wir den gleichen Effekt erzielen."

Rudolf Snyder nahm sich vier Männer zu Hilfe, und bald darauf schleppten sie das Seil aus dem Lagerhaus an.

Mit größter Genauigkeit machte Sklar Hast sich an die Arbeit und richtete den Pfahl so her, daß er seinen Plänen entsprach. „Hebt ihn jetzt hoch! Bringt ihn zum Plattformrand!"

Angefeuert von seiner Begeisterung, schulterten die Männer den Pfahl, schleppten ihn nahe an den Rand der Lagune heran und legten ihn auf ein Zeichen Sklar Hasts so ab, daß eines seiner Enden auf dem harten Gewebe eines Spantes ruhte. Das andere Ende, an dem die beiden Trossen befestigt waren, lag derweil auf einem Bock und ragte über den Wasserspiegel hinaus.

„Jetzt", sagte Sklar Hast bedächtig, „jetzt werden wir den Krakon töten." Er versah das Ende einer Trosse mit einer Schlinge, näherte sich dem Krakon, der ihn durch seine rückwärtigen Turmaugen beobachtete, und gab sich den Anschein völliger Unbefangenheit, um das Tier nicht mißtrauisch zu machen. Sein Plan schien aufzugehen; der Fisch weidete unbeeindruckt weiter die Schwammpfähle der Belrods ab.

Als Sklar Hast sich dem Pflanzenrand näherte, rief er: „Komm her, du Mistvieh! Du Seeungeheuer! Na, komm schon, komm doch." Er kniete sich hin und spritzte den Fisch mit Wasser naß. Verärgert schaufelte das Biest auf ihn zu. Sklar Hast wartete gelassen ab. Kurz bevor der Fisch seine Schaufel hob, warf er die Schlinge über den Turmaufbau und gab seinen Männern einen Wink. „Jetzt!" Die Männer standen in einer Linie hintereinander und begannen zu ziehen, was das Zeug nur hielt. Sie zerrten den um sich schlagenden Krakon durch das Wasser. Sklar Hast führte die Leine an das Pfahlende. Der Krakon machte plötzlich einen Sprung nach vorn, und in der folgenden Verwirrung und der Dunkelheit ließen die Männer das Seil fahren und fielen nach hinten. Sklar Hast packte zu und zurrte es, dabei einem mörderischen Schlag der Krakonschaufel gerade noch ausweichend, am Pfahlende fest. Schwungvoll warf er sich herum und schrie: „Jetzt! Zieht, zieht! Beide Seile! Das Biest ist bereits so gut wie tot!"

An jedem der beiden an den Pfahlenden befestigten Seilen zogen nun zwanzig Männer. Der Pfahl richtete sich auf, und die um den Turm des Krakons liegenden Trossen verengten sich. Die Männer bohrten ihre Fersen in den Boden, und das gleiche tat auch das Ende des Pfahls, der sich weiter aufrichtete und vom Winkel, den die Seile nun einnahmen, gestützt wurde. Mit geradezu majestätischer Kraftanstrengung wurde der Krakon aus dem Wasser gehoben und schwebte nun in der Luft. Aus den Reihen der Zuschauer erhob sich ein fasziniertes Gemurmel. Semm Voiderveg, der die ganze Zeit über ein wenig abseits gestanden hatte, drückte mit einer Geste alles Entsetzen aus, das er in diesem Moment empfinden mochte, und eilte von dannen.

Ixon Myrex, der Schiedsmann, war aus Gründen, die nur ihm allein bekannt waren, nirgendwo zu sehen, und das gleiche galt für Zander Rohan.

Der Krakon stieß einige schluckende Geräusche hervor und klapperte hilflos mit seinen Schaufeln. Sklar Hast unterzog ihn einer näheren Untersuchung, was wiederum darin begründet lag, daß er keine Ahnung hatte, wie es jetzt weitergehen sollte. Seine Helfer musterten den Krakon mit eher ehrfürchtigen Blicken und erweckten den Eindruck, als fürchteten sie sich plötzlich vor den Auswirkungen ihres eigenen Mutes. Der eine oder andere warf sogar schon wieder einen unbehaglichen Blick über den Ozean, der unbeeindruckt von den vorhergehenden Geschehnissen das Licht der Sterne reflektierte. Sklar Hast entschied sich dazu, ihre Aufmerksamkeit wieder auf sich zu lenken. „Die Netze!" schrie er den Umstehenden zu. „Wo sind die Achtgroschenjungen? Wir müssen die Netze flicken, bevor uns sämtliche Fische davonschwimmen! Wo seid ihr denn nur mit euren Gedanken?"

Mehrere der sich inzwischen mit Netzflickerei beschäftigenden Achtgroschenjungen lösten sich aus der Menge und begannen das zerrissene Netz zu reparieren.

Sklar Hast kehrte zu dem immer noch in der Luft hängenden Krakon zurück. Auf seinen Befehl hin wurden die Trossen, die den schrägstehenden Pfahl stützten, an der Oberfläche der Plattform befestigt. Die Männer begannen sich jetzt etwas gelöster als zuvor um das zappelnde Geschöpf zu versammeln und beratschlagten, wie man ihm auf dem besten Wege den Rest geben könne. Vielleicht war er aber auch schon tot. Um diese Annahme zu überprüfen, bewaffnete sich einer der kleineren Belrod-Jungen mit einem Knüppel und piesackte den Krakon. Das Resultat war ein gebrochenes Schlüsselbein, denn in den Vorderschaufeln der Bestie schien durchaus noch Leben zu sein.

Sklar Hast, der etwas abseits stand, musterte das Geschöpf eingehend und genau. Seine Haut war zäh – und das Knorpelgewebe noch zäher. Er schickte einen Mann aus, um einen Bootshaken heranzuschaffen, und gab einem anderen den Auftrag, einen spitzen Oberschenkelknochen zu besorgen. Daraus bastelte er sich einen Speer.

Der Krakon hing reglos da, nur seine Schaufeln bewegten sich hin und wieder. Sklar Hast näherte sich der Bestie mit größter Vorsicht, zielte mit der Speerspitze auf den Turmaufbau und trieb den Speer dann mit aller Kraft hinein. Die Spitze durchdrang die zähe Haut des Krakons vielleicht einen Zoll, dann brach sie ab. Der Krakon schüttelte sich, schnaufte und wedelte mit den Schaufeln. Trotz der Dunkelheit war die Bewegung Sklar Hast nicht unverborgen geblieben. Er spürte den Luftzug in der Nähe seiner Wange und zog sich zurück. Der Speerschaft löste sich, erhielt einen Schaufelschlag und flog über den Rand der Plattform hinaus.

Als die Schaufel den Pfahl traf, an der der Krakon hing, trug er leichte Kratzer davon.

„Welch ein streitsüchtiges Biest!“ murmelte Sklar Hast. „Bringt noch ein paar Seile; wir müssen verhindern, daß es noch einmal zu einem solchen Schlag ausholt.“

Aus der Dunkelheit heraus rief eine rauhe Stimme: „Ihr seid wohl alle verrückt geworden! Wie könnt ihr euch erdreisten, König Krakons Ungnade auf uns herabzurufen? Ich verlange, daß ihr auf der Stelle diese unbesonnenen Handlungen einstellt!“

Die Stimme gehörte Ixon Myrex, der erst jetzt auf der Szene erschien. Sklar Hast konnte ihn nicht in der gleichen Weise ignorieren wie Semm Voiderveg. Er musterte den baumelnden Krakon noch einmal und schaute dann in die Gesichter seiner Kameraden. Einige zögerten. Ixon Myrex war ein Mann, mit dem man nicht leichtfertig umspringen sollte.

Mit einer Stimme, die Sklar Hast selbst für kühl und ausgeglichen hielt, sagte er: „Der Krakon zerstört unsere Schwammpfähle. Wenn der König seinen Pflichten gegenüber uns nicht nachkommt, bleibt uns nichts anderes übrig, als selbst . . .“

Mit zornbebender Stimme erwiderte Ixon Myrex: „Was erlaubst du dir? Ist dir nicht bewußt, daß du mit solchen Redensarten das Abkommen verletzt?“

Noch freundlicher als vorher erwiderte Sklar Hast: „König Krakon ist nirgendwo aufzufinden. Die Fürbitter, die große Macht für sich beanspruchen, haben sich als Feiglinge entpuppt. Wir müssen von nun an für uns selber sorgen.

Sind Unabhängigkeit und freier Wille nicht die Grundrechte des Menschen? Du solltest dich uns anschließen und gemeinsam mit uns dieses gefräßige Ungeheur vernichten!“

Ixon Myrex hob beide Hände. Man sah, daß sie vor Empörung zitterten. „Bringt den Krakon in die Lagune zurück, damit . . .“

„. . .damit er noch mehr von unseren Schwammpfählen zerstört?“ unterbrach ihn Sklar Hast. „Das ist keine Lösung, die uns befriedigen kann. Du bist nicht einmal bereit, uns jene Unterstützung zu geben, die du uns geben könntest. Wer ist wichtiger: die Menschen auf den Plattformen oder der Krakon?"

Als hätte dieses Argument in seinen Kampfgefährten einen Akkord zum Klingen gebracht, riefen sie wie aus einem Munde: „Ja, wer ist wichtiger: die Menschen oder der Krakon?"

„Die Menschen beherrschen die Plattformen, aber den Ozean beherrscht König Krakon", erklärte Ixon Myrex. „Es gibt keinen Grund, diese beiden Dinge miteinander zu vergleichen."

„Aber die Lagune gehört ebenfalls zum Herrschaftsgebiet der Menschen", sagte Sklar Hast. „Und abgesehen davon hält *dieser* Krakon sich gerade auf unserer Plattform auf. Wo bleiben die Seile?"

Im wütendsten Tonfall, zu dem er fähig war, rief Schiedsmann Myrex aus: „Ich interpretiere die Bräuche von Tranque folgendermaßen: Der Krakon muß auf dem schnellsten Wege dem Meer zurückgegeben werden. Jede andere Handlung läßt sich mit unseren Bräuchen nicht vereinbaren."

Unter den Männern, die Sklar Hast geholfen hatten, das Seeungeheuer aus dem Wasser zu ziehen, kam es zu einiger Bewegung. Sklar Hast sagte nichts, sondern nahm das Seil an sich und formte eine Schlinge. Dann bahnte er sich eine Gasse, warf die Schlinge über eine herunterbaumelnde Krakonschaufel, kroch über den Boden unter ihm, umkreiste das Geschöpf und band auch dessen andere Gliedmaßen zusammen.

Die Bewegungen des Krakons wurden immer schwächer, und bald zeugten nur noch spasmische Zuckungen davon, daß er noch lebte. Sklar Hast nahm am Hinterteil des Fisches Aufstellung und achtete sorgsam darauf, daß er nicht in die Reichweite der Fühler geriet. Er schnürte die Schaufeln völlig zusammen. „Jetzt kann das widerliche Biest sich nur noch krümmen", sagte er. „Laßt es jetzt auf den Boden herab; wir werden schon eine Möglichkeit finden, ihm den Garaus zu machen."

Die Haltetrossen erhielten mehr Spiel; der Pfahl kippte. Der Krakon fiel auf die Oberfläche der Plattform, wo er bewegungslos liegenblieb. Nur die Fühler und Kinnbacken bewegten sich langsam. Der Krakon zeigte keinerlei Anzeichen von Zorn oder Angriffslust. Vielleicht fühlte er von beidem nichts. Was die Empfindungs- und

Schlußfolgerungsfähigkeiten dieser Fische anging, so wußte man über sie nichts.

Im Osten begann sich der Himmel hellblau zu färben. Eine Ansammlung weißer Sonnen, die man unter der Bezeichnung Phocans Kochkessel kannte, begannen, sich zu erheben. Der Ozean schimmerte in hellem Licht, und die Menschen auf der Hauptplattform begannen verstohlene Blicke auf den Horizont zu werfen. Einige der Umstehenden murmelten, andere äußerten sich unmutsvoll. Es gab aber auch ein paar, die wütende Flüche gegen den Krakon ausstießen und Sklar Hast beipflichteten. Allmählich begann es zwischen diesen beiden Gruppen zu Unstimmigkeiten zu kommen. Zander Rohan stellte sich neben Ixon Myrex. Beide beobachteten Sklar Hast mit unverhohlenem Abscheu. Von den Zunftältesten schienen lediglich Poe Belrod und Elmar Pronave, der Weidenflechtermeister, Sklar Hasts ungewöhnliche Vorgehensweise zu unterstützen.

Sklar Hast selbst ignorierte sie alle. Er saß da, musterte den schwarzen Körper des Krakons mit sichtlichem Ekel und schimpfte sich innerlich einen Narren, weil er sich darauf eingelassen hatte, sich zur Zentralfigur eines solchen Unternehmens machen zu lassen. Was hatte er sich dafür eingehandelt?

Der Krakon hatte seine Schwammpfähle vernichtet, na gut. Er hatte sich dafür gerächt und noch mehr Zerstörung in Kauf genommen. Auch gut. Aber jetzt hatte er zu allem Übel auch noch den gemeinsamen Haß der drei einflußreichsten Plattformbewohner auf sich gezogen. Und nicht nur das: Er hatte auch noch diejenigen mit in die Geschichte hineingezogen, die ihm vertraut und sich seiner Führungsposition unterworfen hatten. Jetzt fühlte er sich ihnen gegenüber verpflichtet.

Er stand auf. Es gab keinen Ausweg mehr; je eher das Ungeheuer starb, desto schneller würde sich das Leben wieder normalisieren. Sklar Hast näherte sich dem Krakon und untersuchte ihn eingehend. Die Kinnbacken des Fisches mahlten, als rechneten sie damit, Sklar Hast jeden Augenblick verschlingen zu können. Auf welche Art konnte er dem Biest am schnellsten den Garaus machen?

Elmar Pronave kam auf ihn zu, um den Krakon ebenfalls in näheren Augenschein zu nehmen. Er war ein hochgewachsener Mann mit einer gebrochenen Adlernase und schwarzem Haar, das er einem alten Brauch der nur noch in einzelnen Exemplaren auf den Plattformen lebenden Zunft der Zuhälter gemäß unter einem Stirnband trug. Seine Zunft existierte nicht mehr; diejenigen, die die traditionelle Frisur trugen, taten dies lediglich, um ihre Unabhängigkeit zu demonstrieren.

Pronave umkreiste den Körper des Krakons, trat gegen eine der rückwärtigen Schaufeln und beugte den Oberkörper, um dem Ungeheuer in die Augen zu sehen. „Wenn wir ihn auseinanderschneiden, könnten wir die einzelnen Teile vielleicht noch für irgendwas verwenden.“

„Die Haut ist zu zäh für unsere Messer“, brummte Sklar Hast. „Und einen Hals hat es auch nicht. Wir können es nicht mal erwürgen.“

„Es gibt noch andere Wege, es zu töten.“

Sklar Hast nickte. „Wir könnten es in den Tiefen des Ozeans versenken – vorausgesetzt, wir hätten etwas, das wir als Ballast verwenden könnten. Aber was sollen wir dazu nehmen? Alte Knochen? Die sind viel zu wertvoll. Außerdem könnten wir vielleicht Säcke mit Asche füllen, aber davon haben wir im Moment auch nicht genug.

Selbst wenn wir jede einzelne Hütte und dazu noch den Signalturm verbrennen würden, bekämen wir nicht genügend zusammen. Und wenn wir den Krakon selbst verbrennen würden, kostete uns das Unmengen an Brennstoff.“

Ein junger Langfinger, der während des Angriffs auf den Krakon mit großem Enthusiasmus mitgeholfen hatte, sagte: „Wie wäre es mit Gift? Wenn ihr mir genug davon bringt, bastle ich eine große Kapsel und schleudere sie dem Vieh ins Maul!“

Elmar Pronave lachte sardonisch. „Einverstanden. Gifte dürften keine Schwierigkeit sein, es gibt schließlich Hunderte davon, und wir brauchen sie nur den Tieren und Pflanzen zu entziehen. Aber welche sind die geeignetsten, um diesem Biest den Garaus zu machen? Und wie sollen wir es uns beschaffen? Ich bezweifle, daß wir in unserer Nähe genug von dem finden, was wir brauchen.“

Phocans Kochkessel, der mittlerweile über der See aufstieg, ermöglichte ihnen, den Krakon jetzt besser ins Auge zu fassen. Sklar

Hast untersuchte die vier verschleierten Turmaugen und die beeindruckenden Kinnbacken und Fühler, die das Maul umgaben. Er berührte den Turm und musterte eingehend den domförmigen Chitinpanzer, der ihn bedeckte. Der Turm selbst schien aus ringförmig angeordneten Knorpelschichten zu bestehen; die Glotzaugen bewegten sich, indem sie sich nach vorn schoben und wieder eingezogen wurden. Auch sie bestanden aus einer harten Substanz.

Jetzt begannen auch einige andere Leute sich der Gruppe zu nähern. Sklar Hast machte einen Sprung nach vorn und stieß einen jungen Bootsbauer vor die Brust, aber es war bereits zu spät: Einer der Fühler des Krakons legte sich um den Hals des Jungen. Sklar Hast fluchte, trat und riß, aber der Fühler löste sich nicht. Ein anderer packte das Bein des Bootsbauers. Sklar Hast trat erneut, sprang zurück und versuchte den jungen Mann fortzuzerren, der ächzend nach Luft rang.

Der Krakon zog sein Opfer langsam an sich heran, und Sklar Hast vermutete, daß er die Absicht hatte, noch mehr Fühler um ihn zu legen. Er löste seinen Griff, aber der Krakon tastete jetzt nach ihm. Sklar Hast gab nicht auf. Mit allen Kräften versuchte er den Bootsbauer aus dem Griff der Bestie zu befreien.

Erneut zog der Krakon sein Opfer – und mit ihm Sklar Hast – näher an sich heran. Ein weiterer Fühler schnappte zu und umschlang Sklar Hasts Bein. Er ließ sich sofort zu Boden fallen, rollte sich um die eigene Achse und brachte es auf diese Weise fertig, sich aus der Umklammerung der Bestie zu befreien, ungeachtet der Tatsache, daß er dabei einige Hautfetzen ließ. Der Krakon schüttelte den Bootsbauer hin und her, hob ihn schließlich in die Nähe seiner Kinnbacken, biß dem Jungen den Kopf ab und warf dann beide Teile in hohem Bogen beiseite.

Die wartende Menge gab ein entsetzliches Stöhnen von sich, und Ixon Myrex brüllte: „Jetzt hat dein primitiver Starrsinn auch noch ein Menschenleben auf dem Gewissen, Sklar Hast! Dafür wirst du dich verantworten müssen! Wehe dir!“

Sklar Hast ignorierte den Anwurf und rannte statt dessen zum Lagerhaus, wo er sich Hammer und Meißel besorgte. Der Kopf des Hammers bestand aus dem harten Ast der Meerespflanze, den man aus einer Tiefe von achtzig Metern herausgeholt hatte[1]; der Meißel war aus einem kieselsteingeschärften Beckenknochen gefertigt. Er kehrte zu dem Krakon zurück, setzte den Meißel gegen die bleiche Lamelle zwischen Chitindom und den Ringen des Turmknorpels an und schlug mit dem Hammer zu. Der Meißel drang in die Haut des Krakons ein, was daran lag, daß die an dieser Stelle befindliche Schicht hochgeschoben werden konnte und vergleichsweise weich war. Wieder schlug Sklar Hast zu. Der Meißel bohrte sich tiefer in die Haut des Ungeheuers. Der Krakon krümmte sich.

Er riß den Meißel heraus, setzte ihn neben dem geschlagenen Loch ein zweites Mal an, wiederholte die Prozedur und arbeitete sich auf diese Weise rund um den sechzig Zentimeter umfassenden Knorpelturm herum. Der Krakon zitterte und krümmte sich, aber ob er Schmerzen empfand oder lediglich ein gewisses Gefühl des Unbehagens verspürte, vermochte außer ihm selbst niemand zu sagen. Jedes Mal, wenn Sklar Hast die Position wechselte, tasteten die Fühler des Krakons nach ihm, aber er war geschickt genug, sich hinter dem Turm zu verbergen und der Bestie keine Angriffsfläche zu bieten. Schließlich hatte er die Arbeit beendet.

Jene, die Sklar Hast beim Fangen des Fisches unterstützt hatten, warteten schweigend und ehrfürchtig ab, was nun geschehen würde. Der Rest der Umstehenden produzierte ein ängstliches Gemurmel, und hier und da hörte man das furchtsame Gewinsel eines abergläubischen Kindes.

Sklar Hast hatte rund um den Turm des Krakons eine Rinne geschlagen. Er gab Hammer und Meißel an Elmar Pronave weiter, kletterte auf den Rücken des am Boden liegenden Ungeheuers, kniete sich hin, schob zwei Finger in die Fuge und zog den Chitindom langsam nach oben. Die Turmhaut gab nach und löste sich ab, und zwar so schnell, daß Sklar Hast beinahe die Balance verlor. Er ließ die Haut

[1] Die Lockvögel nahmen in solchen Fällen eine Talje mit, die sie am Stamm der Seepflanze befestigen. Mit Hilfe von Seilen ziehen sie Lufteimer zu sich hinunter, die es ihnen erlauben, so lange unter Wasser zu arbeiten, wie sie wollen. Mit zweien solcher Systeme, die nacheinander versenkt werden, kann ein Taucher bis in eine Tiefe von achtzig Metern vorstoßen. Dort ist der Hauptstamm dick und hart.

auf den Boden fallen. Der Turm sah jetzt aus wie ein aufragender Zylinder, in dessen Innerem sich knotige, schmutziggraue Fäden befanden.

Sklar Hast musterte dies alles mit größtem Interesse, und auch Elmar Pronave konnte seine Neugier nicht verbergen. „Das muß das Gehirn sein", sagte Sklar Hast. „Hier treffen sich die Ganglien. Aber vielleicht sind es auch nur die Nervenknoten der Muskeln."

Elmar Pronave nahm den Hammer und klopfte mit dem Stiel auf einen der Knoten. Der Krakon zuckte erschrocken zusammen. „Gut, gut", erwiderte Pronave. „Wirklich interessant." Er begann weiterzuklopfen und versuchte es an den unterschiedlichsten Stellen. Jedesmal, wenn er eine der offengelegten Verbindungen traf, zuckte der Krakon zusammen. Plötzlich streckte Sklar Hast einen Arm aus und gebot ihm Einhalt. „Paß auf, dort auf der rechten Seite sind zwei Schleifen; das gleiche findest du auch links. Wenn du diese hier berührst, zuckt das Biest mit der Vorderschaufel." Er nahm den Hammer, klopfte nacheinander auf die beiden Schleifen und bewies seine Entdeckung. Der Krakon wedelte mit den Schaufeln.

„Aha!" machte Elmar Pronave. „Wenn wir noch ein wenig weitermachen, finden wir vielleicht noch heraus, was wir tun müssen, um ihn zum Tanzen zu bringen."

„Wir bringen das Biest am besten um", sagte Sklar Hast. „Es wird allmählich hell, und wer weiß, was ..." Aus der Menge drang ein Klagelaut an seine Ohren, der plötzlich abgebrochen wurde, als habe es demjenigen, der ihn ausgestoßen hatte, den Atem verschlagen. Diejenigen, die den Krakon umstanden, wandten sich um, und irgend jemand stieß erschrocken die Luft aus. Sklar Hast sprang wieder auf den Rücken des Krakons und schaute sich um. Die gesamte Bevölkerung der Pflanzenplattform starrte jetzt auf die See hinaus. Als er es ihr gleichtat, entdeckte er König Krakon.

Er schwamm unter Wasser und ließ lediglich seinen Turm sehen. Seine Augen starrten geradeaus. Sie standen dreißig Zentimeter weit auseinander und bestanden aus harten, kristallinen Linsen, hinter denen ein mit blauem Schein durchsetztes, milchiges Licht flackerte. Ob er sich den wärmenden Strahlen von Phocans Kochkessel aussetzen sollte oder nicht, schien er noch nicht entschieden zu haben.

Dreißig Meter von den Lagunennetzen entfernt tauchte sein Körper aus den Fluten auf. Zuerst durchdrang der Turm den Wasserspiegel, dann wurde der gigantische schwarze Zylinder sichtbar, der das Maul und die Verdauungsorgane beherbergte. Zuletzt erschien der mächtige, flache Unterleib. Er war anderthalb Meter dick, zehn Meter breit und dreißig Meter lang. An den Seiten befanden sich die mächtigen Schaufeln, von denen jede so dick war wie der Umfang dreier Männer. Von vorne gesehen erschien König Krakon wie ein deformiertes Scheusal, das im Bruststil schwamm. Seine Vorderaugen, eingelassen in hornigen Schächten, beobachteten die Plattform Sklar Hasts und schienen sich ganz auf den Körper des verstümmelten Krakons zu konzentrieren. Die Menschen starrten ihn an und schienen wie gelähmt zu sein. Der Krakon, den sie gefangen hatten und der auf sie wie ein Gigant gewirkt hatte, erschien ihnen nun – angesichts des Königs – wie ein Zwerg, eine Puppe – ein Spielzeug. Der gefangene Fisch nahm König Krakon durch seine rückwärtigen Augen wahr und gab ein Pfeifgeräusch von sich, das sich verloren und verzweifelt anhörte.

Endlich fand Sklar Hast die Sprache wieder und rief in drängendem, heiserem Tonfall: „Zurück! Auf die Rückseite der Plattform!“

Jetzt erhob der Fürbitter Semm Voiderveg die Stimme. In weinerlichem Tonfall rief er über die See: „Verschone die Bewohner von Tranque, o König der See! Am barbarischen Verhalten einiger verachtenswerter Ketzer darf nicht das Volk deiner Gläubigen leiden! Verschone auch diese herrlich schöne Lagune mit ihren köstlichen Schwämmen, die wir lediglich zum Wohle unseres großmütigen Königs gezüchtet haben . . .“

Die einschmeichelnde Stimme brach ab, als König Krakon seine mächtigen Schaufeln bewegte und näherkam. Seine riesigen Augen zeigten keinen erkennbaren Ausdruck, aber dennoch leuchtete in ihnen ein ständig von Blaßrosa zu Blau überwechselndes Licht. Die Menschen zogen sich zurück, als er sich dem Netz näherte und es mit einem kurzen Schaufelschlag zerriß. Zwei weitere Schläge ließen es in Fetzen gehen. Die Plattformbewohner gaben ein furchtsames Stöhnen von sich. Es war offensichtlich, daß König Krakon sich nicht würde besänftigen lassen.

Er drang in die Lagune ein und näherte sich seinem hilflosen Artgenossen. Das gefesselte Ungeheur zappelte fieberhaft und pfiff mit lauten Tönen. König Krakon streckte einen Fühler aus, packte das kleine Biest, hob es in die Luft und ließ es hilflos hin und her zappeln. Dann schob er es an seine mächtigen Kinnbacken heran und zerriß es in grauschwarze Streifen, die er in den Ozean warf. Er verharrte eine Weile, als würde er über etwas nachdenken, dann wandte er sich Sklar Hasts kleiner Plattform zu, drosch mit einem Schaufelschlag dessen Hütte zusammen und riß mit einem zweiten ein riesiges Loch in den Unterboden. Seine rückwärtigen Schaufeln demolierten inzwischen Sklar Hasts Schwammpfähle. Wasser, kleinere Pflanzen und zerfetzte Schwämme wurden durch das Loch nach oben getrieben. König Krakon schlug noch einmal zu und warf sich dann mit seiner ganzen Körperkraft auf die winzige Pflanzeninsel, die unter seinem Gewicht zusammenbrach und auf der Stelle versank.

Dann kehrte er in die Lagune zurück, schwamm wütend hin und her, zerstörte die restlichen Schwammpfähle, zerfetzte die Überreste des Netzes und brachte jede Hütte zum Einsturz, derer er in der Lagune habhaft werden konnte.

Schließlich wandte er seine Aufmerksamkeit der Hauptplattform zu und schwang sich über deren Rand. Er musterte einen kurzen Augenblick lang die ängstlich abseits stehenden Menschen, dann schwang er sich völlig auf die Plattform hinauf und schlug sie in die Flucht. Schreiend und weinend rannte die Bevölkerung von Tranque auseinander.

König Krakon wütete wie ein Elefant im Porzellanladen und schlug mit der geballten Macht seiner Schaufeln alles zusammen, was seinen Weg behinderte. Die Plattform erhielt einen Riß. Der Signalturm, jenes großartige, von Meisterhand erschaffene und sorgfältigst gewartete Bauwerk, das den ganzen Stolz der Leute von Tranque darstellte, begann zu wanken. König Krakon warf sich einmal dagegen und brachte ihn zum Einsturz. Als der Signalturm fiel, begrub er die am nördlichen Rand Tranques liegenden Hütten unter sich. Und weiter setzte König Krakon seinen Weg über die Plattform fort. Er zerstörte den Kornspeicher, und scheffelweise ergoß sich der goldgelbe Pflanzensamen ins Wasser und zermalmte die Regale, in denen man

Baumaterialien aus Weidenzweigen, Ästen und Fasern aufbewahrt hatte. Das gleiche machte er mit der Seilerei. Dann, als treibe ihn plötzlich etwas zu größter Eile an, warf er sich herum und schleppte sich dem Südufer der Plattform entgegen. Dort stieß er eine ganze Reihe von Hütten ins Wasser und verfuhr gleichermaßen mit den zweiunddreißig Bewohnern dieses Gebiets, meist älteren Menschen, die hier ihren Lebensabend verbrachten.

Dann kehrte er ins Meer zurück und trieb einige Zeit reglos dort umher. Nur seine Fühler bewegten sich und zeigten an, in welcher Gefühlslage er sich befand. Schließlich bewegte er seine Schaufeln und schwamm in die See hinaus, um sich abzukühlen.

Die Tranque-Plattform war nur noch ein Trümmerhaufen. Nichts stand mehr aufeinander, und überall herrschte Zorn und Kummer. Die Lagune war wieder ein Teil des Ozeans geworden, die Schwammpfähle waren unbrauchbar, und die Fischzucht hatte sich in die See ergossen. Viele Hütten waren zerstört. Der Signalturm war eine Ruine. Von einer ehemaligen Bevölkerung von vierhundertachtzig hatten dreiundvierzig das Leben verloren, und viele andere waren ernsthaft verletzt. Die Überlebenden starrten fassungslos und erschöpft um sich. Sie waren unfähig, das Ausmaß der ganzen Katastrophe, die über sie gekommen war, in ihrer vollen Tragweite zu begreifen.

Sie rappelten sich auf und versammelten sich am westlichen Rand, wo die Zerstörungen nicht ganz so stark waren. Ixon Myrex, der die Gesichter der sich Versammelnden musterte, entdeckte schließlich auch Sklar Hast, der auf einem Trümmerstück des umgestürzten Signalturms hockte. Er hob eine Hand, deutete auf ihn und schrie: „Ich klage dich an, Sklar Hast! Das, was du Tranque angetan hast, ist mit Worten gar nicht mehr auszudrücken! Deine Arroganz und Sturheit in bezug auf unsere Ermahnungen, deine Grausamkeiten und dreisten Verbrechen – wie glaubst du, das alles verantworten zu können?“

Sklar Hast beachtete ihn nicht, denn seine Aufmerksamkeit galt in diesem Moment allein Meril Rohan, die neben dem Körper ihres Vaters auf dem Boden kniete. Sein ehemals weißer Haarschopf war nun blutdurchtränkt.

Mit heiserer Stimme rief Ixon Myrex aus: „In meiner Eigenschaft als Schiedsmann von Tranque erkläre ich dich zu einem Verbrecher der niedersten Art – und mit dir all jene, die dir als Komplizen beigestanden haben. Das gilt ganz besonders für Elmar Pronave! Elmar Pronave, zeige uns dein schändliches Gesicht! Wo versteckst du dich?"

Aber Elmar Pronave konnte ihm nicht antworten; er war ertrunken.

Ixon Myrex wandte sich wieder Sklar Hast zu.

„Der Signalmeister ist tot. Deshalb kann er dich nicht mehr aus der Zunft der Signalgeber ausstoßen. Darum will ich für ihn sprechen: Von nun an bist du kein Signalgeber mehr. Du bist aus deiner Zunft ausgestoßen!"

Sklar Hast winkte müde ab. „Rede keinen Unsinn. Du kannst mich nicht ausstoßen. Ich bin jetzt der Signalmeister. Ich war es schon, als ich Zander Rohan besiegte. Und selbst wenn ich das nicht getan hätte: Nach seinem Tod wäre ich sowieso sein Nachfolger geworden. Du stehst nicht im geringsten über mir. Anklagen kannst du mich, aber nicht mehr."

Semm Voiderveg, der Fürbitter, sagte: „Eine Anklage genügt mir nicht! Und ebensowenig hat es jetzt Sinn, sich in Argumentationen über die Höhe irgendwelcher Ränge einzulassen! In seinem schrecklichen, aber gerechten Zorn hat König Krakon bestimmt, daß die Verursacher dieser Tat sterben müssen. Ich erkläre den Willen König Krakons dahingehend, daß Sklar Hast vom Leben zum Tode befördert werden soll, und zwar durch Erhängen oder Erwürgen! Das gleiche gilt für seine Komplizen."

„Nicht so schnell", sagte Sklar Hast. „Mir scheint, wir sind momentan ein wenig zu verwirrt, um übereilte Handlungen durchzuführen. Zwei Krakons, ein großer und ein kleiner, haben uns Schaden zugefügt. Ich, Sklar Hast, und meine Freunde haben gehofft, wir könnten Tranque davor bewahren. Es ist uns nicht gelungen. Wir sind deswegen noch lange keine Verbrecher. Wir sind nur nicht so stark oder so verschlagen wie König Krakon."

„Bist du dir darüber im klaren", donnerte Semm Voiderveg, „daß es König Krakon ganz allein obliegt, uns vor der Gefräßigkeit seiner kleineren Artgenossen zu bewahren? Bist du dir darüber im klaren, daß du durch den Angriff auf den kleinen Krakon gleichzeitig auch den König angegriffen hast?“

Sklar Hast dachte nach. „Alles, worüber ich mir im klaren bin, ist, daß wir bessere Waffen als Hammer und Meißel benötigen werden, wenn wir König Krakon töten wollen.“

Semm Voiderveg wandte sich sprachlos ab. Die Leute musterten Sklar Hast apathisch. Ein paar von ihnen schienen den Zorn der Ältesten zu teilen.

Es war Ixon Myrex, der als erster das allgemein vorherrschende Gefühl des Elends und der Resignation verspürte. „Jetzt ist nicht der richtige Augenblick für Beschuldigungen“, sagte er, und seine Stimme brach unter dem Kummer, den er zu fühlen schien, beinahe zusammen. „Wir müssen Ordnung schaffen, unsere Hütten wieder aufbauen, den Turm reparieren und die Netze flicken.“ Er schwieg einen Moment, und schließlich schien etwas von seinem alten Zorn in ihn zurückzukehren. „Sklar Hasts Verbrechen darf jedoch nicht ungesühnt bleiben. Ich werde eine Großversammlung einberufen, die in drei Tagen auf Apprise stattfinden wird. Dort wird über das Schicksal von Sklar Hast und seiner Bande vom Konzil der Ältesten entschieden werden.“

Sklar Hast machte sich auf und ging zu Meril Rohan hinüber, die auf dem Boden saß und das Gesicht in den Händen verborgen hielt, während Tränen ihre Wangen herunterliefen.

„Der Tod deines Vaters tut mir leid“, sagte Sklar Hast unbeholfen. „Es tut mir auch leid um die anderen – aber dein Schmerz macht mich am meisten betroffen.“

Meril Rohan schenkte ihm einen Blick, dessen Bedeutung Sklar Hast nicht durchschauen konnte. Mit einer Stimme, die kaum mehr war als ein heiseres Murmeln, fügte er hinzu: „Irgendwann werden die Leiden des Volkes von Tranque in eine glücklichere Zukunft münden . . . Das gilt auch für die Bewohner der anderen Plattformen . . . Ich sehe es als meine Bestimmung an, König Krakon zu töten. Ich fürchte mich nicht vor ihm.“

Mit klarer, leiser Stimme erwiderte Meril Rohan: „Ich wünschte, mir wären meine Pflichten genauso klar. Auch ich muß irgend etwas tun. Ich muß herausfinden – oder helfen herauszufinden –, was für die

Katastrophe, die heute über uns hereinbrach, verantwortlich war. War es König Krakon? War es Sklar Hast? Oder etwas gänzlich anderes?" Sie machte einen geistesabwesenden Gesichtsausdruck. Ihr Blick schien in weite Fernen zu schweifen, und es sah ganz so aus, als habe sie die zu ihren Füßen liegende Leiche ihres Vaters ebenso vergessen wie den vor ihr stehenden Sklar Hast. „Es ist eine Tatsache, daß das Böse existiert. Und es muß eine Ursache haben. Meine Aufgabe wird es sein, den Ursprung des Bösen ausfindig zu machen und seine Natur kennenzulernen. Nur wenn wir unseren Feind kennen, können wir ihn schlagen."

4

Niemand hatte je die Tiefe des Ozeans ausgelotet. In einer Tiefe von achtzig Metern, in die Astschneider und Knollensammler noch vordringen konnten, war der Stamm der Seepflanze noch immer ein wirres Durcheinander. Ein gewisser Ben Murmen, ein Sechser und Lockvogel, der zur einen Hälfte ein tollkühner Abenteurer und zur anderen ein Halbirrer gewesen war, hatte sich einst hundertzwanzig Meter tief hinabgelassen und festgestellt, daß die Pflanzenstengel im Schein des indigoblauen Wassers in einen einzigen großen Strunk mündeten. Jeder Versuch, mit Hilfe von an Leinen befestigten Ballastgewichten aus Knochensplittern den Meeresgrund zu erreichen, war allerdings fehlgeschlagen. Wie war es den Seepflanzen dann überhaupt gelungen, sich in den Ozeanboden einzugraben? Manche vermuteten, daß sie ungeheuer alt waren und möglicherweise bereits Fuß gefaßt hatten, als der Meeresspiegel noch tiefer lag. Andere wiesen auf eine mögliche Senkung des Meeresbodens hin. Wieder andere bemühten sich, dies damit zu erklären, daß sie auf besondere Fähigkeiten der Pflanze hinwiesen, die ihnen noch unbekannt waren.

Von allen Plattformen war Apprise nicht nur die größte, sondern gehörte auch zu jenen, die man als erste bevölkert hatte. Ihr Mittelteil dehnte sich über ein Gebiet von neun Morgen aus, und ihre Lagune war mit dreißig oder vierzig kleineren Plattformen verbunden. Auf Apprise fanden auch die in ungefähr jährlichen Abständen stattfindenden Versammlungen statt, an denen in der Regel auch jene älteren Leute teilnahmen, die ihre Heimatplattform sonst selten oder nie verließen, weil sie der Meinung waren, daß König Krakon mit Reisen in Wut zu bringen war. Er ignorierte jedoch nicht nur die Weidenrutenboote der Hochstapler, sondern auch die Auslegerboote, die gelegentlich zwischen den Plattformen hin und her wechselten, aber es war auch schon vorgekommen, daß er Leute, die sich aus keinem ersichtlichen Grund auf See aufhielten, angriff. Weidenrutenboote, die Menschen zur Versammlung brachten, waren jedoch niemals belästigt worden, und es schien beinahe, als wisse König Krakon davon, daß die Menschen sich auf Apprise zu einem ganz bestimmten Grund versammelten. Manchmal beobachtete er ihre Tagungsvorbereitungen aus der Ferne. Wie er von den Versammlungen erfuhr, war allerdings ein großes Rätsel, und hin und wieder konnte man das Gerücht vernehmen, daß auf jeder Plattform möglicherweise ein Mensch lebe, der nur äußerlich ein solcher sei, innerlich jedoch ein menschgewordenes Teil König Krakons darstelle. Durch diesen Menschen, behauptete der Aberglaube weiter, erhalte König Krakon seine Informationen, deshalb wisse er über alles Bescheid.

Drei Tage vor Beginn der Versammlung wurden von Turm zu Turm Signale gefunkt; die Nachricht von der Zerstörung Tranques verbreitete sich mit Windeseile und wurde in allen Einzelheiten weitergegeben. Gleichzeitig erfuhr man von der Anklage, die Ixon Myrex gegen Sklar Hast erhoben hatte, und erfuhr ebenso von dessen Weigerung, sich schuldig zu bekennen. Auf jeder Plattform kam es daraufhin zu intensiven Diskussionen, und hier und da sogar zu einem Streit. Da die auf den Plattformen verstreut lebenden Fürbitter und Schiedsmänner jedoch Partei gegen den Beschuldigten ergriffen, gab es zu seinen Gunsten wenig Unterstützung.

Am Tag der Versammlung, noch bevor der Morgenhimmel Bläue zeigte, waren zwischen den einzelnen Plattformen Boote voller Menschen unterwegs. Die Überlebenden der Tranque-Katastrophe, von denen der größte Teil Zuflucht auf Thrasneck und Bickle gesucht hatte, gehörten zu denen, die als erste auf den Beinen waren, aber das gleiche galt auch für die aus dem fernen Westen kommenden Bewohner von Almack und Sciona.

Den ganzen Morgen über fuhren die Boote zwischen den Plattformen hin und her, und kurz vor der Mittagsstunde trafen die ersten auf Apprise ein. Jede Gruppe trug das Erkennungszeichen ihrer Plattform, und jene, die es außerdem für wichtig hielten, auf ihre Zunftzugehörigkeit hinzuweisen, hatten ihre Haartracht der Tradition angepaßt, trugen Stirnplaketten oder Schärpen. Gekleidet war man jedoch einheitlich: Man trug Hemden und Dreiviertelhosen aus Leinen, das aus Pflanzenfasern gewoben wurde, Sandalen aus

Läuferfischleder, zeremonielle Stulpenhandschuhe und Metallschuppen-Epauletten, die von einem halb tierischen, halb molluskenähnlichen Lebewesen stammten.

Nach der Ankunft traf man sich in der legendären alten Apprise-Taverne, wo man sich mit verschiedenen Biersorten, Samenkuchen, Pfefferfisch und in Essig eingelegten Krabben an einer langen Tafel verköstigte. Danach verteilten die Neuankömmlinge sich auf die verschiedenen für sie errichteten Quartiere, die auf die einzelnen Zünfte abgestimmt waren.

Im Mittelpunkt der Plattform hatte man ein großes Rednerpodium errichtet, das von zahlreichen Sitzbänken umgeben war, auf denen zunächst die Prominenz Platz nahm: Handwerksmeister, Zunftälteste, Schiedsmänner und Fürbitter. Das Rednerpult stand jedem offen, der etwas zu sagen hatte, und jeder konnte so lange reden, wie er die Unterstützung eines Großkopfeten genoß. Die ersten Redner waren brauchgemäß ältere Männer, die die Jugend ermahnten, nach Vervollkommnung zu streben, und auch an diesem Tag war es nicht anders. Eine Stunde nachdem die Sonne den Zenit erreicht hatte, betrat der erste Sprecher die Bühne; ein korpulenter alter Feuerwerker von Maudelinda, der die Versammlung in der gleichen Weise eröffnete wie schon die fünf vorhergehenden. Nachdem er bei der Prominenz um Unterstützung nachgesucht und sie erhalten hatte, bereitete man sich darauf vor, die übliche Tirade über sich ergehen zu lassen. Er bestieg die Rednertribüne und fing an. Seine Stimme bebte und war laut und durchdringend. Die Sätze, die er von sich gab, waren lang, seine Ansichten niemandem unbekannt, seine Erläuterungen nichtssagend.

„Wieder haben wir uns getroffen. Es freut mich, auch in diesem Jahr all die Gesichter wiederzusehen, die mir von der zurückliegenden Versammlung in Erinnerung sind und die ich liebgewonnen habe. Ich sehe aber auch die Gesichter derjenigen vor mir, die nicht mehr unter uns sein können, weil sie inzwischen den Weg alles Vergänglichen gegangen sind – und jene, die aufgrund ihrer Handlungsweise den Zorn König Krakons auf uns herabgerufen haben, vor dem wir alle in Ehrfurcht zittern. Unter unglaublichen Umständen ist der Herr der elementaren Wirklichkeit provoziert worden; dies ist ein Vorgang, der niemals hätte stattfinden dürfen – und er hätte auch nicht stattgefunden, wäre jenen, die ihn hervorriefen, bewußt gewesen, auf welche alten Regeln wir vertrauen. Warum mußten wir uns gegen die Weisheit unserer Vorfahren empören? Sie waren edle und heroische Menschen, die es wagten, sich gegen die Tyrannei der geistlosen Heloten zu erheben, indem sie das Weltraumschiff, das sie einer schrecklichen Bestimmung zuführen sollte, an sich rissen und diesen gesegneten Hafen hier ansteuerten! Unsere Vorfahren kannten die Nutzen von Recht und Ordnung; deshalb schufen sie die Zünfte und wiesen jedem die Arbeit zu, zu der er auf seiner Heimatwelt ausgebildet worden war. Deshalb füllen die Hochstapler ihre Boote in großen Mengen mit Fisch, und deshalb wurden aus den Tipgebern jene, die anderen Menschen mit Blinklichtern Zeichen geben! Aus dem gleichen Grunde flechten die Fassadenkletterer Taue und sind die ehemaligen Makler dafür verantworlich, die Fürbitter zu stellen, die uns der Gnade und selbstlosen Beschützerfunktion König Krakons versichern.

Gleiches gehört zu gleichem; was man einmal gelernt hat, verlernt man nie. Weswegen also lassen wir es zu, daß die Zünfte sich vermischen, manche sich sogar auflösen und alles in einem wirren Durcheinander versandet? Ich appelliere an die Jugend von heute: Lest die Aufzeichnungen; studiert die Artefakte im Museum; erneuert euren Glauben in das, was eure Vorfahren schufen. Es gibt kein Erbe, das wichtiger ist als das der eigenen Zunftzugehörigkeit!“

Der alte Feuerwerker sprach in dieser Art noch einige Minuten weiter. Dann übernahm ein anderer das Rednerpult, ein ehemaliger Signalgeber von gutem Ruf, der so lange gearbeitet hatte, bis seine Augen schlecht geworden waren und er die einzelnen Symbole nicht mehr voneinander zu unterscheiden vermochte. Wie der alte Feuerwerker, beschwor auch er die alten Werte der Vergangenheit. „Man kann die Aktivitäten der heutigen Jugend nur mit Abscheu betrachten!“ rief er aus. „Wir sind ein Volk von Säufern geworden! Es ist nur noch mit Verwunderung hinzunehmen, daß König Krakon sich überhaupt noch bereit erklärt, uns vor den kleineren Krakon zu beschützen. Was würde geschehen, wenn die Tyrannen aus dem Weltraum eines Tages unser Paradies entdeckten und erneut versuchten, uns zu versklaven? Womit würden wir uns verteidigen? Indem wir Fischköpfe schwenken? Indem wir uns ins Wasser stürzen, tauchen und hoffen, daß unsere Verfolger bei dem Versuch, uns einzufangen, ertrinken? Ich schlage vor, daß jede einzelne Plattform sofort eine Miliz aufstellt, sie mit Waffen ausrüstet!"

Dem alten Signalgeber folgte der Fürbitter der Sumber-Plattform, der die Argumente seines Vorredners damit aus der Welt zu schaffen versuchte, daß König Krakon – sollten die Tyrannen aus dem Weltraum einst die Dreistigkeit besitzen und ihre Nase in die Angelegenheiten des Treibenden Volkes stecken – ihnen die härtesten Strafen auferlegen würde und sie daraufhin sicher an nichts anderes mehr dächten, als dorthin zurückzukehren, woher sie gekommen seien. „König Krakon ist mächtig! König Krakon ist weise und gütig, es sei denn, man fordert ihn heraus, wie es auf Tranque geschehen ist, wo das verwerfliche Handeln eines Freidenkers vielen den Tod gebracht hat!" Der Fürbitter beugte den Kopf. „Es obliegt weder meinen Privilegien, noch ist dies der Ort, an dem ein Mann wie ich näher auf das eingehen möchte, was jener getan hat, von dem ich hier spreche. Aber eines sei gesagt: Es gibt Vertreter unseres Volkes, die sich selbst erhöhen und das Leben, das uns auf dieser Welt gegeben ist, dazu benutzen, die Lehren unserer Ahnen in den Schmutz zu . . ."

Plötzlich wurde der Fürbitter vom Rednerpult gezogen. Sein Platz wurde von einem finsteren Mann mit kräftiger Statur eingenommen, der das schmuckloseste Kleidungsstück trug.

„Mein Name ist Sklar Hast", sagte er. „Ich bin der sogenannte verwerflich handelnde Freidenker, über den gerade gesprochen wurde. Ich hätte dazu einiges zu sagen, aber ich weiß kaum, wo ich anfangen soll. Ich will offen sein. König Krakon ist weder weise noch der selbstlose Beschützer, zu dem die Fürbitter ihn gerne machen wollen. König Krakon ist eine verfressene Bestie, die mit jedem Jahr größer und gieriger wird. Ich habe versucht, einen kleineren Krakon, der meine Schwammpfähle zerstörte, zu töten; irgendwie hat König Krakon davon erfahren, woraufhin er sich wie ein Wahnsinniger aufführte."

„Aufhören! Aufhören!" schrien die Fürbitter von unten. „Schande über dich, du Aufrührer!"

„Und warum nahm König Krakon mir meine Handlungsweise übel? Immerhin tötet er selbst jeden kleinen Krakon, der sich in unseren Gebieten sehen läßt. Der Grund für sein Handeln ist ganz einfach und offensichtlich. Er ist deswegen nicht damit einverstanden, daß wir uns selbst helfen, weil er weiß, daß wir dann auch auf den Gedanken kommen könnten, gegen ihn zu Felde zu ziehen. Und genau das zu tun, schlage ich hiermit vor. Laßt uns unsere schändliche Unterwürfigkeit aufgeben. Anstatt dieses Seeungeheuer durchzufüttern, sollten wir uns gegen es wenden und vernichten!"

Die Fürbitter schrien: „Unverantwortlicher Irrer!", „Narr!" und „Undankbarer Widerling!"

Sklar Hast wartete, aber die Zwischenrufe nahmen mit jeder Sekunde zu. Schließlich bestieg Phyral Berwick, der Schiedsmann von Apprise, die Rednertribüne und hob beide Arme. „Ruhe! Laßt Sklar Hast sprechen! Er steht hinter dem Podium; deswegen ist es sein Recht, zu sagen, was er will!"

„Niemand kann uns dazu zwingen, diese schmutzigen Ketzereien mit anzuhören!" schrie Semm Voiderveg. „Dieser Mann ist an der Zerstörung Tranques schuld! Nun will er auch noch den anderen Leuten seine Wahnsinnspläne schmackhaft machen!"

„Laßt ihn sich äußern", gab Phyral Berwick zurück. „Es zwingt dich niemand, ihm zuzustimmen."

Sklar Hast sagte: „Natürlich müssen die Fürbitter etwas gegen derartige Pläne haben; immerhin basiert ihre Funktion auf der Existenz König Krakons. Sie behaupten sogar, sich mit ihm verständigen zu können. Vielleicht entspricht das sogar der Wahrheit, denn wieso konnte König Krakon so schnell Tranque erreichen, nachdem man ihn überall vergebens gesucht hat? Ich komme jetzt zu meinem zweiten Punkt: Wenn wir darin übereinstimmen, uns von König Krakon zu befreien, müssen wir zunächst verhindern, daß die Fürbitter ihn von unserem Vorhaben in Kenntnis setzen. Tun wir das nicht, werden wir mehr Unbill erleiden als nötig ist. Die meisten von euch wissen doch insgeheim, daß ich die Wahrheit spreche. König Krakon ist nicht nur mit einem Riesenappetit ausgestattet, sondern auch eine schlaue Bestie – und wir sind seine Sklaven. Ihr wißt das alles selbst, aber ihr fürchtet euch davor, dieser Wahrheit ins Gesicht zu sehen. Jene, die vor mir auf dieser Tribüne standen, haben unsere Vorfahren angeführt, jene Menschen, die den Tyrannen die Gewalt über das Schiff entrissen und einen Kurs einschlugen, der verhinderte, daß sie an ihrem eigentlichen Bestimmungsort, an dem nichts Gutes auf sie wartete, ankamen. Was hätten unsere Ahnen getan, wären sie an unserer Stelle gewesen? Hätten sie sich diesem gierigen Ungeheuer unterworfen? Natürlich nicht!

Die Frage ist also: Wie können wir König Krakon töten? Auf jeden Fall erst dann, wenn wir uns klar machen, daß dazu gemeinsames Handeln notwendig ist – und keinesfalls dürfen die Fürbitter von den genauen Plänen erfahren. Wenn unter euch welche sind, die die gleichen Ansichten vertreten wie ich, dann ist es jetzt an der Zeit, daß sie ihre Stimme erheben und sich Gehör verschaffen."

Sklar Hast verließ die Rednertribüne. Auf der Plattform herrschte plötzlich Stille. Die Gesichter schienen eingefroren zu sein. Sklar Hast schaute nach rechts und links. Niemand wagte es, ihn anzusehen.

Jetzt erkletterte der rundliche Semm Voiderveg die Tribüne.

„Ihr habt euch das Geschwätz dieses Mörders angehört. Er kennt keinerlei Schamgefühl. Auf Tranque haben wir ihn wegen seiner unaussprechlichen Verbrechen zum Tode verurteilt, aber aufgrund unserer alten Bräuche mußten wir ihm die Möglichkeit geben, vor der Versammlung zu sprechen. Das hat er hiermit getan. Hat er die Gelegenheit dazu benutzt, sein Verbrechen einzugestehen? Hat er Tränen der Reue gezeigt, nachdem er mit eigenen Augen gesehen hat, was seine Tat Tranque einbrachte? Nein! Er hat sich hier hingestellt und versucht, seine Wahnideen auch noch auf andere zu übertragen, und er wagte es, unsere Vorfahren in einem Atemzug mit seinen schmutzigen Vorschlägen zu erwähnen! Möge die Versammlung die richtigen Schlüsse aus dem ziehen, was Tranque widerfahren ist! All jene, die König Krakon respektieren und der Meinung sind, daß es für ein derartiges Verbrechen nur die Todesstrafe geben kann, mögen ihren Arm erheben und die Hand zum Zeichen der Zustimmung zur Faust ballen!"

„Tod!" brüllten die Fürbitter und hoben die Fäuste. Der Rest der Menge verhielt sich unsicher. Die Leute sahen sich an; einige warfen angstvolle Blicke auf die See hinaus.

Semm Voiderveg sah enttäuscht auf die Zuhörer. „Ich kann natürlich verstehen, daß es euch unangenehm ist, gewalttätig gegen einen der euren vorzugehen, aber in diesem Fall ist jede Zurückhaltung fehl am Platze.“ Er deutete mit einem langen, blassen Finger auf Sklar Hast. „Ist euch überhaupt klar geworden, welche Boshaftigkeit dieser Mann verkörpert? Ich will mich deutlicher ausdrücken: Kurz vor dem großen Verbrechen, dessen er nun angeklagt ist, beging er bereits ein anderes, das sich gegen seinen Ausbilder und Vorgesetzten, den Signalmeister Zander Rohan, richtete. Aber dieser heimtückische Akt, sein Versuch, den Signalmeister mit Hilfe von Betrug bei einem Wettkampf zu schlagen, um ihn von seinem Stuhl zu verdrängen, konnte dank der Aufmerksamkeit von Schiedsmann Ixon Myrex und meiner Wenigkeit verhindert werden.“

„Was?“ brüllte nun Sklar Hast. „Ist denn hier niemand, der einen gegen eine öffentliche Verleumdung in Schutz nimmt? Muß ich mir diese giftigen Worte gefallen lassen?“

Phyral Berwick sagte: „Du hast das Recht, darauf zurückzukommen. Laß den Mann aussprechen. Wenn du ihm eine Verleumdung nachweisen kannst, muß er sich mit dem Gedanken vertraut machen, für seine Tat bestraft zu werden.“

Mit größter Ernsthaftigkeit sagte Semm Voiderveg: „Eine offen geäußerte Tatsache ist keine Verleumdung. Um jemanden der Verleumdung zu überführen, muß man ihm nachweisen, daß er aus einer persönlichen Boshaftigkeit heraus gehandelt hat. Es gibt aber keinen Grund, weswegen ich so handeln sollte. – Um fortzufahren . . .“

Aber Sklar Hast sagte zu Phyral Berwick: „Bevor er weiterspricht, möchte ich erst diese Verleumdung aus der Welt schaffen. Ich möchte beweisen, daß dieser Mann mich aus purer Boshaftigkeit angreift.“

„Und das kannst du beweisen?“

„Ja.“

„Na schön.“ Phyral Berwick näherte sich Semm Voiderveg. „Du mußt deine Ansprache unterbrechen, bis dieser Fall geklärt ist.“

„Du brauchst nur die Auskunft von Schiedsmann Ixon Myrex einzuholen“, protestierte Semm Voiderveg. „Er wird dir nichts anderes sagen, als daß meine Worte der Wahrheit entsprechen.“

Phyral Berwick nickte Sklar Hast zu. „Fang an. Beweise, daß man dich verleumdet hat, wenn du es kannst.“

Sklar Hast zeigte auf den Zweiten Signalgeber-Assistenten Vick Caverbee. „Komm bitte nach vorn.“

Caverbee, ein kleiner Mann mit sandfarbenem Haar, einem mageren Gesicht und einer gebrochenen Nase, kam ein wenig zögernd näher. Sklar Hast sagte: „Voiderveg behauptet, daß ich Signalmeister Rohan nur deshalb schlug, weil ich ihn aufgrund der Kenntnis der Übungen übervorteilte. Entspricht dies der Wahrheit?“

„Nein. Das ist nicht wahr. Es kann nicht einmal teilweise der Wahrheit entsprechen. Die Lehrlinge hatten bis zu diesem Zeitpunkt erst die Lektionen eins bis fünfzig durchgenommen. Als Schiedsmann Myrex nach Übungsarbeiten suchte, die in diesem Wettkampf zur Anwendung kommen sollten, gab ich ihm jene, die im Ausbildungsprogramm noch gar keine Verwendung gefunden hatten. Schiedsmann Myrex und Fürbitter Voiderveg haben aus diesem Material die Wettkampf-Übungen ganz allein ausgewählt.“

Sklar Hast deutete auf Schiedsmann Myrex: „Ist das wahr oder nicht?“

Schiedsmann Myrex atmete tief ein. „In einem rein technischen Sinne entspricht es der Wahrheit. Aber dennoch hattest du die Möglichkeit, diese Übungsarbeiten zu praktizieren.“

„Die hatte Signalmeister Rohan auch“, sagte Sklar Hast mit einem grimmigen Lächeln. „Es erübrigt sich wohl, darauf hinzuweisen, daß ich nichts dergleichen tat.“

„Das wäre nun klar“, sagte Phyral Berwick trocken. „Aber was die Verleumdung angeht . . .“

Sklar Hast nickte Caverbee zu. „Auch diese Frage kann er beantworten.“

Jetzt sprach Caverbee noch zögernder als vorher. „Fürbitter Voiderveg hatte den Wunsch, die Tochter des Signalmeisters zu heiraten. Er hat zuerst mit dem Signalmeister und dann mit seiner Tochter Meril darüber gesprochen. Ich habe das Gespräch per Zufall mit angehört. Sie gab dem Fürbitter eine klare Absage, und als er nach den Gründen fragte, erwiderte sie, daß sie den Signalgeber Sklar Hast zu heiraten wünsche, falls dieser irgendwann auf die Idee kommen solle, sie wie eine Frau und nicht wie das Fußpedal der Signalmaschine zu behandeln. Fürbitter Voiderveg schien darüber ziemlich erbost zu sein."

„Pah!" schmetterte Voiderveg mit flammendrotem Gesicht. „Und mir wagt man eine Verleumdung zu unterschieben?"

Sklar Hast warf einen Blick über die Menge, und sein Blick traf den von Meril Rohan. Sie wartete gar nicht erst ab, daß man sie zum Sprechen aufforderte, sondern erhob sich auf der Stelle. „Ich bin Meril Rohan. Das, was der Zweite Assistent soeben geäußert hat, ist im großen und ganzen richtig. Ich hatte damals wirklich vor, Sklar Hast zu heiraten."

Sklar Hast wandte sich wieder Phyral Berwick zu. „Damit dürfte alles klar sein."

„Du hast den Fall in der richtigen Form abgehandelt. Ich stelle fest, daß der Fürbitter Semm Voiderveg der Verleumdung überführt ist. Welche Strafe verlangst du für ihn?"

„Keine", erwiderte Sklar Hast. „Die Sache ist mir einfach zu unwichtig. Ich möchte nichts anderes, als daß man nach Tatsachen urteilt und keine persönlichen Antipathien dazu mißbraucht, um andere in Mißkredit zu bringen."

Phyral Berwick drehte sich zu Semm Voiderveg um. „Du kannst jetzt in deiner Rede fortfahren. Aber denke daran, daß keine weiteren Verleumdungen über deine Lippen kommen."

„Ich werde nichts mehr sagen", sagte Voiderveg mit belegter Stimme. „Aber eines Tages werde ich den Beweis für meine Worte erbringen." Er verließ die Rednertribüne, überquerte den sich daran anschließenden Freiraum und ließ sich neben Schiedsmann Myrex nieder, der sich alle Mühe gab, ihn zu übersehen.

Ein großer, dunkelhaariger Mann, der ein farbengeschmücktes Gewand trug, betrat nun die Rednertribüne. Es war Barquan Blasdel, der Fürbitter von Apprise. Seine Besonnenheit und würdevolle Haltung führte dazu, daß ihm weitaus mehr Beachtung zuteil wurde als dem etwas übernervös agierenden Semm Voiderveg.

„Wie der Angeklagte eingestanden hat, war die gegen ihn erhobene Verleumdung nur von geringer Wichtigkeit gegenüber dem, dessen man ihn anschuldigt, deswegen plädiere ich dafür, daß wir sie völlig aus unseren Gedächtnissen streichen. Das, um was es hier geht, ist nun klar. Das Abkommen beinhaltet, daß König Krakon ganz allein beurteilt, was gegen Räuber des Meeres unternommen wird. Sklar Hast hat vorsätzlich und aus eigenem Willen dieses Abkommen verletzt und durch sein Verhalten den Tod von dreiundvierzig Männern und Frauen auf sich geladen – daran kann keinerlei Zweifel herrschen." Barquan Blasdel zuckte entschuldigend die Achseln. „Wenngleich ich persönlich auch ein Gegner der Todesstrafe bin, bleibt mir nichts anderes übrig, als in diesem Fall für sie zu plädieren. Hebt also die Fäuste! Den Tod für Sklar Hast!"

„Tooood!" brüllten die Fürbitter erneut, hoben die Fäuste, wandten sich um und gaben der Menge gestikulierend zu verstehen, daß auch sie sich ihrem Urteil anschließen solle.

Barquan Blasdels sachliche Ausführungen ließen mehr Leute schwankend werden als Voidervegs bittere Anklagen, aber immer noch herrschte unter den Anwesenden ein zögernder Geist vor. Sie waren unsicher und schienen zu erwarten, daß noch jemand das Wort ergriff.

Barquan Blasdel beugte sich fragend vor und schaute über das Rednerpult hinweg. „Was? Ihr zögert noch immer, diesen Fall zu entscheiden? Welchen Beweis verlangt ihr denn jetzt noch?"

Phyral Berwick, der Schiedsmann von Apprise, erhob sich. „Ich möchte Barquan Blasdel darauf aufmerksam machen, daß man nun bereits zum zweiten Mal den Tod Sklar Hasts verlangt hat. Verlangt man ihn ein drittes Mal, ohne die Mehrheit der Stimmen dafür aufzubringen, ist Sklar Hast rehabilitiert."

Barquan Blasdel lächelte über die Menge hinweg. Er schenkte Sklar Hast einen kurzen, beinahe abschätzenden Blick und verließ die Rednertribüne ohne ein weiteres Wort.

Das Podium war nun leer. Niemand schien das Bedürfnis zu verspüren, das Wort zu ergreifen. Schließlich stieg Phyral Berwick selbst die Stufen hinauf. Er war ein stämmiger, untersetzter Mann mit einem viereckigen Gesicht, grauem Haar, eisblauen Augen und einem kurzen, grauen Bart. Er sprach mit wohlgesetzten Worten. „Sklar Hast verlangt den Tod Königs Krakons. Semm Voiderveg und Barquan Blasdel verlangen den Tod Sklar Hasts. Ich will euch sagen, was ich darüber denke. Was den ersten Fall angeht, so fürchte ich mich davor, ihn auszuführen. Was den zweiten betrifft, so verspüre ich wenig Lust dazu. Ich weiß nicht genau, was ich tun würde, wenn ich mich zu entscheiden hätte. Sklar Hast hat uns allerdings – zu Recht oder zu Unrecht – dazu gezwungen, eine Entscheidung zu treffen. Wir sollten mit Bedacht und Überlegung handeln und keine vorschnellen Urteile fällen."

Barquan Blasdel sprang wieder auf. „Mit allem gebührenden Respekt muß ich darauf hinweisen, daß Sklar Hasts Schuld in Verbindung mit der Tragödie, die Tranque heimgesucht hat, noch einer Klärung bedarf."

Phyral Berwick nickte kurz. „Wir werden uns für eine Stunde zurückziehen."

5

Sklar Hast bahnte sich einen Weg durch die Menge und hielt auf jene Stelle zu, an der er Meril Rohan erblickt hatte. Als er den Punkt jedoch endlich erreichte, war sie verschwunden. Während er nach ihr Ausschau hielt, wurde er von zahlreichen Männern und Frauen aus den unterschiedlichsten Zünften umringt, die nach vorn drängten, um ihn sich anzusehen. Die Leute kamen von den unterschiedlichsten Plattformen, und was ihre Altersstruktur anging, gab es unter ihnen keine vorherrschende Gruppe. Sie waren einfach neugierig. Ein paar, die möglicherweise eine leichte psychische Morbidität motivierte, streckten die Arme aus, um ihn zu berühren; andere sprachen mit vor Aufregung heiseren Stimmen auf ihn ein. Ein hochgewachsener rothaariger Mann aus der Zunft der Färber, der ein kunstvoll gefertigtes Emblem trug, das fünf Farben zeigte, schob sich mit neugierigem Gesicht an ihn heran. „Du hast davon gesprochen, daß wir König Krakon töten sollen. Aber wie könnte man das anstellen?"

„Ich weiß es nicht", erwiderte Sklar Hast vorsichtig. „Aber ich hoffe, es irgendwie herauszufinden."

„Und wenn König Krakon von diesem Plan erfährt, wütend wird und eine Plattform nach der anderen verwüstet?"

„Dann werden wir eine Zeitlang seinen Zorn ertragen müssen. Aber unseren Kindern und Kindeskindern würde schließlich eine bessere Zukunft winken."

Jemand anders ergriff nun das Wort. Es war eine Frau mit fliehendem Kinn. „Ich sehe nicht ein, daß ich all diese Leiden und möglicherweise sogar meinen Tod in Kauf nehmen soll, wenn diejenigen, die dann später etwas davon haben, jetzt noch gar nicht leben."

„Das ist natürlich eine Frage der persönlichen Ansicht", erwiderte Sklar Hast diplomatisch. Er machte den Versuch, der Menge zu entwischen, aber schon hielt ihn eine andere Frau auf. Sie trug das blauweiße Zunftzeichen der Achtgroschenjungen und fuchtelte erregt mit der Hand unter der Nase ihrer Vorrednerin herum. „Und was war mit den Zweihundert, die vor den Tyrannen flohen? Glaubst du, sie hätten sich Gedanken darüber gemacht, welches Risiko sie eingingen? Nein! Sie haben alles aufs Spiel gesetzt, nur um der Sklaverei zu entgehen. Und *wir* sind diejenigen, die die Früchte ihrer Bemühungen ernteten! Sollen wir uns dagegen sträuben, für unsere eigenen Nachkommen ebensolche Gefahren einzugehen und Opfer zu bringen?"

„Nein!" rief die erste Frau aus. „Aber es ist doch nicht nötig, daß ausgerechnet unsere Generation dazu ausersehen werden muß!"

Der Fürbitter einer der weiter entfernten Plattformen arbeitete sich zu ihnen vor. „König Krakon ist unser Wohltäter! Was soll dieses närrische Geschwätz über Risiken, Opferbereitschaft und Sklaverei? Wir sollten statt dessen unseren König Krakon lobpreisen und ihm huldigen."

Der rothaarige Färber, der neben Sklar Hast stand, winkte ungeduldig ab. „Warum ist noch keiner von den Fürbittern auf die Idee gekommen, seine Siebensachen zu packen und mit all denen, die seines Geistes sind, König Krakon zu schnappen und mit ihm auf eine weit entfernte Plattform auszuwandern? Dort könnten sie ihm huldigen, wie es ihnen gefällt, und der Rest von uns könnte in Frieden leben."

„König Krakon dient uns allen", erwiderte der Fürbitter würdevoll. „Es wäre eine äußerst schändliche Tat, ihn seiner Beschützerfunktion zu berauben."

Die Frau aus der Kaste der Achtgroschenjungen hatte daraufhin einen heftigen Einwand zu machen, aber im gleichen Augenblick gelang es Sklar Hast, sich beiseite zu drücken. Nun sah er auch Meril Rohan, die an einer Bude in der Nähe stand und aus einem Becher Tee trank. Er schaffte sich eine Gasse und stellte sich neben sie. Meril quittierte seine Gegenwart mit einem kühlen Nicken.

„Komm", sagte Sklar Hast und ergriff ihren Arm. „Laß uns ein wenig beiseite gehen, damit die Leute uns nicht erdrücken. Ich habe eine Menge mit dir zu besprechen."

„Es kümmert mich nicht, was du mir zu sagen hast. Möglicherweise ist mein Verhalten nur kindlicher Trotz, aber genau dieses Gefühl habe ich jetzt in mir."

„Und genau darüber möchte ich jetzt mit dir sprechen", sagte Sklar Hast.

Meril Rohan lächelte müde. „Du denkst dir besser ein paar gute Argumente aus, die deinen Hals retten. Immerhin besteht die Möglichkeit, daß die Versammlung zu dem Schluß kommt, daß dein Leben länger gedauert hat, als es wünschenswert ist."

Sklar Hast zuckte wie unter einem Hieb zusammen. „Und wie wirst du stimmen?"

„Die ganze Abstimmerei langweilt mich zu Tode. Wahrscheinlich werde ich nach Quatrefoil zurückkehren."

Da er einsah, daß die Situation für ihn allmählich peinlich wurde, entschied Sklar Hast sich dazu, gute Miene zum bösen Spiel zu machen, und zog sich zurück.

Unter dem Sonnendach der Taverne von Apprise stieß er auf Rubal Gallager. „Die Plattform ist verwüstet. Du hast dir Feinde gemacht", sagte er zu Sklar Hast. „Aber nach meiner Meinung ist dein Leben nicht länger in Gefahr."

Sklar Hast grunzte frustriert. „Manchmal frage ich mich, ob sich diese Anstrengungen überhaupt lohnen. Aber auf uns wartet noch viel Arbeit. Zumindest der Signalturm muß wieder aufgebaut werden. Und außerdem muß ich meine neue Stellung überdenken."

Rubal Gallager lachte breit. „Mit Semm Voiderveg als Fürbitter und Ixon Myrex als Schiedsmann wird es kein reines Zuckerschlecken werden."

„Das ist das letzte, worüber ich mir den Kopf zerbreche", erwiderte Sklar Hast. „Wobei ich natürlich von der Annahme ausgehe, daß ich die Versammlung lebend verlasse."

„Ich glaube, daß du damit rechnen kannst", sagte Rubal Gallager mit einem etwas grimmigen Ton in der Stimme. „Zweifellos gibt es viele, die dich tot sehen wollen – aber es gibt auch genügend viele, die andere Ansichten vertreten."

Sklar Hast dachte einen Moment lang nach, dann schüttelte er unschlüssig den Kopf. „Ich weiß kaum, was ich sagen soll. Zwölf Generationen lang haben wir in äußerster Harmonie gelebt . . . Wir verachten Menschen, die gegen andere die Hand erheben ... Muß ausgerechnet ich zum Angelpunkt einer Auseinandersetzung werden? Soll es so kommen, daß der Name Sklar Hast den kommenden Generationen als abschreckendes Beispiel für einen Menschen eingebleut wird, der Zwist und Streitigkeiten auf die Plattformen brachte?"

Rubal Gallager schenkte ihm einen amüsiert-fragenden Blick. „Ich habe gar nicht gewußt, daß du auch philosophieren kannst."

„Es ist nicht gerade eine Tätigkeit, die mir Freude bereitet", erwiderte Sklar Hast. „Aber ich gewinne mehr und mehr den Eindruck, daß mich etwas zwingt, mich mit solchen Dingen zu beschäftigen."

Er warf einen Blick auf die Erfrischungsbude, an der Meril Rohan auf einer Bank Platz genommen hatte und sich mit einem Mann unterhielt, den er nicht kannte. Der Fremde war dürr; ein junger Mann mit einem hellen, scharfkantigen Gesicht und nervöser Gestik. Er trug weder Zunft- noch Abkunftsembleme, aber anhand der grünen Paspelierung am Hals seiner Bluse erkannte Sklar Hast, daß er von Sankston stammen mußte.

Phyral Berwicks Rückkehr auf die Rednertribüne riß Sklar Hast aus seinen Gedanken.

„Wir werden nun unsere Beratungen fortsetzen, und ich hoffe, daß alle, die von nun an sprechen, sich jeglicher gefühlsmäßigen Äußerung enthalten werden. Dies hier ist eine Versammlung vernunftbegabter und der Selbstkontrolle fähiger Wesen und kein fanatisierter Mob. Ich möchte, daß ihr alle daran denkt. Sollte irgend jemand die Absicht haben, andere Menschen in pöbelhafter Manier anzugreifen, hat er den Zweck dieser Versammlung mißverstanden und bekommt das Wort entzogen. Wer wünscht jetzt das Wort?"

Aus dem Publikum rief jemand: „Eine Frage!"

Phyral Berwick deutete auf den Frager und sagte: „Tritt vor und nenne deinen Namen, deine Zunft, deinen Beruf und sage, was du wissen möchtest."

Es war der junge Mann mit dem angespannten Gesicht, den Sklar Hast hatte mit Meril Rohan reden sehen, der nun aufstand. Er sagte: „Ich heiße Roger Kelso. Von der Zunft her bin ich ein Langfinger, aber ich habe meinen Zunftstatus aufgegeben und mich ganz der Arbeit eines Schreibers zugewandt. Meine Frage hat folgenden Hintergrund: Man beschuldigt Sklar Hast, die Katastrophe hervorgerufen zu haben, die Tranque traf – und es ist die Pflicht dieser Versammlung, die Schuldfrage zu klären. Um das aber tun zu können, ist es unerläßlich, zunächst einmal die Ursache dieser Tragödie festzustellen.

Sollte jemand darüber andere Ansichten haben, will ich kurz ein Zitat aus den Aufzeichnungen von Lester McManus verlesen, in denen er die theoretischen Grundlagen der Gesetze der Heimatwelt beschreibt. Diese Passage ist in den Auszügen nicht enthalten und deshalb nicht überall bekannt. Er stellt im wesentlichen fest, daß ein Mensch, der die Voraussetzung für ein Verbrechen schafft, nicht unbedingt schuldig zu sprechen ist. Er muß tatsächlich und uneingeschränkt für das kriminelle Ereignis verantwortlich gemacht werden können."

Mit seiner gleichmäßigen, beinahe väterlichen Stimme warf Barquan Blasdel ein: „Aber genau das hat Sklar Hast getan: Er mißachtete König Krakons Gebote und hat dadurch dessen schreckliches Strafgericht hervorgerufen."

Roger Kelso lauschte seinen Worten mit einer Geduld, die offenbar gar nicht seiner wirklichen Natur entsprach. Mit flackernden Augen trat er von einem Fuß auf den anderen. Dann sagte er: „Wenn der ehrenwehrte Fürbitter gestattet, möchte ich nun fortfahren."

Barquan Blasdel nickte freundlich und nahm wieder Platz.

„Als Sklar Hast das Wort ergriff, sprach er eine Vermutung aus, von der er überzeugt zu sein schien, nämlich folgende: Hat Semm Voiderveg, der Fürbitter von Tranque, König Krakon zur Plattform gerufen? Dies ist eine Frage, die mehr enthält, als man auf den ersten Blick sieht, denn es kommt nicht nur darauf an, ob Semm Voiderveg ihn gerufen hat, sondern *wann.* Wenn er es tat, als der Räuberkrakon zum ersten Mal gesichtet wurde, ist es gut und schön. Aber wenn er ihn erst rief, nachdem Sklar Hast den Versuch unternahm, den kleinen Krakon zu töten, ist Semm Voiderveg mehr an der Beschädigung Tranques schuldig als der Angeklagte, denn er muß sich über die Konsequenzen im klaren gewesen sein. Wie war es wirklich?

Verständigen sich die Fürbitter auf geheimnisvolle Weise mit König Krakon? Und meine Hauptfrage: Hat Semm Voiderveg König Krakon nur deshalb gerufen, damit er Sklar Hast und seine Helfer bestrafte?"

„Pah!" rief Barquan Blasdel aus. „Dies ist nichts anderes als ein Ablenkungsmanöver, ein dialektischer Trick!"

Phyral Berwick dachte einen Moment lang nach. „Die Frage scheint mir klar genug. Ich kann zwar persönlich mit keiner Antwort dienen, aber ich glaube, daß die Frage eine solche verlangt, selbst wenn sie nur dazu dient, die Sache aufzuklären. Semm Voiderveg: Was sagst du dazu?"

„Ich sage überhaupt nichts."

„Nun komm", sagte Phyral Berwick sachlich. „Dein Beruf ist der eines Fürbitters. Deine Pflicht besteht darin, vor den Menschen, die du vertrittst und für die du Fürbitte leistest, Rechenschaft abzulegen. Du bist kein Untergebener König Krakons, bei allem Respekt, den er verdienen mag. Sturheit, Eigensinn oder Schweigen kann zu nichts anderem dienen, als das Mißtrauen der Zuhörer zu erwecken, und ist der Gerechtigkeit in keinem Fall dienlich. Ich zweifle nicht daran, daß du die Sache ebenso siehst."

„Ich möchte klarstellen", sagte Semm Voiderveg mit beißender Stimme, „daß selbst dann, wenn ich König Krakon gerufen hätte – es würde den Statuten meiner Zunft widersprechen, wenn ich hierauf eine klare Antwort geben würde –, dies aus reinster Lauterkeit geschehen wäre."

„Also hast du ihn gerufen?"

Semm Voiderveg warf Barquan Blasdel einen hilfesuchenden Blick zu, der Fürbitter von Apprise erhob sich erneut. „Schiedsmann Berwick, ich bin gezwungen, darauf hinzuweisen, daß wir im Begriff sind, uns in einer Sackgasse zu verlieren und uns von unserem ursprünglichen Ziel immer weiter entfernen."

„Was ist denn jetzt unser ursprüngliches Ziel?" fragte Phyral Berwick.

Barquan Blasdel hob überrascht beide Arme. „Ja, gibt es daran denn einen Zweifel? Laut Sklar Hasts eigener Aussage hat er nicht nur die Gesetze Königs Krakons gebrochen, sondern auch die Bräuche unseres Volkes verletzt. Wir sind hier versammelt – und nur allein das ist unser Ziel –, ihn seiner gerechten Strafe zuzuführen."

Phyral Berwick wollte etwas sagen, wurde aber von dem rasch aufgesprungenen Roger Kelso abgelenkt. „Ich muß darauf hinweisen, daß das Denken des ehrenwerten Fürbitters von großer Verwirrung gesteuert zu sein scheint. Die Gesetze König Krakons sind nicht die Gesetze der Menschen; also ist ein Verstoß gegen sie auch kein Verbrechen! Wenn dem so wäre, hätten sich außer Sklar Hast noch viele andere schuldig gemacht."

Barquan Blasdel schien dieser Einwand nicht zu beeindrucken. „Die Verwirrung liegt in einem ganz anderen Bereich. Die Gesetze, auf die ich mich beziehe, haben sich aus dem Abkommen zwischen uns und König Krakon ergeben: Er beschützt uns vor den Schrecknissen der See; dafür verlangt er von uns, daß wir anerkennen, daß er dort der alleinige Herrscher ist.

Und wenn man von diesem Abkommen abweicht, ist dies nicht mehr und nicht weniger als ein Unterlaufen der von den Fürbittern und Schiedsmännern der Plattformen aufgestellten Lebensregeln. Nur sie besitzen genügend Weitblick und Weisheit, um diese Regeln niederlegen zu können. Und aufgrund dieser Regeln haben wir das Verbrechen Sklar Hasts abzuwägen."

„Genau", sagte Roger Kelso. „Und um das tun zu können, müssen wir erfahren, ob Semm Voiderveg König Krakon nach Tranque gerufen hat."

Man konnte der Stimme Barquan Blasdels jetzt förmlich anhören, wie vergrätzt er war. „Wir dürfen nicht die Taten eines Menschen in Frage stellen, der die Position eines Fürbitters einnimmt! Und ebensowenig ist es gestattet, die Geheimnisse unserer Zunft preiszugeben!"

Phyral Berwick gab Barquan Blasdel mit einer Handbewegung zu verstehen, daß er schweigen solle. „In einer Lage wie dieser, wenn es um Fragen von grundsätzlicher Bedeutung geht, können Zunftgeheimnisse nur noch von zweitrangiger Wichtigkeit sein. Nicht nur ich, sondern das ganze Volk will jetzt die unverschleierte Wahrheit erfahren. Geheimniskrämerei ist in diesem speziellen Fall nicht mehr gestattet, das ist mein Befehl. Also, Semm Voiderveg, ich stelle dir die

Frage: Hast du König Krakon in der fraglichen Nacht nach Tranque gerufen oder nicht?“

Die Luft schien zu erstarren. Alle Augen richteten sich auf Semm Voiderveg. Er räusperte sich und wandte den Blick zum Himmel; seine Antwort zeigte aber, daß er keinesfalls aus der Fassung geraten war. „Die Frage ist naiv. Wie könnte ich als Fürbitter arbeiten, wenn ich nicht über Mittel verfügte, mit denen ich einerseits König Krakon von unserer Opferbereitschaft berichten, andererseits ihn aber auch im Notfall herbeirufen kann? Als der Räuber in unsere Lagune eindrang, war es nicht weniger als meine Pflicht, König Krakon zu rufen. Und genau das tat ich. Mit welchen Mitteln ich das tat, geht niemanden etwas an.“

Barquan Blasdel nickte in uneingeschränkter Zustimmung und schien beinahe erleichtert zu sein. Phyral Berwick klopfte mit den Fingern auf das Rednerpult, öffnete mehrmals den Mund, um etwas zu sagen, und schwieg dann doch. Schließlich fragte er eher lahm: „Und du pflegst König Krakon ausschließlich zu diesen beiden Gelegenheiten zu rufen?“

Semm Voiderveg machte eine beleidigte Miene. „Was soll diese Frage?“ verlangte er zu wissen. „Ich bin ein Fürbitter; der Verbrecher ist Sklar Hast!“

„Immer mit der Ruhe. Die Fragen sollen die Schwere des vergangenen Verbrechens erleuchten. Laß mich zum Beispiel die folgende Frage stellen: Rufst du König Krakon gelegentlich auch, damit er in der Lagune die Schwammpfähle bestimmter Personen abweiden soll, um diesen oder allen Plattformbewohnern eine Warnung oder Lehre zu erteilen?“

Semm Voiderveg klapperte mit den Augendeckeln. „Die Weisheit König Krakons ist unermeßlich. Er kann Übeltäter erkennen und macht durch seine Gegenwart . . .“

„Hast du König Krakon in diesem Fall nach Tranque gerufen, weil Sklar Hast versuchte, den Räuber zu töten?“ fragte Phyral Berwick.

„Meine Handlungen stehen hier nicht zur Debatte. Ich sehe nicht ein, aus welchen Gründen ich diese Frage beantworten sollte.“

Barquan Blasdel erhob sich und reckte seine majestätische Gestalt empor. „Genau das wollte ich auch gerade sagen.“

„Ich auch! Ich auch!“ schrien die anderen Fürbitter durcheinander.

Ein wenig verstört sagte Phyral Berwick: „Es sieht so aus, als wäre es unmöglich festzustellen, wann genau Semm Voiderveg König Krakon rief. Tat er es, nachdem Sklar Hast den Räuber angriff, ist nach meiner Ansicht Semm Voiderveg, der Fürbitter von Tranque, für die Beschädigungen verantwortlich zu machen, und es wäre eine Ungerechtigkeit, die Katastrophe Sklar Hast in die Schuhe zu schieben. Leider gibt es keine Möglichkeit, diese Frage bis in die letzte Einzelheit hinein zu klären.“

Poe Belrod, der Älteste der Lockvögel, stand auf und musterte Semm Voiderveg mit einem langen Seitenblick. „Ich kann etwas Licht in die Angelegenheit bringen, denn ich habe alles miterlebt. Als der Räuber in der Lagune auftauchte, ging Semm Voiderveg mit den anderen hinaus, um ihn sich anzusehen. Er verschwand erst dann wieder, nachdem Sklar Hast begonnen hatte, das Ungeheuer zu töten. Ich bin sicher, daß auch die anderen sich daran erinnern werden. Semm Voiderveg machte keinen Versuch, seine Anwesenheit zu verheimlichen.“

Mehrere derjenigen, die sich daran ebenfalls erinnern konnten, standen auf und bestätigten daraufhin die Richtigkeit von Poe Belrods Aussage.

Nun war wieder Barquan Blasdel, der Fürbitter von Apprise, an der Reihe, die Rednertribüne zu besteigen. „Schiedsmann Berwick“, sagte er, „ich möchte dich bitten, dafür zu sorgen, daß man bei der Sache bleibt. Tatsache ist, daß Sklar Hast und seiner Bande eine Tat zur Last gelegt wird, die darauf beruht, daß sie sich wissentlich gegen den Schiedsmann Ixon Myrex und den Fürbitter Semm Voiderveg gestellt haben. Die daraus resultierenden Konsequenzen waren eine Folge dieser Auflehnung. Sklar Hast ist zweifellos schuldig.“

„Barquan Blasdel“, erwiderte Phyral Berwick, „du bist der Fürbitter von Apprise. Hast du jemals König Krakon zu unserer Plattform gerufen?“

„Wie Semm Voiderveg und ich bereits unmißverständlich klargemacht haben, ist Sklar Hast der Verbrecher, über den hier gerichtet werden soll, nicht jedoch die ehrenwerten Fürbitter der verschiedenen Plattformen. Es kann auf keinen Fall gestattet werden, daß Sklar Hast seiner gerechten Strafe entgeht. Niemand darf König Krakon den Gehorsam verweigern! Und selbst wenn wir die Versammlung nicht dazu bewegen können, geschlossen die Fäuste zum Todesurteil zu erheben, sage ich, daß Sklar Hast sterben muß. Die Ernsthaftigkeit dieser Sache verlangt es geradezu."

Phyran Berwick musterte Barquan Blasdel eindringlich mit seinen blauen Augen. „Wenn die Versammlung Sklar Hast das Leben schenkt, werdet ihr ihn nur über meine Leiche erhalten!"

„Das gleiche gilt für mich!" rief Poe Belrod aus. Und Roger Kelso schloß sich mit einem „Und für mich ebenfalls!" an. Als hätte dies eine Signalwirkung gehabt, erhoben sich nun auch all die Männer, die Sklar Hast beim Einfangen des kleinen Krakons unterstützt hatten. Auch sie schrien, daß sie bereit seien, das Leben des Delinquenten mit ihrem eigenen zu verteidigen.

Schlagartig schlossen sich diesen Stimmen zahlreiche andere an. Sogar die Bewohner anderer Plattformen ergriffen nun für Sklar Hast Partei.

Barquan Blasdel stampfte auf der Rednertribüne mit dem Fuß auf, schwenkte die Arme und schaffte es schließlich, sich Gehör zu verschaffen. „Bevor noch mehr Leute sich dazu entscheiden, auf Sklar Hasts Seite überzuwechseln – werft einen Blick auf die See! König Krakon beobachtet uns; ich zweifle nicht daran, daß er herausfinden will, wer ihm loyal gegenübersteht und wer nicht!"

Wie ein Mann wandte sich die Menge um. Kaum hundert Meter vom Rand der Plattform entfernt konnte man den Knorpelturm von König Krakon aus dem Wasser ragen sehen. Seine kristallinen Augen waren wie Teleskope auf Apprise gerichtet. Schließlich tauchte der Riesenfisch unter. Die Wellen schlugen über ihm zusammen. Nichts deutete mehr auf seine Anwesenheit hin.

Sklar Hast machte ein paar Schritte nach vorn und versuchte die Tribüne zu erklettern, aber der Fürbitter Barquan Blasdel hielt ihn an. „Die Tribüne ist ein Ort, von dem aus keine aufrührerischen Reden gehalten werden dürfen. Bleib unten, bis man dich ruft!"

Sklar Hast schob den Mann einfach zur Seite und richtete seinen Blick auf die Menge. Dann deutete er auf den ebenmäßigen Wasserspiegel des Ozeans. „Dort drüben habt ihr die gefräßige

Bestie, unseren Feind, gesehen! Gibt es einen Grund, weswegen wir uns selbst betrügen? Fürbitter, Schiedsmänner – ihr alle! Laßt uns unsere Meinungsverschiedenheiten vergessen, laßt uns unsere Kräfte vereinigen! Wenn wir das tun, können wir auch eine Methode entwickeln, um diesem Ungeheuer den Garaus zu machen! Wir sind Menschen – aus welchem Grund sollten wir uns von irgend jemandem unterdrücken lassen?"

Barquan Blasdel riß den Kopf zurück und schnappte nach Luft. Er machte, als wolle er Sklar Hast packen, einen Schritt auf den anderen zu, dann musterte er das Publikum. „Ihr habt diesen Wahnsinnigen gehört! Zum zweiten Mal hat er jetzt diesen schmutzigen Plan vor euch ausgebreitet. Und ebenso seid ihr Zeugen der Tatsache geworden, daß König Krakon gemerkt hat, was hier vor sich geht. Seine Rache wird fürchterlich sein! Und nun entscheidet euch, wem ihr Gehör schenken wollt: den Hetzreden dieses hoffnungslosen Verrückten oder den uralten Weisungen unserer gesegneten Vorfahren, die das Abkommen mit König Krakon aushandelten. Es muß, was diese Sache angeht, endlich zu einer endgültigen Entscheidung kommen. Halbherzigkeit nützt uns nichts. Sklar Hast muß sterben! Hebt eure Fäuste – ohne Ausnahme. Bringt das fanatische Geschrei Sklar Hasts zum Verstummen! König Krakon wartet auf unser Urteil! Wählt den Tod für Sklar Hast!" Er riß seinen Arm so hoch, daß ihn jeder sehen konnte.

Die restlichen Fürbitter taten es ihm auf der Stelle gleich. „Den Tod für Sklar Hast!"

Zögernd und unentschlossen hoben sich nun auch die Fäuste einiger anderer. Es wurden immer mehr. Es gab allerdings auch Meinungsänderungen, denn einige von denen, die vorher für Sklar Hast gewesen waren, schlossen sich jetzt plötzlich jenen an, die ihn verurteilt sehen wollten.

Andererseits kam es auch vor, daß diejenigen, die vorher gegen ihn gewesen waren, nun für ihn stimmten. Die Unentschlossenheit der Versammelten war offensichtlich. Es kam sogar soweit, daß Leute die Faust hochrissen und sie zwei Sekunden später wieder einzogen. Heiseres Gemurmel setzte ein.

Barquan Blasdel beugte sich vor und bat um Ruhe. Sklar Hast, der ebenfalls zum Sprechen ansetzte, unterließ sein Vorhaben. Worte konnten in diesem Moment nichts mehr bewirken, das war offensichtlich. Mit einem wilden Aufschrei machte die Menge ihrer aufgestauten Spannung Luft. Es dauerte nur eine Sekunde, dann wurde aus der disziplinierten Versammlung ein Tollhaus. Männer und Frauen fielen wie die Wilden übereinander her, schrien sich an und fluchten, zerrten einander hin und her und prügelten sich. Gefühle, die seit ihrer Kindheit unterdrückt worden waren, machten sich in einem Aufschrei Luft und explodierten. Die Geister schieden sich; Angst- und Haßgefühle riefen auf einmal die gegensätzlichsten Reaktionen hervor.

Glücklicherweise existierten auf dem Versammlungsgelände nur wenige Gegenstände, die als Waffen Verwendung finden konnten: einige Pflanzenknüppel, ein oder zwei Knochenäxte, ein halbes Dutzend Staken und ebenso viele Messer. Das Schlachtfeld verlagerte sich an den Rand der Plattform und setzte sich im Wasser fort. Kräftige Hochstapler und ehrwürdige Beutelschneider versuchten sich gegenseitig zu ersäufen; Lockvögel vergaßen ihren niedrigen Status und legten sich mit Fassadenkletterern an; orthodoxe Feuerwerker traten, kratzten und bissen um sich, als seien sie die allerletzten Schwarzbrenner. Während der Kampf seinem Höhepunkt entgegenstrebte, durchbrach König Krakon erneut den Wasserspiegel. Diesmal befand er sich einen halben Kilometer vom nördlichen Plattformrand entfernt. Von dort aus hielt er Apprise unter Beobachtung.

Der Kampf wurde allmählich schwächer und ging seinem Ende entgegen, was daran lag, daß die Kräfte der Streithähne sich erschöpften oder man zu der Ansicht gelangte, der Gegner habe nun genug einstecken müssen. In der Lagune trieb ein halbes Dutzend Leichen umher, aber die Toten auf der Plattform waren noch zahlreicher. Erst jetzt wurde offensichtlich, daß diejenigen, die auf Sklar Hasts Seite standen, den anderen an Zahl weit unterlegen waren. Seine Gruppe verfügte zwar über die fähigsten Handwerker, aber über nur wenige Meister.

Barquan Blasdel, der die Rednertribüne nicht verlassen hatte, rief aus: „Ein schwarzer Tag, fürwahr – ein schwarzer Tag! Schau dir den Schmerz an, den du über die Plattformen gebracht hast, Sklar Hast!“

Sklar Hast schaute ihn an. Er rang nach Luft und machte einen niedergeschlagenen Eindruck. Jemand hatte ihn mit einem Messer verletzt. Blut lief über sein Gesicht; man hatte ihm die Kleider förmlich vom Leib gerissen. Ohne Blasdel anzusehen, bestieg er die Tribüne und wandte sich den beiden Gruppen zu. „Ich bin mit Barquan Blasdel einer Meinung. Dies ist wirklich ein schwarzer Tag in unserer Geschichte – aber versteht mich nicht falsch: Die Menschen müssen das Meeresungeheuer beherrschen, oder sie verdienen es nicht besser, daß sie von ihm beherrscht werden! Ich werde jetzt nach Tranque zurückkehren, denn der dort angerichtete Schaden muß repariert werden. Wie Fürbitter Blasdel gesagt hat, müssen wir eine Entscheidung treffen, die nicht mehr rückgängig zu machen ist. So sei es! Diejenigen, die ein freies Leben wollen, mögen mir nach Tranque folgen. Dort wird sich entscheiden, welcher Schritt als nächster unternommen werden muß."

Barquan Blasdel stieß ein heiseres, beinahe haßerfülltes Schnaufen aus und zeigte damit überdeutlich, daß er diese Rede nicht nur mit bitterem Amüsement begrüßte. Seine ehemalige Besonnenheit war nun völlig von ihm abgefallen. Er zeigte nun sein wahres Gesicht und beugte sich haßerfüllt über den Podiumsrand. „Dann geht doch auf eure ruinierte Plattform zurück! Verschwindet, ihr Ungläubigen und Unbelehrbaren; verschwindet und laßt euch hier nicht wieder blicken!

Laßt euch auf Tranque nieder und laßt den Namen eurer Heimat zu einem verächtlichen Schimpfwort werden, vor dem jeder ehrliche Mensch ausspuckt! Aber kommt bloß nicht auf die Idee, nach König Krakon zu schreien, wenn die Räuber, die er von nun an nicht mehr verjagen wird, eure Schwammpfähle abfressen, eure Netze zerreißen und eure Boote zertrümmern!"

„Ein Dutzend der kleinen Räuber können nicht so schlimm sein wie König Krokan selbst", erwiderte Sklar Hast. „Laßt euch dennoch nicht vom hochtrabenden Geschwätz des Fürbitters dazu verleiten, in Massen nach Tranque zu gehen. Solange die Netze nicht repariert und neue Schwammpfähle angebaut sind, kann die Plattform nur wenige Menschen ernähren. Momentan wäre eine Emigration, wie Blasdel sie vorschlägt, jedenfalls nicht anzuraten."

Der rothaarige Färber rief aus: „Es wäre besser, wenn die Fürbitter ihren König schnappten und mit ihm zusammen emigrieren würden, und zwar möglichst weit weg, damit wir endlich in Frieden leben können!“

Ohne auf die Worte des Mannes einzugehen, sprang Blasdel von der Tribüne herunter und marschierte mit festen Schritten seiner Privatplattform entgegen.

6

Ungeachtet der zu erwartenden Mühsal – vielleicht auch deswegen, weil die auf sie zukommende Arbeit noch niemandem so richtig ins Bewußtsein gedrungen war – kehrte der größte Teil der Plattformbewohner nach Tranque zurück. Nur einige wenige, die sich vor den momentanen Umständen fürchteten, entschieden sich dazu, anderswo Obdach zu erbitten. Diese Leute rechneten mit der Hilfe ihrer Vettern oder Zunftkameraden auf anderen Plattformen. Die meisten jedoch entschieden sich dazu, auf Tranque einen Neubeginn zu versuchen, und ließen sich von den Verwüstungen nicht abschrecken. Sie bestiegen die Boote und ruderten schweigend über die See, während andere ihre Wunden verbanden und sich verlegen bemühten, weder nach rechts noch nach links zu sehen, aus Furcht, den Blick eines Verwandten oder Nachbarn aufzufangen, den man noch kurz zuvor mit einer Keule oder mit den Fäusten bearbeitet hatte. Die meisten starrten aufs Wasser hinaus.

Es war eine traurige Fahrt durch den grauvioletten Abend, als man an den verschiedenen Plattformen entlangpaddelte, von denen jede ihre charakteristischen Umrisse zeigte, anhand derer man sie erkennen konnte und zu unterscheiden vermochte. Die Plattformen hatten dermaßen offensichtliche Eigenheiten, daß man bestimmte Wortwendungen als für Aumerge typisch bezeichnen oder in einem eigenen Stil gefertigte Holzschnitzereien als von Leumar stammend klassifizieren konnte. Und auch Tranque verfügte nun über eine Einmaligkeit, die ihresgleichen suchte: Sie war die einzige Plattform, die zerstört war. Dieser Gedanke genügte, um den Bewohnern die Tränen des Kummers in die Augen und Bitterkeit in die Herzen zu treiben. Für sie hatte sich alles geändert; das Leben würde von nun an nie wieder so sein, wie es gewesen war. Selbst wenn es ihnen gelingen sollte, Groll und Bitterkeit zu überwinden: Es würde schwer sein, alte Freundschaften wieder zu festigen oder anderen bedinungslos das Vertrauen zu schenken. Dennoch war Tranque ihre Heimat. Es gab keinen anderen Ort, an den sie ziehen konnten.

Mit der Behaglichkeit, die einst auf Tranque geherrscht hatte, war es nun vorbei. Ein Drittel der Hütten lagen in Schutt und Asche. Der Kornspeicher war zerstört und das darin gelagerte Mehl vernichtet; der stolze Signalturm lag in einem ineinander verschachelten Gewirr aus Trümmerstücken da. Der Weg, den König Krakon quer durch die Plattform genommen hatte, war deutlich zu erkennen.

Am Morgen nach der Versammlung standen die Leute in Gruppen beieinander und redeten oder arbeiteten ziellos vor sich hin. Es war offensichtlich, daß man einander noch nicht über den Weg traute. Viele Menschen beobachteten diejenigen, die sie ein Leben lang kannten, schweigend aus den Augenwinkeln. Zu Sklar Hasts Überraschung war sogar Semm Voiderveg nach Tranque zurückgekehrt, und das, obwohl seine eigene Unterkunft ebenfalls von König Krakon in Mitleidenschaft gezogen worden war und nur noch eine zusammengefallene Ruine darstellte. Er schenkte seinem zerstörten Besitz einen betrübten Blick, begann dann in den Trümmern herumzustochern und förderte hier und da einen noch zu gebrauchenden Gegenstand zu Tage: ein Werkzeug, einen Topf, einen Eimer, Kleidungsstücke und einen Band der Auszüge, der sich allerdings aufgrund eines Risses im Unterboden voll Wasser gesogen hatte. Als Voiderveg merkte, daß Sklar Hast ihn ansah, zuckte er wütend die Schultern und marschierte auf die unbeschädigte Hütte von Schiedsmann Ixon Myrex zu, in der er jetzt wohnte.

Sklar Hast strebte seinem eigenen Bestimmungsort entgegen: der Hütte des Signalmeisters, die zwar ebenfalls einige Beschädigungen hatte hinnehmen müssen, aber noch einigermaßen beieinander war. Meril Rohan befand sich bereits an der Arbeit, schob kleinere Trümmerstücke beiseite und schichtete Teile aufeinander, die man eventuell wiederverwenden konnte. Sklar Hast begann schweigend, ihr zu helfen. Meril erhob dagegen keinen Einwand.

Schließlich fand sie unter einem umgestürzten Schrank, was sie gesucht hatte: einundsechzig in geschmeidiges graues Fischleder gebundene Bücher. Sklar Hast schleppte die Bände zu einer Bank und bedeckte sie, um sie vor einem eventuellen Regenschauer zu schützen, mit einer Folie aus Unterbodenhaut. Meril wollte sich gerade wieder der zerstörten Hütte zuwenden, als Sklar Hast sie bei der Hand nahm und auf die Bank zuführte. Ohne sich gegen ihn aufzulehnen, nahm sie dort Platz. Sklar Hast setzte sich neben sie. „Ich muß unbedingt mit dir sprechen."

„Das habe ich erwartet."

Ihr Verhalten brachte Sklar Hast beinahe aus dem Konzept. Was bedeutete ihre Antwort? Liebte sie ihn? Haßte sie ihn? War sie sich selbst noch nicht schlüssig geworden? Oder empfand sie ihm gegenüber lediglich Gleichgültigkeit?

Auch ihre nächste Äußerung verunsicherte ihn. „Ich bin mir meiner Gefühle in bezug auf dich nie so recht klar geworden. Ich bewundere deine Energie. Deine Entschlossenheit – manche nennen sie auch Rücksichtslosigkeit – beunruhigt mich. Was deine Motivation angeht, so kann ich sie verstehen, denn sie diskreditiert dich nicht. Aber deine Rücksichtslosigkeit und Sorglosigkeit gereichen dir eher zum Nachteil."

Sklar Hast machte eine protestierende Handbewegung. „Ich bin weder das eine noch das andere! In Notfällen muß man eben handeln, ohne an die Folgen zu denken. Unentschlossenheit und Versagen sind zwei Seiten der gleichen Medaille."

Meril deutete mit einer Kopfbewegung auf die Ruinen. „Und als was bezeichnest du das?"

„Es hat mit Versagen nichts zu tun. Es war ein Rückschlag, ein Unglück, eine Tragödie – aber wie hätte man ihr entgehen können? Angenommen natürlich, daß wir die Absicht hatten, uns von König Krakon zu befreien."

Meril Rohan zuckte die Achseln. „Ich weiß darauf keine Antwort. Aber die Entscheidungen, die du allein gefällt hast, hätten zumindest von den anderen mitgetragen werden müssen."

„Nein", erwiderte Sklar Hast stur. „Wie weit würden wir kommen, wie schnell wären wir in der Lage zu reagieren, wenn wir in jedem Notfall dazu gezwungen wären, eine Ratsversammlung einzuberufen? Du weißt doch selbst, welche Verzögerungstaktiken und Aufschreie man in einem solchen Fall von Myrex und Voiderveg – selbst von deinem Vater – hätte über sich ergehen lassen müssen! Unter solchen

Umständen würde man nichts zustande bringen. Und dann säßen wir in der Tinte!"

Meril Rohan spielte unruhig mit ihren Fingern. Schließlich meinte sie: „Na gut, das sehe ich ein. Deine Äußerung deckt sich übrigens mit einer Feststellung von Lester McManus. Ich weiß nicht mehr genau, wie die betreffende Stelle lautet, aber er sagt, da wir Menschen seien, sei es auch unser Bestreben, uns zu vervollkommnen. Wir wollen, daß nicht der geringste Schatten auf unser Handeln fällt, und neigen dazu, Aspekte, die dies am Rande tun, zu negativ zu bewerten."

„Leider", sagte Sklar Hast, „gibt es nur sehr wenige Handlungsweisen, die absolut moralisch sind. Am wenigsten lädt man sich Unmoral natürlich dann auf den Hals, wenn man sich völlig passiv verhält – aber damit könnte ich mich nicht abfinden. Möglicherweise existiert so etwas wie einwandfrei moralisches Handeln überhaupt nicht. Je entschiedener und energischer wir ein Problem anpacken, desto geringer wird die Chance, daß wir es moralisch einwandfrei erledigen."

Meril Rohan reagierte amüsiert. „Das wiederum hört sich wie das nach James Brunet benannte Prinzip der Unsicherheit an, dessen Bedeutung mir noch nicht klar geworden ist . . . Es kann sein, daß du recht hast – von deinem Standpunkt aus gesehen. Aber vom Standpunkt Semm Voidervegs aus gesehen stimmt das sicher nicht."

„Es stimmt ebensowenig vom Standpunkt König Krakons aus."

Meril nickte. Ein feines Lächeln überschattete ihre Züge, und Sklar Hast fragte sich, wie er je auf die Idee gekommen war, die anderen Mädchen der Plattform zu prüfen, wo doch einwandfrei feststand, daß sie diejenige war, die er haben wollte. Er musterte sie einen Moment lang eingehend und stellte sich die Frage, worin eigentlich Merils Charme lag. Obwohl ihre Figur unzweifelhaft weiblich war, war sie nicht gerade aufregend. Er hatte hübschere Gesichter gesehen, aber das mit kaum sichtbaren Unregelmäßigkeiten ausgestattete Antlitz Merils, das mehr Schönheit und Ausdruckskraft aufzuweisen hatte, als man auf den ersten Blick vermutete, faszinierte ihn einfach.

Jetzt warf sie einen nachdenklichen Blick nach Osten und schaute über das Wasser, wo die Linie der Plattformen zu sehen war, die sich bis an den Horizont dahinzog: Thrasneck, Bickle, Sumber, Edelrebe,

Grünlicht, Fleurnoy, Aumerge, Quincunx und Fee. Sie schienen sich bis in die Unendlichkeit dahinzuziehen und verschmolzen mit dem hellen Blau des Horizonts. Die entferntesten von ihnen waren kaum mehr als graue Flecke auf dem dunklen Blau des Ozeans. Und über allen türmte sich eine mächtige weiße Wolke aus.

Als würde Sklar Hast den Angelpunkt ihrer Gedanken spüren, holte er tief Luft. „Ja . . . es ist eine wunderschöne Welt. Wenn es nur nicht König Krakon gäbe."

Meril wandte sich impulsiv zu ihm um und nahm seinen Arm. „Es gibt noch andere Plattformen, sowohl im Osten als auch im Westen. Warum gehen wir nicht fort von hier und vergessen König Krakon?"

Sklar Hast schüttelte finster den Kopf. „Er würde uns nicht gehen lassen."

„Wir könnten warten, bis wir sicher sind, daß er sich im fernen Westen aufhält. Wenn er in der Nähe von Almack oder Sciona ist, könnten wir ostwärts segeln. Er würde es nie bemerken."

„Das könnten wir natürlich tun – und König Krakon damit das Feld überlassen. Glaubst du, die Ersten hätten an unserer Stelle genauso gehandelt?"

Meril dachte nach. „Ich weiß nicht . . . Immerhin sind sie auch vor den Tyrannen geflohen und nie zurückgekehrt, um sie zu bekämpfen."

„Sie hatten keine Wahl! Das Weltraumschiff ist im Ozean versunken."

Meril schüttelte den Kopf. „Sie hatten gar nicht die Absicht, irgend jemanden anzugreifen, und waren froh, daß ihnen die Flucht geglückt war . . . Ehrlich gesagt, in den Aufzeichnungen stehen Dinge, die mich verwirren. Sie wimmeln geradezu von Andeutungen, aus denen ich nicht schlau werde, ganz besonders, was die Tyrannen angeht."

Sklar Hast nahm das zu den Aufzeichnungen Merils gehörende Wörterverzeichnis in die Hand und öffnete es. Da er an die Signalsymbole gewöhnt war, bereitete es ihm ziemliche Schwierigkeiten, die Wörter zu buchstabieren, aber schließlich fand er den Eintrag „Krakon".

Meril, die bemerkte, auf welchen Abschnitt er sich konzentrierte, sagte: „Dieser Abschnitt ist nicht sonderlich ausführlich." Sie glitt mit dem Finger über die Eintragungen und öffnete andere Bände.

„Dies hier hat Eleanor Morse geschrieben: ‚Alles ist ideal und friedlich hier, bis auf ein eher schrecklich anmutendes Meereswesen. Ist es ein Fisch? Ein Insekt? Ein Stachelhäuter? Natürlich sind derartige Bezeichnungen in dieser Umwelt bedeutungslos. Wir haben uns dazu entschieden, dieses Geschöpf einfach ‚Krakon' zu nennen.' – Und Paul van Blee schreibt: ‚Der einzige Sport, dem wir hier nachgehen, ist, den Krakon zu beobachten und Wetten darauf abzuschließen, wen er zuerst fressen wird. Wir haben einige monströse Exemplare dieser Art gesehen, manche davon sind bis zu sechs Meter lang. Die Aussichten für Wassersportler sind sicherlich nicht besonders groß!' – James Brunet, der Wissenschaftler, meint: ‚Dieser Tage ist es Joe Kamy gelungen, mit einem Knüppel einen kaum einen Meter langen, arglosen Krakon zu schlagen. Sein Blut – oder was immer die Flüssigkeit ist, die aus ihm herauslief – war blau, wie man es von terrestrischen Hummern oder Krebsen her kennt. Ich frage mich, ob das auf ein ihnen ähnliches körperliches Innenleben hinweist. Hämoglobin enthält Eisen, Chlorophyll und Magnesium. Das im blauen Blut von Hummern enthaltene Hämozyanin enthält Kupfer. Der Krakon ist ein mächtiges Biest, und ich möchte wetten, daß er intelligent ist.' Das ist beinahe alles, was man aus den Aufzeichnungen über den Krakon erfährt."

Sklar Hast nickte. „Was mich verwundert und nicht losläßt, ist die Frage: Wenn die Fürbitter wirklich in gewisser Weise mit König Krakon in Kontakt treten und ihn sogar herbeirufen können – wie stellen sie es an? Etwa durch den Signalmeister? Kennen die Signalmeister etwa irgendein geheimes Zeichen? Ich habe bisher jedenfalls nie davon gehört."

„Ich auch nicht", sagte Meril etwas steif.

„Das kannst du auch nicht wissen", sagte Sklar Hast, „denn schließlich bist du keine Signalgeberin."

„Ich weiß aber zumindest, daß mein Vater König Krakon niemals nach Tranque gerufen hat."

„Voiderveg hat zugegeben, daß er es selbst tat. Aber wie?" Sklar Hast stand auf. „Nun ... es wird wohl Zeit, daß ich den anderen bei der Arbeit helfe." Er zögerte einen Moment, aber Meril Rohan machte keine Anstalten, ihn zurückzuhalten.

„Brauchst du noch irgendetwas?" fragte Sklar Hast plötzlich. „Vergiß nicht, daß ich jetzt der Zunftmeister bin und du jetzt unter meinem Schutz stehst. Du brauchst mir nur zu sagen, wenn irgendwo Engpässe entstehen."

Meril nickte knapp.

„Willst du ohne Prüfung meine Frau werden?" fragte Sklar Hast ein wenig unbeholfen.

„Nein." Ihre Stimmung hatte sich erneut geändert; jetzt war sie wieder zurückhaltend. Sklar Hast fragte sich nach den Ursachen. „Ich brauche nichts", sagte Meril. „Vielen Dank."

Sklar Hast drehte sich um und ging auf die Männer zu, die inzwischen den alten Signalturm auseinanderrissen. Vielleicht hatte er zu übereilt und ungeschickt gehandelt, sagte er sich. Immerhin war ihr Vater gerade erst gestorben. Es mochte der Kummer gewesen sein, der sie sein Angebot hatte zurückweisen lassen.

Sklar Hast verdrängte Meril Rohan aus seinen Gedanken und gesellte sich zu den Signalgebern und Langfingern, die sich bemühten, soviel von der alten Konstruktion zu retten wie noch verwendbar war. Das zerbrochene Weidengeflecht und die Fetzen des Unterbodens wurden auf ein Feuerfloß geschleppt, das in der Lagune trieb. Schon bald darauf nahm der äußere Grad der Verwüstung sichtlich ab.

Die Achtgroschenjungen hatten in ihrer Funktion als Netzflicker inzwischen das Netz gehoben und bemühten sich, es zu reparieren. Sklar Hast legte eine Pause ein, um sie zu beobachten; dann sprach er den Schreiber Roger Kelso an, der aus unerfindlichen Gründen mit nach Tranque übergesiedelt war. „Stell dir vor, wir würden ein dickes Netz aus schweren Trossen über der Lagune aufhängen. Wenn König Krakon dann in unser Gebiet eindringt, um sich vollzufressen, müßten wir es nur noch fallen lassen, und er wäre gefangen . . ." Er machte eine Pause.

„Und dann?" fragte Roger Kelso mit einem traurigen Grinsen.

„Dann fesseln wir ihn, ziehen ihn in die See hinaus und entbieten ihm unseren Abschiedsgruß."

Roger Kelso nickte. „Das wäre möglich – unter optimalen Bedingungen. Aber ich habe zwei Einwände zu machen. Zunächst sind da seine starken Kinnbacken. Damit könnte er das Netz vor seinem Maul zerreißen. Dann müßte er nur noch seine Fühler auszustrecken, um mit ihnen immer mehr Netz ins Maul hineinzuziehen, und käme auf diese Weise vielleicht wieder frei. Zweitens: die Fürbitter. Sie würden das aufgespannte Netz bemerken, seinen Zweck erraten und König Krakon entweder warnen oder ihn einladen, unter den Kriminellen, die versuchten, ihn umzubringen, ein Strafgericht abzuhalten."

Sklar Hast mußte ihm traurig recht geben. „Welchen Plan wir auch immer fassen – die Fürbitter dürfen von ihm nicht das geringste erfahren."

Der Langfingermeister Rolle Barnack hatte ihr Gespräch mitangehört. Jetzt sagte er: „Auch ich habe schon über dieses Problem nachgedacht. Ich glaube, ich habe eine Lösung gefunden. Wir brauchen eine Vorrichtung, die – wenn alles gut geht, und das wird es, wenn man sich ein wenig Mühe gibt – König Krakon töten wird. Vor allen Dingen wird sie nicht das Mißtrauen von Semm Voiderveg hervorrufen."

„Das hört sich interessant an", sagte Sklar Hast. „Beschreibe uns diese ungewöhnliche Apparatur."

Rollo Barnack wollte gerade zum Sprechen ansetzen, hielt jedoch seine Zunge im Zaum, als er sah, daß Schiedsmann Ixon Myrex, Fürbitter Semm Voiderveg und einige andere, die ihren Standpunkt vertraten, sich näherten.

Schiedsmann Myrex machte sich zum Sprecher der Gruppe. Seine Stimme war klar, zielbewußt und bar jeder Emotion; allem Anschein nach hatten er und seine Leute sich vorher darauf geeinigt, wie man zu verfahren gedachte. „Sklar Hast", sagte er, „wir richten nicht deshalb das Wort an dich, weil wir dir persönlich freundschaftliche Gefühle entgegenbrächten, sondern weil wir übereingekommen sind, daß wir uns zumindest auf einen Kompromiß einigen sollten."

Sklar Hast nickte bedächtig. „Sprich weiter."

„Du wirst mit uns einer Meinung sein, wenn wir behaupten, daß dem Chaos, der Unordnung, der Zerstörung und dem Zank ein absolutes Ende gemacht werden muß. Desweiteren ist es unerläßlich, daß Tranque wieder aufgebaut wird, damit unsere Plattform ihren vormals hohen Status und guten Ruf wiedererringt."

„Weiter", sagte Sklar Hast.

„Du gibst darauf keine Antwort?" beschwerte sich Ixon Myrex.

„Du hast mir keine Frage gestellt", erwiderte Sklar Hast, „sondern lediglich Feststellungen getroffen."

Ixon Myrex machte eine mürrische Geste. „Bist du damit einverstanden?"

„Aber sicher", sagte Sklar Hast. „Hast du etwa erwartet, ich wäre das nicht?"

Schiedsmann Myrex ignorierte die Gegenfrage. „Leider müssen wir kooperieren. Es wird unmöglich sein, den ehemaligen Status wieder zu erringen, solange wir uns nicht alle für dieses Ziel einsetzen und ... äh ... gewisse Opfer bringen." Er machte erneut eine Pause, aber Sklar Hast schien keinen Einwand zu haben. „Deshalb ist es unerläßlich und notwendig, darauf hinzuweisen, daß es absurd und paradox ist, daß du mit deinen fanatischen und revolutionären Ansichten weiterhin eine Position ausfüllst, die großes Gewicht hat und dermaßen viel Prestige auf sich vereinigt. Du würdest uns allen am meisten damit dienen, wenn du freiwillig auf dein Amt verzichten würdest."

„Ach ja? Und welche Opfer gedenkt ihr selbst für die gute Sache zu bringen?"

„Wir sind übereingekommen, daß wir – wenn du beginnst, Pflichtbewußtsein zu zeigen, den Titel des Zunftmeisters ablegst, dich nüchtern und verträglich verhältst und nicht mehr vom rechten Weg abweichst – deine Verfehlungen vergessen und dich nicht mehr an sie erinnern wollen."

„Das ist wirklich mehr an Großmut, als ich je zu hoffen gewagt hätte", höhnte Sklar Hast. „Für was für eine Art von blubberndem Wasserschaf haltet ihr mich eigentlich?"

Ixon Myrex nickte knapp. „Wir befürchteten schon, daß dies deine Antwort sein würde. Aber Gewalt ist uns ebenso verhaßt wie allen anderen Männern und Frauen dieser Welt, deswegen verzichten wir darauf, dich zu bedrohen. Dennoch verlangen wir von dir, daß du deine verwerflichen Pläne vergißt und alles unterläßt, was einer Herausforderung König Krakons gleichkommen könnte."

„Und wenn ich das nicht tue?"

„Dann werden wir dich bitten müssen, Tranque zu verlassen."

„Und wohin, schlagt ihr vor, sollte ich dann gehen?"

Semm Voiderveg, der sich offenbar nicht mehr länger in der Gewalt hatte, deutete mit ausgestrecktem Arm und zitternden Fingern aufs Meer hinaus. „Am besten gehst du mit deiner Bande sofort! Es gibt noch andere Plattformen, wie wir aus den Aufzeichnungen wissen; die Ersten sahen sie, als sie mit dem Weltraumschiff hier ankamen. Sucht euch eine andere Plattform und laßt uns, die wir in Frieden und wie von alters her leben wollen, in Ruhe."

Sklar Hast kräuselte die Lippen. „Und was ist mit König Krakon? Jetzt habe ich aber wirklich den Eindruck, als wolltest du uns dazu verleiten, das mit ihm getroffene Abkommen dadurch zu brechen, daß wir sein Reich durchqueren. Wie darf ich das denn verstehen?"

„Wenn ihr den Ozean überquert, geht die Sache nur noch König Krakon und euch selbst an! Ich habe damit nicht das geringste zu tun."

„Und wenn König Krakon uns zu unserem neuen Domizil folgen sollte und eure Plattformen verläßt? Was würden die Fürbitter dann tun?"

Semm Voiderveg blinzelte. Offenbar hatte er mit einer solchen Frage nicht gerechnet. „Sollte ein solches Ereignis jemals stattfinden, kannst du versichert sein, daß wir damit fertig zu werden wissen."

Sklar Hast machte Anstalten, zu seiner Arbeit zurückzukehren. „Ich werde von der mir rechtmäßig zustehenden Zunftmeisterschaft nicht zurücktreten und verspreche weder euch noch König Krakon Wohlverhalten. Desweiteren habe ich nicht die Absicht auszuwandern."

Semm Voiderveg wollte etwas sagen, aber Ixon Myrex hob plötzlich eine Hand. „Dann sag uns, was du planst", verlangte er zu wissen.

Sklar Hast schenkte ihm einen langen und ausführlichen Blick und versuchte die widerstreitenden Impulse in seinem Inneren unter Kontrolle zu bringen. Seine Lebenserfahrung und sein Scharfsinn sagten ihm, daß es besser sei, zum Schein auf die Vorschläge der Gegenseite einzugehen, Linientreue oder zumindest Desinteresse vorzugeben, um gleichzeitig nach einer Methode zu suchen, die König Krakon den Rest geben würde. Denn was würde geschehen, wenn es zu einem erneuten Kampf kam und König Krakon Tranque noch mehr verwüstete als zuvor? Es konnte gut möglich sein, daß die Menschen sich nach einem solchen Reinfall gänzlich von ihm abwenden und das Projekt abwürgen würden. Vielleicht sollte er aber seine Absichten zumindest andeuten, um denjenigen, die sie mißbilligten, die Möglichkeit einzuräumen, Tranque für immer zu verlassen.

Aber wenn er Ixon Myrex und Semm Voiderveg auf diese Weise warnte, konnte er sichergegen, daß er auch weiterhin ihre Gegnerschaft heraufbeschwor und sie ihm jeden Knüppel zwischen die Beine werfen würden, dessen sie habhaft werden konnten. Der gesunde Menschenverstand sagte ihm, daß nichts geschickter war, als seine wirklichen Gedanken zu verhehlen, Ixon Myrex und Semm Voiderveg ihren Seelenfrieden zurückzugeben und ihr Mißtrauen zu zerstreuen. Aber was, wenn bei der zu erwartenden Auseinandersetzung mit der Bestie ein paar Unbeteiligte das Leben verloren? Wer eine Schlacht gewinnen wollte, mußte auch derartige Unwägbarkeiten mit in Kauf nehmen.

Obwohl Sklar Hast sich alle Mühe gab, seine Zunge dazu zu zwingen, die Unwahrheit zu sagen, brachte er es nicht fertig. Es entsprach einfach nicht seinem Sinn für Offenheit, sich eine Maske anzulegen und den anderen etwas vorzuheucheln, und er ärgerte sich stark über diese Schwäche.

„Wenn ich einer der euren wäre", sagte er, „würde ich Tranque verlassen und mich anderswo niederlassen. Es ist nämlich gut möglich, daß es bald wieder zu irgendwelchen revolutionären Handlungen kommt, wie ihr dies zu bezeichnen pflegt."

„In welcher Hinsicht genau?" fragte Ixon Myrex scharf.

„Ich habe noch keine bestimmten Pläne gefaßt. Und selbst wenn ich welche hätte, würde ich euch nichts darüber erzählen. Aber denkt daran, daß ich euch immerhin gewarnt habe."

Semm Voiderveg machte Anstalten das Wort zu ergreifen, aber Ixon Myrex brachte ihn erneut zum Schweigen. „Ich sehe ein, daß unser Versuch, zu einer harmonischen Lösung zu kommen, gescheitert ist. Jeder Versuch, König Krakons Unmut hervorzurufen, und jeder Versuch, seine Ehre zu untergraben, wird von nun an als Kapitalverbrechen abgeurteilt werden. Das ist meine Entscheidung als Schiedsmann von Tranque! Du hast die Autorität herausgefordert und leugnest die Segnungen der Tradition. Sieh dich vor, daß dir deine Tollkühnheit nicht zum Verhängnis wird!“

Nun meldete sich ein anderer Mann zu Wort. Es war Gian Recargo, ein Schieber von Rang und Namen, der außerdem die Position eines Sippenältesten einnahm. „Sklar Hast, bist du dir eigentlich nicht bewußt, daß du durch deine Verantwortungslosigkeit das Leben und das Eigentum derjenigen, die an deinen Wahnsinnsplänen kein Interesse haben, aufs Spiel setzest? Schämst du dich denn gar nicht?“

„Was mich angeht, so habe ich über die Lage ziemlich lange nachgedacht“, erwiderte Sklar Hast. „Und ich bin zu dem Schluß gekommen, daß wir mit einem großen Mißstand konfrontiert sind, dessen Macht und Bedrohlichkeit uns derart zu schaffen macht, daß selbst ehrenwerte Männer wie du lieber den Kopf in den Sand stecken. Irgend jemand muß das Risiko tragen, dieses Übel von uns zu nehmen, selbst unter dem Gesichtspunkt, daß dabei einige Menschen ihr Leben verlieren werden. Das hat mit Verantwortungslosigkeit nichts zu tun, im Gegenteil: Es zeugt von der Tatsache, daß wir Verantwortungsgefühl besitzen. Der Entschluß, den wir gefaßt haben, wurde nicht nur von mir allein getroffen. Ich bin kein Egozentriker. Viele andere, völlig normale Leute, sind mit mir der Meinung, daß König Krakon verschwinden muß. Warum schließt ihr euch nicht an? Wenn das Seeungeheuer erst einmal vernichtet ist, werden wir frei sein! Ist dies das Risiko nicht wert? Wir können mit dem Ozean machen, was wir wollen, und brauchen das gefräßige Monstrum nicht mehr länger zu füttern! Ich verstehe natürlich, daß die Fürbitter gegen unsere Pläne sind, weil sie all ihrer Privilegien entkleidet würden und sie anschließend arbeiten müßten wie wir alle. Das ist auch der einzige Grund, warum sie sich gegen uns stellen. Dennoch haben wir keine andere Wahl, als diesen Weg in die Zukunft zu gehen.“

Gian Recargo schwieg. Ixon Myrex strich sich mit zitternden Fingern über den Bart. Eine angespannte Sekunde verging, während Semm Voiderveg seine Nachbarn ungeduldig musterte. „Warum weist du dieses schmutzige Angebot nicht auf der Stelle zurück?“ fragte er schließlich.

Gian Recargo wandte sich um und warf einen Blick über die Lagune. „Ich muß erst darüber nachdenken“, erwiderte er, „und zwar ausgiebig. Außerdem habe ich es nicht gern, wenn jemand andeutet, daß es mir an Courage mangeln könnte."

„Pah", sagte Ixon Myrex verlegen. „In der Vergangenheit hat auch niemand das haben wollen, was Sklar Hast jetzt will. Wer will überhaupt über den Ozean segeln? Und die paar Schwammpfähle, die König Krakon abweidet, tun uns doch nun wirklich nicht weh."

Semm Voiderveg riß die Arme in die Luft. „Was haltet ihr euch mit Nebensächlichkeiten auf! Tatsache ist ja wohl, daß Sklar Hasts unaussprechlicher Hochmut Hand in Hand geht mit seinem respektlosen Verhalten gegenüber König Krakon!"

Gian Recargo machte auf dem Absatz kehrt und wanderte langsam auf den Mittelpunkt der Plattform zu. Semm Voiderveg machte eine wütende Geste. Ixon Myrex blieb nur wenig länger und musterte eingehend den umgestürzten Signalturm, warf dann einen Blick über die Lagune und schaute schließlich auf Sklar Hast und die anderen, die ihn unentschlossen umringten. Dann stieß er einen schwer einzuordnenden Seufzer aus und machte sich davon.

Die Signalgeber und Langfinger machten sich wieder an die Arbeit. Sklar Hast und Roger Kelso zogen sich zurück, um mit Rollo Barnack den Plan zu diskutieren, der König Krakon den Tod bescheren sollte. Als sie Barnacks Plan gehört hatten, mußten sie beide zugeben, daß – vorausgesetzt, die Umstände waren günstig und alles andere aufeinander abgestimmt – er sehr gut dazu dienen konnte, das Meeresungeheuer vom Leben zum Tode zu befördern.

7

Allmählich normalisierte sich das nachkatastrophale Leben auf Tranque wieder, und die Spuren der Verwüstung verschwanden. Die zerstörten Hütten und zerbrochenen Baumaterialien wurden auf dem Feuerfloß verbrannt. Die dadurch erzeugte Asche wurde jedoch sorgfältigst eingelagert, da man später aus ihr Seife, Kalk, Schamottgestein, Beize, Angelgewichte und Firnisklärung herzustellen gedachte. Die Leichen, die man zwei Wochen lang in speziell angefertigten Käfigen im Wasser versenkt hatte, waren inzwischen von einer mit kleinen Finnen ausgestatteten Wurmart ihres Fleisches beraubt worden. Man zog sie wieder hinauf und brachte sie an einen entfernten Teil der Plattform, wo man ihnen die härtesten Knochen entnahm und die anderen zu Knochenleim zerstampfte. Diese Arbeit wurde traditionell von den Lockvögeln erledigt.

Man hatte Weidenruten geschnitten, der Witterung ausgesetzt und dann zum Bau neuer Hütten verwendet, die anschließend mit Fetzen des Unterbodens bedeckt und mit Firnis übergossen wurden. Ebenso waren neue Schwammpfähle errichtet worden, die nun in der Lagune standen und auf denen Samenflaum wuchs.

Der Signalturm als massivstes und kompliziertestes Gebäude der Plattform war das letzte Bauwerk, das man in Angriff nahm. Der neue Turm war sogar noch höher als der alte und wuchtiger in der Gestaltung. Er stand zudem der Lagune etwas näher.

Auch die Bauart unterschied sich von der des alten und rief unter den Bewohnern Tranques eine Menge Diskussionen hervor. In der Regel wurden die Grundpfeiler durch ein Loch im Unterboden geschoben und unter dem Wasserspiegel mit dem Hauptstamm der Pflanze verbunden. Die Pfeiler der Neukonstruktion endeten jedoch in einer niedrigen Plattform mit einer Seitenlänge von etwa zehn Metern. Aus dieser Plattform erhoben sich vier Beine: große Pfähle – jeder von ihnen über dreißig Meter lang und hergestellt aus gehärtetem Weidengeflecht –, die von starren Verstrebungen gehalten wurden und allmählich auf einen Rahmen zuliefen, der anderthalb Meter Seitenlänge besaß.

Die Abmessungen des Turms, die massigen Pfähle und der vergleichsweise geringe Grundriß der Arbeitsplattform erweckten natürlich das Aufsehen, die Neugier und die Kritik der Menschen, die einer solch unkonventionellen Bauart noch nicht begegnet waren. Bei einem dieser Zusammentreffen beschuldigte Ixon Myrex Rollo Bernack, dem Meister der Langfinger, der Abweichung.

„Ich habe in meinem ganzen Leben noch keinen solchen Turm gesehen!" beschwerte er sich. „Und ich sehe überhaupt kein Bedürfnis für eine solche Konstruktion. Die Pfähle sind oben ebenso dick wie unten. Was hat das zu bedeuten?"

„Diese Konstruktion verleiht dem Turm eine zusätzliche Festigkeit", erwiderte Rollo Barnack und zwinkerte seinen Leuten zu.

„Vielleicht, vielleicht", beeilte Ixon Myrex sich zu versichern. „Aber sie stehen unten so eng beieinander, daß schon ein etwas stärkerer Windstoß genügen wird, um ihn umzuwerfen und über die Lagune hinauszublasen!"

„Glaubst du das wirklich?" fragte Rollo Barnack ernsthaft, trat einen Schritt zurück und musterte den neuen Turm mit einem Blick, als sähe er ihn zum ersten Mal.

„Ich bin kein Langfinger", sagte Ixon Myrex, „und ich weiß nicht viel über Baukonstruktionen, aber mir erscheint es eben so. Wenn jetzt noch das Turmhaus hinzukommt und die Lampen und Signaltücher an den Rahnocken befestigt werden . . . Hast du denn gar nicht an das Hebelmoment gedacht?"

„Da hast du recht", sagte Rollo Barnack. „Um dem gerecht zu werden, ist es vielleicht besser, wenn wir noch ein paar Haltetaue anbringen."

Der Schiedsmann schüttelte verwirrt den Kopf. „Warum habt ihr den Turm nicht in der alten Weise gebaut? Mit Stützbeinen, die sich nach oben hin verjüngen? Dann hättet ihr euch die Halteseile sparen können!"

„Dafür nehmen wir aber auch viel weniger Platz in Anspruch", sagte Rollo Barnack. „Und das ist ja immerhin auch wichtig."

Ixon Myrex schüttelte zwar verständnislos den Kopf, äußerte jedoch keinen weiteren Protest mehr.

Die Halteseile wurden angebracht, dann machte man sich an den Bau des Signalgebergebäudes und brachte die großen Rahnocken an, an denen die Lampen hingen. Die Arbeit an letzterem wurde mit der größtmöglichsten Sorgfalt vorgenommen, und das Material, das dazu verwendet wurde, war von höchster Qualität. Als Ixon Myrex dem Signalturm einen weiteren Besuch abstattete, wunderte er sich über die ungewöhnliche Ausdehnung der Rahnock. Als er dafür eine Erklärung verlangte, verwies Rollo Barnack darauf, daß die Lampen während der Signalgebung jetzt so gut wie nicht mehr vibrieren würden und man die Symbole besser lesen könne. „Keine Angst, Schiedsmann“, meinte er. „Wir haben die Konstruktion des neuen Turms bis in die letzten Einzelheiten ausgetüftelt.“

„Wie auch die Halteseile, nehme ich an, wie?“ fragte Ixon Myrex bissig. „Wenn ich mir nur ansehe, womit ihr die Beine des Turms an der Grundplattform befestigt habt – mit Trossen! Ist das die Art, in der man einen Signalturm baut?“

„Wir hoffen, daß er seinen Zweck erfüllen wird“, sagte Rollo Barnack. „Und wenn er das tut, wollen wir gar nicht mehr von ihm verlangen.“

Erneut eilte Ixon Myrex kopfschüttelnd von dannen.

Während der ganzen Zeit hatte sich König Krakon nicht ein einziges Mal in der Umgebung von Tranque sehen lassen.

Gelegentlich kamen vom Thrasneck-Signalturm Informationen über seinen derzeitigen Aufenthalt: Er hatte im Süden gekreuzt und war von Sankston aus nach Westen gegangen. Er hatte Socialis heimgesucht, um sich dort satt zu fressen, und sich dann bei Parnassus den Wanst vollgeschlagen, einer Plattform, die westlich davon lag. Anschließend war er untergetaucht, und seit zwei Tagen hatte man nichts mehr von ihm gehört.

Auf Tranque hatte sich die Situation beinahe wieder völlig normalisiert. Die Schwammpfähle zeigten bereits dichten Bewuchs und begannen ihre Hüllen zu durchbrechen; die Hütten waren wieder aufgebaut worden, und der neue Signalturm sah trotz seiner Schwerfälligkeit und der Tatsache, daß er stark kopflastig wirkte, beeindrukkend aus.

Besonders viel Arbeitszeit hatte man für die Konstruktion der Rahnock aufgewendet. Jedes ihrer Enden lief spitz zu, hatte drei Tage lang in einem Firnisbad geruht und war anschließend über einem Feuer gehärtet worden. Außerdem war sie mit verstärkenden Streben versehen worden. Alles daran wirkte frisch gehobelt, geglättet und eingeölt, so daß es eine Freude war, sie anzusehen.

Schließlich hob man die Rahnock in die Luft und brachte sie an den dafür vorgesehenen Platz, wobei keine Vorsichtsmaßnahme den Männern zu gering war. Man schob sie in die dafür vorgesehene Fassung. Dann wurde sie angeleimt, festgezurrt und eingedübelt.

Und wieder war Ixon Myrex überrascht. „Der Turm steht schief!"

„Wie das?" fragte Rollo Barnack mit mildem Spott.

„Schau dir seine Vorderseite an. Sie zeigt nicht – wie es sein sollte – genau auf den Thrasneck-Turm, sondern steht etwas zur Seite. Die Leute von Thrasneck werden sich den Hals verrenken müssen, wenn sie unsere Symbole lesen wollen."

Rollo Barnack nickte verständig. „Das ist uns nicht verborgen geblieben. Wir haben es sogar so geplant, und zwar aus folgenden Gründen: Erstens gehen Gerüchte um, denen zufolge die Leute von Thrasneck die Absicht haben, ebenfalls einen neuen Turm zu bauen. Und der wird genau in dem Winkel liegen, den jetzt der unsere einnimmt. Zweitens hat es uns die Position des Pflanzenstamms unmöglich gemacht, die Pfähle anders aufzustellen. Wir glauben aber, daß der Stamm sich im Laufe der Zeit wieder in einen anderen Winkel legen wird und wir dem Turm von Thrasneck wieder genauer gegenüberstehen."

Der Fürbitter Semm Voiderveg, der mittlerweile wieder etwas von seiner ursprünglichen Giftigkeit zurückgewonnen hatte, schloß sich Ixon Myrex' Kritik natürlich an.

„Dies ist der unschönste Turm, den ich in meinem Leben je gesehen habe", trompetete er. „Seht euch nur diesen häßlichen, schweren, angespitzen Rahnock an! Und dann erst die enge, langgestreckte Kabine, die darunter liegt! Hat man je so etwas gesehen?"

Rollo Barnack wiederholte seinen bereits einmal gemachten Spruch:

„Für meine Begriffe sieht er jedenfalls leistungsfähig genug aus. Wenn er seinen Zweck erfüllt, werden wir mehr als zufrieden sein."

Ixon Myrex schüttelte traurig den Kopf. „Die Bewohner der anderen Plattformen halten uns bereits jetzt für exzentrisch und widernatürlich. Wenn sie erst diesen Turm erblicken, der zudem hoch über die See hinausragt, werden sie uns außerdem noch für wahnsinnig halten."

„Vielleicht tun sie das mit Recht", warf Sklar Hast grinsend ein. „Warum verschwindest du nicht mit Voiderveg von hier?"

„Laßt doch die Vergangenheit begraben sein", murmelte Ixon Myrex. „Sie verfolgt mich ohnehin wie ein böser Traum."

„Leider fand sie dennoch statt", sagte Sklar Hast. „Und König Krakon durchpflügt noch immer die See. Wenn er doch nur eines natürlichen Todes sterben oder an den Schwämmen ersticken oder ersaufen würde!"

Semm Voiderveg musterte ihn abschätzend. „Du bist ein Mann ohne Ehrfurcht und ohne Treue."

Dann machte er sich mit Ixon Myrex davon.

Sklar Hast beobachtete, wie sie verschwanden. „Welch eine Situation!" sagte er zu Roger Kelso. „Wir können uns weder wie ehrenwerte Männer verhalten noch unseren Standpunkt darlegen. Statt dessen sind wir gezwungen, ständig irgendwelche schwachbrüstigen Scheinargumente abzugeben."

„Es ist sinnlos, sich darüber den Kopf zu zerbrechen", sagte Kelso. „Wir haben uns entschieden und sind zum Handeln bereit."

„Und wenn wir versagen?"

Roger Kelso zuckte die Achseln. „Ich denke, daß unsere Chancen eins zu drei stehen. Alles was wir tun, muß mit einer solchen Exaktheit und Präzision erfolgen, daß Anlaß zu optimistischer Betrachtung besteht."

„Wir müssen die Leute warnen", sagte Sklar Hast. „Das ist das einzige, was wir tun können."

Rollo Barnack und Roger Kelso versuchten vergeblich, Sklar Hast diesen Plan auszureden. Schließlich jedoch gaben sie nach. Am Nachmittag rief Sklar Hast die Bewohner der Pflanzenplattform zusammen.

Er sprach nur kurz und kam sofort zur Sache. „Tranque ist wieder zum normalen Leben zurückgekehrt, und das Leben hier scheint gleichmäßig und ungestört weiterzulaufen. Ich glaube, daß es fair ist, wenn ich darauf hinweise, daß dies eine trügerische Illusion ist. Viele von uns wenden sich immer noch gegen die Herrschaft von König Krakon. Wir haben beschlossen, sie zu beenden. Möglicherweise werden wir dabei verlieren; es ist nicht auszuschließen, daß er dann noch schrecklicher Rache nehmen wird als bei seinem ersten Angriff. Seid hiermit gewarnt und überlegt euch, ob ihr nicht lieber auf eine Plattform übersiedeln wollt, auf der die Gesetze mehr geachtet werden als hier."

Ixon Myrex sprang auf. „Sklar Hast – du hast keinesfalls das Recht, uns alle in diese Unglückstat mit hineinzuziehen! Das ist nicht Rechtens! Das ist mein Urteil als Schiedsmann!"

Sklar Hast gab keine Antwort.

Semm Voiderveg sagte: „Natürlich kann ich die Ansichten des Schiedsmanns nur wärmstens unterstützen! Darf man zumindest fragen, wie ihr euren verderblichen Plan in die Tat umsetzen wollt?"

„Wir sind dabei, eine giftige Schwammart zu entwickeln", sagte Roger Kelso. „Wenn König Krakon sie frißt, wird sich seine Haut mit Wasser vollsaugen, und er ertrinkt."

Sklar Hast wandte sich von der Versammlung ab, ging zum Plattformrand hinüber und starrte auf das Wasser. Hinter ihm unterhielt man sich noch eine Weile, dann standen die Leute in Zweier-, Dreier- und Vierergruppen auf und begaben sich in ihre Hütten.

Meril Rohan näherte sich Sklar Hast, und einen Moment lang starrten beide in das Zwielicht hinaus. Schließlich sagte Meril: „Wir beide leben in schwierigen Zeiten. Es ist schwer zu sagen, was richtig und falsch ist und wie man sich verhalten soll."

„Wir leben am Ende einer Ära", erwiderte Sklar Hast. „Das Goldene Zeitalter, das Zeitalter der Unschuld hat aufgehört. Gewalt, Haß und Unrast sind auf die Plattformen gekommen. Die Welt wird nie wieder so sein wie sie früher war."

„Vielleicht wird aus allem eine neue und bessere Welt werden."

Sklar Hast schüttelte den Kopf. „Ich bezweifle es. Selbst wenn

König Krakon in diesem Augenblick verenden und sinken sollte, würde es noch Veränderungen geben. Es sieht so aus, als sei die Zeit einfach reif für einen Umschwung. Wir können nur vorwärts gehen – oder zurück."

Meril Rohan schwieg. Dann deutete sie nach Thrasneck hinüber. „Schau dir die Zeichen an."

„. . . König . . . Krakon . . . wurde . . . nördlich . . . von . . . Quincunx . . . gesehen . . . Er . . . zieht . . . nach . . . Osten . . . weiter . . ."

„Es ist noch nicht soweit", sagte Sklar Hast. „Wir sind noch nicht fertig."

Am nächsten Tag wurde König Krakon im Norden von Tranque gesehen. Er trieb friedlich dahin und schien kein festes Ziel zu haben. Eine Stunde lang schwamm er hin und her, und seine Glotzaugen waren dabei ständig auf Tranque gerichtet, als sei er von irgendeiner unbestimmten Neugier erfüllt. Semm Voiderveg, angetan mit seiner Dienstrobe, eilte aus seiner Hütte und stellte sich am Plattformrand auf, wo er seine rituellen Mätzchen aufführte und um die Gunst des Ungeheuers bettelte. König Krakon musterte ihn einige Zeit, dann gab er irgendeiner unverständlichen Emotion nach, gab seinem Körper einen Schubs und wandte sich mit Hilfe seiner Schaufeln um. Er schwamm nach Westen, während seine Kinnbacken mahlten und seine Fühler hin und her tasteten.

Semm Voiderveg machte einen letzten Kniefall und beobachtete König Krakons Verschwinden.

Als er sich auf den Weg zu seiner Hütte machte, traf sein Blick die Augen des in der Nähe stehenden Sklar Hast. Einen Augenblick lang musterten die beiden Männer einander, und es wurde offensichtlich, wie feindlich sie einander gegenüberstanden – zwischen ihnen konnte es keinerlei Verständigung geben. Sklar Hast spürte, daß er in bezug auf Semm Voiderveg völlig andere Gefühle besaß als jene der simplen Geringschätzung, die er Ixon Myrex entgegenbrachte. Es erschien ihm, als sei Semm Voiderveg selbst ein Teil von König Krakon, als flösse in seinen Adern statt des roten menschlichen Blutes die dicke indigofarbene Brühe eines Meeresungeheuers.

Eine Woche später schlug König Krakon sich an den Schwammpfählen von Bickles den Magen voll, und einen Tag darauf geschah dasselbe auf Thrasneck. Am übernächsten durchbrach er hundert Meter vor der Lagune von Tranque den Wasserspiegel und schenkte der Plattform erneut einen mißtrauischen Blick.

Als Semm Voiderveg in seiner zeremoniellen Robe herbeigeeilt kam, kletterte Sklar Hast die Signalturmleiter hinauf, aber König Krakon zog es plötzlich vor, wieder unterzutauchen. Die Wassermassen begruben gurgelnd seinen Turmaufbau unter sich. Dann lag die See wieder kühl und unbewegt da wie zuvor.

Sklar Hast kletterte wieder hinab und traf Semm Voiderveg, als dieser gerade wieder zu seiner Hütte zurückkehren wollte. „König Krakon ist wachsam", sagte er. „Er weiß, daß sich auf Tranque ein Hort des Bösen befindet! Sieh dich vor!" Mit wehendem Gewand machte er sich aus dem Staube.

Sklar Hast sah hinter ihm her und fragte sich, ob Semm Voiderveg den Verstand verloren hatte. Unter einem wandlosen Schutzdach waren mehrere Lehrlinge und Signalgeber-Assistenten damit beschäftigt, ein paar Gerätschaften zu konstruieren, die Sklar Hast allgemein als „Übungsmaschinen" zu bezeichnen pflegte. Als er die Möglichkeit einer geistigen Verwirrung von Semm Voiderveg mit Ben Kell, seinen Ersten Asisstenten, diskutierte, zuckte dieser die Achseln.

„Von Voidervegs Standpunkt aus bist du sicher derjenige, der den Verstand verloren hat", meinte er. „Solche Dinge sind immer sehr schwer zu definieren. Wenn man die Umstände, unter denen er heute lebt, mit denen von vor einem Jahr vergleicht, ist er sicher gesünder als je zuvor. Wenn man die Frage jedoch allein auf das Heute bezieht, kann man sich über den Wahnsinn wirklich nicht mehr so schlüssig sein."

Sklar Hast grinste säuerlich. Er hatte an Gewicht verloren. Seine Backenknochen traten hervor, in seinem Haar konnte man bereits die ersten grauen Fäden ausmachen. „Laß uns die Sachen hinaustragen, damit Myrex wieder etwas hat, über das er sich die Haare raufen kann."

Man brachte die Gerätschaften hinaus und baute sie auf halber Strecke zwischen dem Signalturm und der Lagune auf, eine rechts und eine links. In der Lagune, direkt vor dem Turm, hing ein langer Pfahl, auf dem die Schwämme bereits reif waren. Fünf Meter davon entfernt schwamm – offenbar rein zufällig – ein Stück Holz. Das Holzstück, die beiden „Übungsmaschinen" und der Turm formten auf diese Weise ein fünfundzwanzig Meter langes Viereck.

Man trieb die Pfähle in den Unterboden der Plattform und verankerte damit die Übungsmaschinen. Auf jeder einzelnen befand sich eine fernrohrähnliche Einrichtung, die einem Navigationsinstrument entsprach. Sklar Hast justierte sie und richtete sie genau auf das dahintreibende Holzstück.

Er hatte sich nicht getäuscht. Beinahe im gleichen Moment tauchte der Schiedsmann mit seinen bereits weithin bekannten Zweifeln auf und begann zu quengeln, wenngleich er sich anfänglich noch bemühte, den Schein seriöser Kritik zu bewahren. „Wozu dienen diese Objekte?"

„Es handelt sich um Übungsmaschinen für die Lehrlinge", sagte Sklar Hast. „Sie werden so lange hier im Freien üben müssen, bis wir über genug Räumlichkeiten verfügen."

„Es würde dir besser zu Gesicht stehen, wenn du den Turm erst mit Lampen und Signaltüchern ausstattest, bevor du Übungsmaschinen konstruierst", sagte der Schiedsmann.

„Das hätten wir normalerweise auch getan, aber wir probieren gerade ein neues Gestänge aus, und irgendwie müssen die Lehrlinge inzwischen ja beschäftigt werden."

„Und inzwischen können wir keine Nachrichten aussenden", nörgelte Ixon Myrex. „Wir sind hier völlig isoliert."

Sklar Hast deutete auf den Turm von Thrasneck. „Was es an Neuigkeiten gibt, können wir auch von den anderen erfahren. Ich glaube nicht, daß wir bisher schon viel über uns selbst zu vermelden haben."

„Dennoch sollten wir alle Anstrengungen unternehmen, unseren eigenen Signalturm so schnell wie möglich seiner Bestimmung zu übergeben." Ixon Myrex schenkte dem Turm einen finsteren Blick. „So kopflastig, schief und entsetzlich er auch aussieht."

„Wenn er seine Funktion erfüllt", sagte Sklar Hast, „wird er bald zu den schönsten Bauwerken zählen, die die Welt je gesehen hat."

Schiedsmann Myrex sah ihn eindringlich an. „Was hat diese Bemerkung zu bedeuten?"

Sklar Hast sah ein, daß er zu weit gegangen war. Ixon Myrex war zwar ein langsamer und unbeholfener Mann, aber kein Trottel.

„Ich meinte das aus reinem Überschwang, aus schierer Übertreibung."

Ixon Myrex grunzte. „Die Struktur dieses Turmes ist ästhetisch gesehen eine Katastrophe. Schon jetzt lacht die ganze Welt über uns. Bisher haben die Leute, wenn sie über Exzentrizität und Extravaganz gesprochen haben, lediglich Quatrefoil und Sankston erwähnt; jetzt werden sie auch noch den Namen Tranque hinzufügen. Ich würde jedenfalls nicht darüber weinen, wenn der Turm zusammenbräche und wir einen neuen errichten müßten."

„Dieser hier wird's schon tun", sagte Sklar Hast sorglos.

Wieder vergingen einige Tage. König Krakon dinierte bei Grünlicht, bei Fleurnoy, hielt sich drei Tage bei Edelranke auf und schwamm dann in den fernen Westen nach Granolt. Zwei Tage lang sah man keine Spur von ihm, dann tauchte er am Horizont im Süden von Aumerge auf und bewegte sich nach Osten. Am folgenden Tag speiste er erneut bei Edelranke, um sich dann von der Lagune zu entfernen und am nächsten Tag bei Sumber zu erscheinen. Sumber war die dritte Plattform nördlich von Tranque. Dazwischen lagen nur noch Thrasneck und Bickle. Was Tranque betraf, so machte sich dort allmählich eine schlimme Ahnung und das Gefühl heraufziehenden Unheils breit. Die Menschen begannen miteinander zu flüstern und warfen ununterbrochen ängstliche Blicke auf die See. Irgendwie hatte ihr Unterbewußtsein registriert, daß sich irgend etwas Großes anbahnte – wenngleich die wahre Natur der Sache ihnen natürlich verborgen blieb.

Das heißt, etwa dreißig Männer, die vertrauenswürdigsten, die auf der Plattform lebten, wußten natürlich Bescheid.

Zwei Tage nachdem König Krakon sich bei Sumber den Bauch vollgeschlagen hatte, erschien er nördlich von Tranque aus dem Wasser und trieb eine halbe Stunde lang dahin, wobei er nachlässig mit den Schaufeln paddelte. Zu diesem Zeitpunkt entschied sich die Gruppe derjenigen, die keinerlei Risiko eingehen wollten, endgültig dazu, Tranque zu verlassen; sie verstauten ihre Frauen und Kinder in Booten, um kurz darauf nach Thrasneck zu fliehen.

Semm Voiderveg stürmte auf Sklar Hast zu und brüllte: „Was geht hier vor? Welchen Plan verfolgst du?"

„Eine andere Frage", erwiderte Sklar Hast gelassen. „Was planst du?"

„Was ich plane?" brüllte der rundliche Fürbitter. „Was kann ich anderes tun als redlich zu sein? Du und deine Komplizen sind es doch, die das Gefüge unserer Existenz bedrohen!"

„Reg dich nicht auf, Voiderveg", sagte Wall Bunce mit einem unempfindlichen Grinsen. „Da draußen schwimmt noch der Krakon, dem du dein Leben anvertraut hast. Wenn du hier eine unglückliche Figur abgibst, wirst du noch seinen Respekt verlieren."

Rudolf Snyder stieß einen Warnschrei aus. „Er bewegt sich! Er kommt auf uns zu!"

Semm Voiderveg machte eine ungehaltene Geste. „Ich muß ihn willkommen heißen. Sklar Hast, ich warne dich ernstlich: Tu nichts, was dem Abkommen widerspricht!"

Sklar Hast gab ihm keine Antwort. Mit einem letzten wütenden Blick, der all seine Abscheu ausdrückte, marschierte der Fürbitter auf den Plattformrand zu und begann mit seinem rituellen Armeschwenken.

König Krakon kam langsam näher. Er bewegte seine Schaufeln kaum. Als hätte er die auf der Plattform vorherrschenden Spannungen und Gefühle bemerkt, beobachtete er aus seinen Glotzaugen sorgfältig die Menschen.

Schließlich erreichte er die Mündung der Lagune. Semm Voiderveg gab seinen Assistenten ein Zeichen, die daraufhin das Netz hoben, damit er sich der Plattform nähern konnte.

Der gewaltige schwarze Körper kam näher. Sklar Hast stellte fest, daß Ixon Myrex und einige andere ihn gespannt musterten, und ihm wurde klar, daß sie sich offensichtlich abgesprochen hatten, jede Handlung, die er begehen würde, zu unterbinden. Er hatte ein Vorgehen dieser Art jedoch erwartet und wunderte sich nicht im geringsten, sondern wandte sich einer Bank zu, nahm Platz und tat alles, um den Eindruck zu erwecken, als ließe ihn die Situation völlig kalt. Als er sich vorsichtig umsah, stellte er fest, daß auch Roger Kelso und Rubal Gallager von Leuten beschattet wurden, deren Absichten ihm bekannt waren. Auch sie schienen darauf vorbereitet zu sein einzugreifen, sollte es sich als notwendig erweisen. Aber die anderen an der Verschwörung gegen König Krakon beteiligten Männer gingen ohne Behinderung ihrer Arbeit nach. Da das offensichtliche Ziel ihrer Tätigkeit nicht zu verkennen war, wunderte Sklar Hast sich, daß weder Semm Voiderveg noch Ixon Myrex oder die anderen überhaupt bemerkten, was sich vor ihren Augen abspielte.

Einer hatte es jedoch bemerkt: Gian Recargo, der Sippenälteste der Schieber. Er kam auf die Bank zu und nahm neben Sklar Hast Platz. „Dies ist eine besondere Stunde in unserem Leben", sagte er und warf einen Blick auf den Signalturm. „Ich hoffe, daß alles gutgeht."

Sklar Hast nickte grimmig. „Das hoffe ich auch."

Die Zeit verging mit nervtötender Langsamkeit. Die Sonne schien beinahe senkrecht auf das hellblaue Wasser. Das Blattwerk – schwarz, orange, grün, purpur, gelbbraun – bewegte sich beim leisesten Windhauch. In der Lagune schwamm König Krakon. Semm Voiderveg rannte am Plattformrand entlang und entbot ihm ein Willkommen nach dem anderen, schwenkte die Arme und gab sich ehrerbietig wie nie zuvor.

Sklar Hast runzelte die Stirn und strich sich über das Kinn. Gian Recargo sah ihn von der Seite an. „Was wird aus Semm Voiderveg?" fragte er plötzlich mit trockener Stimme.

„An ihn habe ich überhaupt nicht gedacht", murmelte Sklar Hast. „Ich muß ihn vergessen haben . . . aber ich will versuchen, das Beste für ihn zu tun." Er stand auf und ging zu Rollo Barnack hinüber, der neben einer der Übungsmaschinen herumlungerte. An der anderen stand Benn Kell, sein Erster Assistent. Die Männer nahmen Positionen ein, die es ihnen erlaubten, durch die Fernrohre zu sehen.

„Der Fürbitter steht uns im Weg", sagte Sklar Hast leise. „Laßt euch von ihm nicht ablenken. Ich versuche, ihn wegzuholen."

„Das wird für dich genauso gefährlich werden."

Sklar Hast nickte. „Leider. Aber schließlich geht jeder von uns ein unberechenbares Risiko ein. Achtet weder auf Voiderveg noch auf mich. Handelt so, als wären wir gar nicht da."

Rollo Barnack nickte. „Wie du willst.“ Er warf einen Blick durch das Behelfsfernrohr und sah die Spitze von König Krakons Vorderschaufel.

Das Biest trieb zehn bis zwanzig Sekunden lang ruhig dahin und musterte Semm Voiderveg. Dann kam es wieder vor, streckte seine Fühler aus und gab sich einen letzten Stoß, der ihn in die Nähe des nächsten Schwammpfahles brachte.

König Krakon begann zu fressen.

Rollo Barnack warf erneut einen Blick durch sein Fernrohr und fand den Turmaufbau rechterhand von sich wieder. Er wartete. König Krakon schwamm ein Stückchen nach links. Rolo Barnack gab das vorbereitete Singal. Er hob die Hand und strich sich mit den Fingern durchs Haar. Ben Kell, der hinter der anderen Apparatur stand, tat es ihm gleich.

Auf der Rückseite des Turms hatten Wall Bunce und Poe Belrod bereits die Trossen zerschnitten, welche die beiden hinteren Stützen mit den Pfählen verbanden, die sich aus dem Boden der Plattform erhoben. Rudolf Snyder und Garth Gasselton kappten die Halteseile. An den vorderen Halteseilen – jene, die der Lagune zugewandt waren – begannen nun fünf Männer so unauffällig wie möglich zu ziehen.

Der gewaltige Turm, so schwer und hoch er auch war, stand jetzt nur noch auf den beiden letzten ihn noch haltenden Stützen. Die große angespitzte Rahnock begann in einem Bogen zu schwenken und richtete sich genau auf König Krakons Turmaufbau.

Semm Voiderveg stand genau an der Stelle, in die der sich neigende Signalturm nun kippte. Er beschäftigte sich immer noch mit seinen Ritualen. Sklar Hast machte einen Satz nach vorn und stieß den Fürbitter beiseite. Jetzt bemerkten auch die anderen, daß der Signalturm im Begriff war umzustürzen. Schreie wurden laut. Semm Voiderveg warf einen Blick über die Schulter nach hinten, sah das umkippende Gerüst und spürte gleichzeitig, daß Sklar Hast ihn packte. Er stieß einen krächzenden Schrei aus, versuchte zu fliehen, verlor jedoch aufgrund seiner schreckhaft erhobenen Arme das Gleichgewicht und fiel zu Boden. Sklar Hast packte ihn und rollte ihn zur Seite. Der verschreckte König Krakon wirbelte mit den Schaufeln. Wie ein gigantischer, nadelbewehrter Morgenstern sauste der Turm auf ihn herab und verfehlte seinen Schädel nur um Haaresbreite. Der Rahnockdorn krachte auf seinen mächtigen Rücken, prallte ab und bohrte sich in sein schwarzes Hinterteil.

Rollo Barnack und Roger Kelso gaben ein entsetzliches Stöhnen von sich; die anderen schrien in panischer Angst auf. König Krakon selbst gab ein fürchterliches, pfeifendes Zischen von sich und begann nun mit aller Macht seine Schaufeln zu bewegen. Die Rahnock löste sich vom Signalturm; König Krakon verschwand, sich windend, unter dem Wasserspiegel der Lagune. Mit zweien seiner Fühler riß er den immer noch aus seinem Hinterteil ragenden Dorn heraus und schleuderte ihn hoch in die Luft. Semm Voiderveg, der immer noch Mühe hatte, die Balance zu wahren, schrie mit schriller, weinerlicher Stimme: „Gnade, König Krakon, es war nur ein fürchterliches Mißverständnis! Gnade, Gnade!"

König Krakon kam näher und ließ die Überreste des umgestürzten Turms auf Semm Voiderveg herabsausen. Dann warf er sich mit aller Macht gegen den Turm und schleuderte anschließend brüllend und zischend ein großes Trümmerstück in Richtung von Sklar Hast. Schließlich erhob er sich, schob seine mächtige Gestalt vorwärts und wuchtete sich auf die Plattform hinauf.

„Lauft!" schrie Rollo Barnack heiser. „Lauft um euer Leben!"

König Krakon gab sich diesmal nicht mit der Verwüstung von Tranque zufrieden. Er fiel in der gleichen Weise über Thrasneck und Bickle her und wandte sich schließlich – erschöpft oder von Schmerzen übermannt – der See zu und verschwand.

8

Auf Apprise wurde eine Großversammlung einberufen. Barquan Blasdel, der Fürbitter dieser Plattform, war der erste, der das Wort ergriff. Was er zu sagen hatte, klang – und das war zu erwarten gewesen – bitter; die Art in der er sprach, strahlte Grimm aus. Er lobte die Taten Semm Voidervegs über den grünen Klee und beklagte den Tod derjenigen, die König Krakon auf Tranque, Bickle, Thrasneck zum Opfer gefallen waren, beschrieb die Auswirkungen der Katastrophe und spekulierte in einem pessimistischen Tonfall über das gebrochene Abkommen.

„Die verständliche Wut König Krakons ist noch immer nicht gestillt – aber zeigen die Schuldigen etwa Reue? Nein. Heute morgen hat König Krakon die Boote von vier Hochstaplern aus Vidmar angegriffen und zerstört. Kann man es ihm übelnehmen, wenn man bedenkt, daß er in gutem Glauben nach Tranque kam, sich unter dem Schutz des Abkommens in die Lagune hineinbewegte, von einem Fürbitter willkommen geheißen wurde – nur um dann zum Zielpunkt eines mörderischen Angriffs zu werden? Welchen Großmut hat König Krakon bewiesen, indem er sich nicht dazu hinreißen ließ, auch noch die letzte Plattform zu zerstören!

Es steht außer Frage, daß die verkommenen Verschwörer, die diesen Plan ausheckten, bestraft werden müssen. Die letzte Versammlung endete in Aufruhr und Fehde. Diesmal müssen wir sachlicher und unter starker Selbstkontrolle unseren Urteilsspruch fällen – aber handeln müssen wir! Die Verschwörer müssen sterben!“

Diesmal bat Barquan Blasdel das Publikum noch nicht, die Fäuste zu erheben; zunächst sollte den Angeklagten die Gelegenheit gegeben werden, ihre Handlungsweise zu erklären.

Phyral Berwick, der Schiedsmann von Apprise, der auch diesmal wieder den Posten des Diskussionsleiters übernommen hatte, schaute in die Runde. „Wer möchte das Wort haben?“

„Ich.“ Gian Recargo, der Älteste der Schieber von Tranque, kam nach vorn. „Ich war nicht aktiv an der Verschwörung beteiligt. Anfänglich war ich sogar linientreu, aber meine Ansichten haben sich geändert. Und sie sind immer noch die gleichen. Die sogenannten Verschwörer haben in der Tat ein großes Unglück über unsere Plattform gebracht. Sie ist verwüstet, Menschen haben sterben müssen. Es tut ihnen aber ebenso leid wie allen anderen. Aber wir müssen mit Tod und Zerstörung fertig werden. Sie sind unausweichlich, und ich bin in dieser Beziehung mit Sklar Hast einer Meinung. König Krakon muß getötet werden! Deswegen laßt uns nicht diese Männer anklagen, die ihr Leben aufs Spiel gesetzt haben, um uns von ihm zu befreien. Sie haben getan, was in ihren Kräften stand, und Sklar Hast hat sogar sein persönliches Wohlergehen außer acht gelassen, als er versuchte, das Leben unseres Fürbitters zu retten. Es war König Krakon, der Semm Voiderveg tötete.“

Barquan Blasdel sprang auf und machte Gian Recargos Verteidigungsrede damit verächtlich, indem er sie als „das blasphemische Geschwätz eines weiteren Verschwörers“ brandmarkte. Nach ihm ergriff Archibel Verack, der Fürbitter von Quincunx, das Wort. Ihm folgten noch eine ganze Reihe weiterer Schiedsmänner, Fürbitter, Sippenälteste und Zunftmeister.

Man gelangte zu keiner klaren Einigung. Wie es schien, unterstützte ein knappes Drittel der Anwesenden den Ruf nach Verurteilung der Angeklagten. Ein weiteres Drittel – und das waren Leute, die durchaus die Zerstörungen und Todesfälle beklagten – bedauerte ebensosehr die Tatsache, daß der Plan mißlungen war. Das restliche Drittel bestand aus Leuten, die gar nicht mehr wußten, was sie glauben sollten. Sie waren einfach unentschlossen und ängstlich und neigten einmal der einen, dann wieder der anderen Richtung zu.

Da Gian Recargo ihm einen guten Rat gegeben hatte, verzichtete Sklar Hast darauf, das Wort zu ergreifen. Mit unbewegtem Gesicht hörte er sich an, was Barquan Blasdel und dessen Freunde gegen ihn vorzubringen hatten.

Der Nachmittag verging, und allmählich kühlte sich der Zorn der Leute ab. Barquan Blasdel entschied sich schließlich dazu, die Sache zu Ende zu bringen. Mit einer Stimme, die kühl und sachlich war wie der Tod, zählte er die Verbrechen Sklar Hasts und seiner Freunde auf. Dann, als sich sein Tonfall beinahe überschlug, riß er die Arme in die Luft und forderte die Anwesenden auf, die Fäuste zu ballen.

„Frieden und Einhaltung des Abkommens! Alle, die dafür sind, heben die Hand! Wir müssen dem Bösen, das uns bedroht, entgegentreten! Und ich sage euch . . ." – er lehnte sich vor und schaute die Versammlung unheildrohend an –, „. . .wenn die Versammlung nicht für den Tod dieser Mörder ist, werden wir Rechtschaffenen und wirklich Gläubigen uns in einer disziplinierten Gruppe zusammenschließen, die dafür sorgt, daß der Gerechtigkeit Genüge getan wird! Ihr seht, wie wichtig und von welch grundsätzlicher Bedeutung diese Sache für uns ist! Verbrechen dürfen nicht ungesühnt bleiben! Schon einmal haben wir uns unschlüssig gezeigt. Ihr seht, wohin unsere Handlungsweise uns gebracht hat. Deswegen sage ich: Tod den Mördern – oder macht euch darauf gefaßt, daß die Rechtgläubigen allein zur Tat schreiten! Und jetzt: Erhebt die Fäuste gegen Sklar Hast und seine Mitverschwörer!"

Überall wurden Arme in die Luft gereckt. Eine gleiche Anzahl blieb unten, und viele davon gehörten jenen, die noch immer verwirrt und unentschlossen waren. Erneut begann die Menge zu murmeln. Es sah ganz so aus, als würde die Versammlung den gleichen Verlauf nehmen wie beim letzten Mal.

Sklar Hast sprang auf und begab sich zur Rednertribüne.

„Es ist unverkennbar, daß wir geteilter Meinung sind. Die einen wollen König Krakon dienen, die anderen ziehen es vor, das Gegenteil zu tun. Wir stehen am Rande einer Auseinandersetzung, die schrecklich werden kann und der wir deshalb ausweichen sollten. Und um dies zu tun, sollten wir zu einem einfachen Mittel greifen. Es gibt eine Reihe anderer Plattformen, die ebenso wohnlich sind wie diese hier. Ich mache euch den Vorschlag, daß ich und die meinen dieses Gebiet verlassen und uns anderswo ansiedeln. Ich heiße jeden willkommen, der bereit ist, mit mir zu gehen, obwohl ich niemanden beeinflussen möchte, sich dem gleichen Fluch zu unterwerfen, den man auf uns herabbeschworen hat. Wir werden die Freiheit erringen. Wir werden König Krakon nicht dienen. Unser Leben wird ganz allein von uns bestimmt werden. Es kann kein Zweifel daran bestehen, daß wir eine

Menge Anfangsschwierigkeiten zu überwinden haben, aber wir werden sie hinter uns bringen und uns ein Leben aufbauen, das ebenso schön sein wird wie jenes, das wir bis vor kurzem noch geführt haben. Vielleicht wird es sogar noch schöner werden, da es für uns keinen tyrannischen König Krakon mehr geben wird. Wer ist bereit, mit mir von hier fortzugehen und sich eine neue Heimat zu suchen?"

Ein paar Hände hoben sich, dann weitere und weitere, bis sie etwa ein Drittel der Anwesenden repräsentierten.

„Das ist mehr als ich erwartet habe", sagte Sklar Hast. „Dann geht zu euren Plattformen zurück und beladet eure Boote mit Werkzeugen, Töpfen, Firnis und Tauwerk – allem, was nützlich ist. Und dann kommt hierher zurück, in die Lagune von Apprise. Hier werden wir einen günstigen Abreisezeitpunkt abwarten. Wenn wir sicher sein können, daß die Bestie sich bei Sciona aufhält, sollten wir nach Osten fahren. Wenn sie in der Nähe von Tranque ist, wenden wir uns nach Westen. Ich nehme an, es bedarf keines besonderen Hinweises, daß die Richtung und die Stunde unserer Abreise unter allen Umständen geheim bleiben muß. Und der Grund dafür dürfte jedem klar sein." Er schenkte Barquan Blasdel, der steif wie ein Standbild dasaß, einen ironischen Seitenblick. „Es ist keine Sache, die einen erfreuen kann, wenn man gezwungen ist, die heimatlichen Gefilde zu verlassen", sagte Sklar Hast, „aber es ist noch schlimmer, zu Hause zu bleiben und sich der Tyrannei zu unterwerfen. Die Ersten trafen die gleiche Entscheidung wie wir. Es ist offensichtlich, daß zumindest ein kleiner Teil von uns diese Eigenschaft unserer Vorväter in sich erhalten hat."

Barquan Blasdel ergriff das Wort, ohne aufzustehen, was beinahe ein Sakrileg war.

„Redet nicht von Idealen – verschwindet. Geht nur und seid euch unserer Zustimmung gewiß. Wir werden euch sicher nicht vermissen. Und versucht bloß nicht zurückzukommen, wenn die gefräßigen kleinen Räuber, die der große König von nun an frei walten lassen wird, eure Netze zerreißen, eure Boote zerschmettern und eure Schwammpfähle kahlfressen!"

Sklar Hast ignorierte ihn. „Alle, die diese traurige Umgebung verlassen wollen, treffen sich in zwei Tagen auf Apprise. Die Stunde unserer Abreise werden wir in einer Abstimmung festlegen."

Barquan Blasdel lachte. „Ihr braucht nicht zu glauben, daß uns daran liegt, eure Abreise zu verhindern. Verschwindet, wann immer ihr wollt. Wir werden euch sogar noch beim Einladen behilflich sein."

Sklar Hast überlegte einen Moment.

„Soll das heißen, daß du König Krakon von unserer Abreise nicht in Kenntnis setzen wirst?"

„Nein. Aber es kann natürlich sein, daß er aufgrund eigener Beobachtungen davon erfährt."

„Dann wird unser Plan folgendermaßen aussehen: Am Abend des dritten Tages, wenn der Wind nach Westen bläst, werden wir aufbrechen; vorausgesetzt natürlich, daß König Krakon dann im Osten kreuzt."

9

Barquan Blasdel, der Fürbitter von Apprise, lebte zusammen mit seiner Gattin und seinen sechs Töchtern auf einer kleinen Pflanzenplattform, die nördlich von Apprise auf dem Wasser schwamm und ein wenig isoliert dalag. Das Inselchen, welches das schönste und ansehnlichste war, das zum Komplex der Hauptplattform gehörte, nahm zudem eine Lage ein, die es dem Fürbitter ermöglichte, nicht nur die Signalzeichen des Apprise-Turmes, sondern auch die von Quatrefoil, Granolt und Bandinga zu erkennen. Das Blatt, auf dem er sein Domizil aufgeschlagen hatte,war mit Hunderten von verschiedenen Pflanzen und Ranken bewachsen. Manche davon lieferten eine harzige Flüssigkeit, andere Kapseln mit einem wohlriechenden Saft. Wieder andere versorgten ihn mit kräftigen Gerten, die nahezu ununterbrochen in die Höhe wuchsen, und bestimmte andere Sträucher produzierten Beize oder Pigmente. Eine purpurne Epiphyte lieferte wohlschmeckende Kerne. Andere Gewächse hingegen dienten nur ornamentalen Zwecken – was auf den Plattformen, auf denen ständig Raumknappheit herrschte, ziemlich selten vorkam, denn unnütze Pflanzen wurden in der Regel nicht gezüchtet. Nur wenige der kleinen Plattformen entlang der langen Linie konnten sich in bezug auf Schönheit, Buntheit und Vielfalt der Gewächse mit dem isolierten Inselchen Barquan Blasdels messen.

Am Spätnachmittag des zweiten Tages nach der Versammlung kehrte Barquan Blasdel auf seine kleine Plattform zurück. Er warf die Fangleine seines Weidenrutenbootes über einen Pfahl aus bearbeitetem Knochen und schaute dankbar nach Westen. Die Sonne war gerade untergegangen, und der Himmel leuchtete nun in glänzender Pracht und überschüttete den Ozean mit einer wahren Farborgie aus Grün, Blau und Purpur. Blasdel fühlte sich von den Farben beinahe umzingelt . . .

Er wandte sich ab, marschierte auf sein Haus zu und pfiff leise vor sich hin. In der Lagune befanden sich fünfhundert Boote, vielleicht sogar sechshundert, und ein jedes davon war mit Gütern beladen, die das Eigentum der widernatürlichsten und störendsten Elemente der verschiedenen Plattformen darstellten. Morgen würden sie verschwinden, und man würde nie wieder etwas von ihnen hören. Nie wieder. Blasdels Pfeifen wurde langsam und nachdenklich.

Obwohl das Leben glatt dahinzufließen schien, hatte er dennoch erst kürzlich in sich ein Gefühl der Unbehaglichkeit entdeckt. Er war unzufrieden und spürte es auf hundert verschiedene Arten. Natürlich hatte es ihn nicht überrascht, als er von dem erneuten Anschlag auf das Leben König Krakons erfahren hatte, aber daß das Unternehmen nur um Haaresbreite gescheitert war, hatte ihn nachdenklich gestimmt. Dieser Sklar Hast war ein intelligenter, mit allen Wassern gewaschener Bursche. Ein widerspenstiger, störrischer und skeptischer Mann mit großer Energie. Barquan Blasdel war mehr als glücklich darüber, daß sich ihre Wege nun trennen würden.

Alles schien bestens zu laufen, in der Tat! Die ganze Angelegenheit hätte nicht besser geregelt werden können, wenn er sie selbst in die Hand genommen hätte. Mit einem Schlag wurden sie nun all die Nörgler, Störenfriede, Meckerer und Querköpfe los. Sie würden alle auf einen Schlag verschwinden und mithin nie wieder den Versuch unternehmen können, das geradlinige Leben der Rechtschaffenen zu stören.

Barquan Blasdel hüpfte beinahe vor Ausgelassenheit, als er den Pfad hinauflief, der zu seiner Residenz führte. Dort standen fünf voneinander getrennte Hütten, vor denen sich der Garten ausbreitete, der ihn vor Blicken von der Hauptplattform schützte und seine Intimsphäre sowie die seiner Gattin und seiner sechs Töchter sicherte.

Blasdel blieb stehen. Auf einer Bank neben der Tür saß ein Mann. Das Zwielicht verhinderte, daß man sein Gesicht erkennen konnte. Blasdel runzelte die Stirn und musterte ihn. Er liebte es nicht, wenn jemand in seinen Besitz eindrang.

Schließlich ging er weiter. Der Mann auf der Bank stand auf und verbeugte sich. Es war Phyral Berwick, der Schiedsmann von Apprise. „Guten Abend", sagte er. „Ich hoffe, daß ich nicht ungelegen komme."

„Aber auf keinen Fall", erwiderte Blasdel kurzangebunden. Immerhin hatte Berwick einen Rang, der dem seinen gleichkam; deshalb konnte er ihn nicht einfach ignorieren. Andererseits fiel es Blasdel nach dem ungewöhnlichen Verhalten des Schiedsmannes während der beiden Versammlungen mehr als schwer, über das Minimum an Aufmerksamkeit, das diesem Mann gebührte, hinauszugehen.

„Leider habe ich keinen Besucher erwartet", fügte er hinzu, „und kann dir deshalb keine Erfrischung anbieten."

„Aber das macht doch nichts", sagte Berwick. „Außerdem bin ich weder hungrig noch durstig." Er deutete mit ausgestreckter Hand auf die kleine Plattform. „Du lebst in einer wirklich schönen Umgebung, Barquan Blasdel. Ich glaube, daß viele dich darum beneiden würden."

Blasdel zuckte die Achseln. „Meine Geschäfte sind absolut rechtschaffen. Neidgefühle prallen wirkungslos an mir ab. Aber was ist es, das dich zu mir treibt? Ich fürchte beinahe, daß ich keine andere Wahl habe, als dich zu bitten, sofort zum Thema zu kommen, denn ich muß in Kürze zum Signalturm, um an einer kodierten Konferenz der Fürbitter teilzunehmen."

Berwick machte eine Geste, die freundliches Verständnis ausdrückte.

„Ich werde dich nicht lange belästigen, aber ich möchte die Angelegenheit ebensowenig hier zwischen Tür und Angel bereden. Wollen wir hineingehen?"

Blasdel grunzte, öffnete aber dennoch die Tür und erlaubte Berwick, seine Hütte zu betreten. Einem Regal entnahm er Leuchtfasern, die er anzündete und in einen Halter steckte. Mit einem schnellen Seitenblick auf Berwick sagte er: „Bei allem Respekt, aber es überrascht mich, dich hier anzutreffen. Du hast für mich keinen Zweifel daran gelassen, daß du einer der eifrigsten Verteidiger derjenigen warst, die nun von uns gehen wollen."

„Es kann gut möglich sein, daß ich diesen Eindruck hervorgerufen habe", stimmte Berwick ihm zu, „aber du solltest nicht vergessen, daß Äußerungen, die im Eifer des Gefechts gemacht werden, bei nüchterner Betrachtung an Schärfe verlieren."

Blasdel nickte kurz. „Das stimmt. Ich vermute sogar, daß viele der

Abtrünnigen es sich noch einmal überlegen werden, ob sie wirklich an dieser Wahnsinnsexpedition teilnehmen wollen." Hoffentlich nicht, dachte er insgeheim.

„Dies ist auch teilweise der Grund meines Hierseins", sagte Berwick.

Er schaute sich um. „Ein interessantes Zimmer", meinte er. „Du besitzt Dutzende von wertvollen Artefakten. Wo ist der Rest deiner Familie?"

„In den Wohnräumen. Dies hier ist mein Arbeitszimmer, meine Klause, mein Meditationsraum."

„Ach ja?" Berwick musterte die Wände. „Tatsächlich! Ich glaube, ich sehe sogar verschiedene Relikte aus dem Besitz unserer Vorfahren!"

„Richtig", gab Barquan Blasdel zurück. „Dieses flache Objekt besteht aus einer Substanz, die man ‚Metall' nennt. Es ist außergewöhnlich hart, und nicht einmal das beste Knochenmesser könnte es beschädigen. Wozu es einst gedient hat, kann ich allerdings nicht sagen. Es ist ein Erbstück. Und diese Folianten dort sind exakte Kopien der Aufzeichnungen. Ach! Auch in ihnen steht viel, was ich nicht begreife. Sonst habe ich nichts, was ein größeres Interesse rechtfertigen würde. Auf dem Regal dort liegt mein zeremonieller Kopfschmuck; den hast du natürlich schon gesehen. Hier ist mein Teleskop. Es ist alt, die Hülle hat sich verzogen, die Linsen sind gebrochen. Sie waren aus schlechtem Material, um ehrlich zu sein, aber ich habe keine Verwendung für ein besseres Gerät. Ich besitze nicht viel. Im Gegensatz zu vielen anderen Fürbittern und manchen Schiedsmännern ..." – an dieser Stelle sah er Phyral Berwick bedeutungsvoll an – „... lege ich keinen Wert darauf, mich mit bequemen Kissen und Körben voller Leckerbissen zu umgeben."

Berwick lachte wehmütig.

„Damit sprichst du eine meiner Schwächen an. Vielleicht ist es die heimliche Furcht vor der Amtsenthebung, die mich zu einem Schlemmer hat werden lassen."

„Ha, ha!" Blasdel wurde jovial. „Ich beginne zu verstehen. Die Schufte, die aufbrechen wollen, um sich in der Wildnis niederzulassen, haben nichts anderes zu erwarten als harte Arbeit: wilde Fische, harte

Schwämme und Firnis, der sich in seiner Dichte kaum vom Wasser unterscheidet. Kurz gesagt: Über kurz oder lang werden sie das Leben von Wilden führen. Und außerdem müssen sie ständig damit rechnen, die Aufmerksamkeit eines kleineren Krakons auf sich zu ziehen, der ihnen die Früchte ihrer Arbeit stiehlt. Wer weiß . . . wenn die Zeit vergeht . . ." Seine Stimme sank zu einem Flüstern herab, und sein Gesicht nahm einen nachdenklichen Ausdruck an.

„Was wolltest du sagen?" bohrte Berwick weiter.

Blasdel stieß ein unverbindliches Lachen aus. „Ein amüsanter, wenn nicht gar phantastischer Gedanke ist mir gerade durch den Kopf gegangen. Vielleicht wird im Laufe der Zeit einer der kleineren Krakons größer werden, die anderen unterwerfen oder dann fortjagen. Wenn das passiert, werden diejenigen, die vor König Krakon geflohen sind, ihren eigenen König haben, der vielleicht sogar . . ." Er machte erneut eine Pause.

„Der vielleicht sogar König Krakon in Größe und Macht ebenbürtig ist? Der Gedanke scheint mir nicht unmöglich zu sein, obwohl König Krakon bereits eine Größe erreicht hat, die schwer einzuholen sein wird. Und außerdem deutet nichts darauf hin, daß er nicht noch weiterwachsen wird."

Ein beinahe unmerkliches Zittern ließ den Boden der Hütte wanken. Blasdel stand auf und warf einen Blick hinaus. „Ich dachte, ich hätte das Anlegen ein Bootes gehört", sagte er.

„Wahrscheinlich war es nur ein Windstoß", erwiderte Berwick. „Nun laß uns aber zur Sache kommen. Wie du bereits vermutet hast, bin ich nicht hierhergekommen, um deine Relikte zu bewundern oder nette Dinge über deinen Besitz zu sagen. Der Grund meines Hierseins ist folgender: Mehr als zweitausend Menschen wollen die Heimatplattformen verlassen, und ich nehme an, daß niemand, nicht einmal der fanatischste Fürbitter, ihnen wünscht, daß sie auf dem Meer mit König Krakon zusammenstoßen. König Krakon wird, wie du weißt, ein wenig ungehalten, um nicht zu sagen zornig, wenn er feststellt, daß jemand seinen Machtbereich durchfährt. Und gerade jetzt ist er unberechenbarer als je zuvor. Vielleicht fürchtet er instinktiv die Möglichkeit, daß anderswo ein zweiter König Krakon heranwachsen könnte. Ich bin also gekommen, um dich zu fragen, wo er sich momentan aufhält. Am Abend wird der Wind westwärts blasen, und es wäre gut möglich, daß er sich dann bei Tranque oder Thrasneck aufhält."

Blasdel nickte weise. „Dies ist natürlich eine Frage von Glück oder Zufall; mir ist klar, daß die Auswanderer ein großes Risiko eingehen. Sollte König Krakon morgen abend im Westen warten und die Flottille ausmachen, kann es gut möglich sein, daß sie seinen Zorn hervorruft und dann auch zu spüren bekommt."

„Und wo", sagte Berwick, „hat man König Krakon zum letzten Mal gesichtet?"

Barquan Blasdel hob seine tiefschwarzen Augenbrauen. „Ich glaube einige Signale gesehen zu haben, laut denen er östlich von hier, zwischen Edelranke und Sumber, gesehen wurde. Es kann aber auch sein, daß ich die Zeichen mißverstanden habe, denn ich habe sie praktisch nur aus den Augenwinkeln heraus wahrgenommen, aber zumindest habe ich sie so verstanden."

„Ausgezeichnet", sagte Berwick. „Das ist eine gute Nachricht. Dann sollten die Auswanderer also in der Lage sein, ohne Schwierigkeiten abzureisen."

„Hoffen wir's", sagte Blasdel.

„Natürlich kann man nie genau vorhersagen, welche Entschlüsse König Krakon faßt."

Berwick machte eine vertrauliche Geste. „Manchmal – so hört man die Leute sagen – antwortet er auf geheimnisvolle Weise den Signalen der Fürbitter. Sag mir, Barquan Blasdel, ist das wirklich wahr? Ich meine ... wir beide sind doch ehrenwerte Leute und haben nichts als das Wohlergehen von Apprise im Auge ... Stimmt es, daß die Fürbitter mit König Krakon einen Kontakt unterhalten, wie es die Gerüchte behaupten?"

„Nun ja, Schiedsmann Berwick", erwiderte Barquan Blasdel, „dies ist kaum eine Frage, die zur Sache gehört. Sollte ich darauf mit Ja antworten, würde ich ein Geheimnis unserer Zunft verletzen. Sagte ich nein, würde es so aussehen, als würden wir Fürbitter mit Fähigkeiten prahlen, die wir gar nicht besitzen. Ich kann dir deshalb nur raten, dich mit derjenigen Hypothese zufriedenzugeben, die deiner eigenen Einstellung am nächsten kommt."

„Eine redliche Antwort", sagte Phyral Berwick. „Ich will dir jedoch – unter dem Siegel der größten Verschwiegenheit – einen amüsanten Umstand verraten. Wie du weißt, habe ich mich während der beiden Versammlungen mehr oder weniger auf die Seite von Sklar Hast und seiner Gruppe geschlagen. Sie haben mich anschließend sogar weitgehend in ihr Vertrauen gezogen. Ich kann dir also mit absoluter Sicherheit sagen . . . Aber zunächst mußt du mir versichern, daß du darüber absolutes Stillschweigen bewahren wirst! Unter keinen Umständen darf ich Sklar Hast hintergehen oder die Sicherheit seiner Expedition gefährden."

„Aber sicher doch, natürlich. Meine Lippen werden wie mit vierzehn Jahre altem Firnis versiegelt sein."

„Du wirst also unter keinen Umständen das weitergeben, signalisieren oder andeuten, was ich dir anvertraue? Weder einer Person noch einem Ding, geschriebene Botschaften, Handzeichen oder andere Mittel der Verständigung eingeschlossen?"

Barquan Blasdel stieß ein nervöses, beinahe hysterisches Lachen aus. „Was du von mir verlangst, zeugt nicht nur von deinen überragenden Fähigkeiten als Schiedsmann, sondern ist darüber hinaus auch noch äußerst ungewöhnlich."

„Du versprichst es also?"

„Natürlich! Ich habe dir doch bereits mein Stillschweigen zugesichert!"

„Nun gut, ich habe also dein Wort. Und so sieht Sklar Hasts amüsante Taktik aus: Er hat es so arrangiert, daß eine Reihe einflußreicher Fürbitter die Gruppe begleiten soll. Wenn alles glattgeht, werden die Fürbitter das Unternehmen überleben. Wenn nicht, werden sie König Krakon zum Fraße fallen, wie der Rest." Phyral Berwick trat einen Schritt zurück, musterte Barquan Blasdel mit einem teilsnahmsvollen Blick und fügte hinzu: „Was sagst du jetzt?"

Blasdel sprang auf. Seine Finger glitten über den Rand seines schwarzen Bartes. Er sah Berwick kurz an und sagte: „Welche Fürbitter plant man zu entführen?"

„Aha!" sagte Berwick. „Das ist einem Geheimnis unterworfen. Ich bezweifle, daß man den unwichtigeren Männern Schwierigkeiten machen wird, aber wenn ich Fürbitter von Aumerge, Sumber, Quatrefoil oder gar Apprise wäre, würde ich mich ganz bestimmt vorsehen."

Blasdel starrte Berwick mit wachsendem Mißtrauen und zunehmender Unbehaglichkeit an. „Soll das eine Warnung sein? Wenn ja, wäre ich dir dankbar, wenn du ein bißchen weniger um den heißen Brei herumreden würdest. Ich persönlich fürchte mich natürlich nicht vor einem solchen Angriff, aber in meiner näheren Umgebung halten sich drei meiner treuen Anhänger auf, die gerade meine Töchter prüfen.

Außerdem hätte ich nur einen lauten Schrei auszustoßen, um Hilfe von der Hauptplattform zu erhalten. Schließlich ist sie kaum weiter von hier entfernt, als ein Mann spucken kann."

Berwick nickte wissend. „Es sieht wirklich so aus, als wärst du in absoluter Sicherheit."

„Trotzdem", sagte Blasdel, „muß ich mich nun beeilen, um zur Hauptplattform hinüberzukommen. Man erwartet mich am Signalturm wegen der Konferenz. Und es wird immer später."

Berwick verbeugte sich und machte Platz. „Du wirst hoffentlich nicht vergessen, was ich dir unter dem Siegel der Verschwiegenheit mitgeteilt habe. Denke daran, daß du mir versprochen hast, kein Warnsignal abzugeben."

Blasdel machte eine ungeduldige Geste. „Ich werde lediglich erwähnen, daß der Verbrecher Sklar Hast keine Ruhe gibt und es allen hohen Würdenträgern und Zunftmeistern gut anstünde, sich auf einen letzten Racheakt von seiner Seite vorzubereiten."

Berwick schaute finster drein. „Ich glaube, es wäre nicht gut, wenn du so weit gingest. Vielleicht könntest du dich ein wenig unverfänglicher ausdrücken. Etwa so: Sklar Hast und seine unnachgiebige Bande werden uns morgen verlassen.

Jetzt ist die letzte Gelegenheit für diejenigen, die der Gruppe Sympathien entgegenbringen, sich ihrer Expedition anzuschließen! Dann gibst du deiner Hoffnung Ausdruck, daß die Fürbitter natürlich auf ihren Posten verbleiben."

„Pah!" schrie Barquan Blasdel entrüstet. „Das wird ihnen überhaupt nichts sagen! Ich werde sagen, daß Sklar Hast in einer verzweifelten Lage ist und – wenn er sich dazu entscheiden sollte, Geiseln zu nehmen – sein fehlgeleiteter Geist in den Fürbittern die zweckdienlichsten Personen sehen könnte!“

Berwick schien damit jedoch nicht einverstanden zu sein. „Das, glaube ich, geht über die Linie hinaus, die ich gezogen habe. Meine Ehre steht auf dem Spiel, deshalb kann ich mich mit keiner Bekanntmachung einverstanden erklären, die das, was passieren wird, als Möglichkeit andeutet. Wenn du eine Bemerkung machen würdest, die darauf hinausläuft, daß so gut wie kein Fürbitter an der Expedition teilnimmt, wäre alles in Ordnung. Damit hättest du ein wenig Nachdenklichkeit erzeugt, die Leute mißtrauisch gemacht und deine Pflicht erfüllt. Niemand käme dann auf die Idee, meine Vertrauenswürdigkeit anzuzweifeln.“

„Ja, ja!“ rief Barquan Blasdel. „Ich bin mit allem einverstanden! Aber ich muß mich nun beeilen. Während wir hier diskutieren, sind Sklar Hast und seine Halunken vielleicht schon mit verschiedenen Entführungen beschäftigt.“

„Und was soll daran schlimm sein?“ fragte Berwick mit mildem Spott.

„Du hast doch eben selbst behauptet, daß man König Krakon gesehen hat, wie er von Edelranke aus nach Westen schwamm. Das genügt doch, um die Fürbitter nicht in Gefahr zu bringen, und sobald Sklar Hast festgestellt hat, daß König Krakon seine Expedition nicht belästigt, wird er sie ohnehin wieder freilassen. Sollte sich natürlich herausstellen, daß die Auswanderer betrogen wurden und König Krakon westlich von Sciona auf die Flottille wartet, müssen sie ebenso sterben wie der Rest. Eine ausgleichendere Gerechtigkeit scheint es nach meiner Auffassung gar nicht zu geben.“

„Die Schwierigkeit liegt darin“, murmelte Barquan Blasdel und versuchte Berwick zur Tür zu schieben, „daß ich ohne Zustimmung der anderen Fürbitter nichts sagen darf. Wenn nun einer von ihnen König Krakon bereits informiert hat? Daraus könnte eine große Tragödie erwachsen!“

„Interessant“, sagte Berwick. „Also habt ihr tatsächlich die Möglichkeit, König Krakon herbeizurufen?“

„Ja, ja, aber behalte das für dich; es ist streng geheim. Und jetzt . . .“

„Das bedeutet gleichzeitig, daß ihr seinen ständigen Aufenthaltsort kennt. Wie erfahrt ihr ihn?“

„Ich habe keine Zeit für Erklärungen. Natürlich benötigen wir dazu eine Apparatur.“

„Ist sie hier? In deinem Arbeitszimmer?“

„Ja, das ist sie. Und jetzt geh zur Seite. Nachdem ich die Warnung abgesandt habe, werde ich dir alles erklären. Nun mach doch endlich Platz!“

Berwick zuckte die Achseln und gestattete Blasdel, sein Haus zu verlassen. Er rannte durch den Garten und blieb am Rand seiner kleinen Plattform stehen.

Sein Boot war verschwunden. Wo sich die Hauptplattform von Apprise mit dem weithin sichtbaren Signalturm hätte erheben müssen, befand sich nichts als Wasser und Himmel. Die Plattform trieb auf dem freien Ozean dahin; der abendliche Westwind hatte sie bereits weit von Apprise abgetrieben.

Blasdel stieß einen von Angst und Entsetzen zeugenden Schrei aus. Als er sich umdrehte, stellte er fest, daß Berwick hinter ihm stand.

„Was ist geschehen?“ fragte Blasdel.

„Es sieht ganz so aus, als hätten einige Lockvögel die Chance genutzt und während unseres Gesprächs den Stamm deiner Plattform abgeschnitten. Zumindest vermute ich das.“

„Ja, ja“, stotterte Blasdel. „Das ist offensichtlich. Aber warum denn nur?“

Berwick zuckte die Achseln. „Es sieht wohl oder übel so aus – ob es uns nun paßt oder nicht –, als wären nun auch wir zu einem Teil der großen Auswanderungswelle geworden. Und wenn dem schon einmal so ist, bin ich wenigstens froh zu wissen, daß du über eine Apparatur verfügst, die uns den Aufenthaltsort von König Krakon jederzeit mitteilen kann. Komm, laß uns dieses Ding ansehen und uns rückversichern.“

Blasdel stieß ein heiseres, kehliges Knurren aus. Seine Gestalt krümmte sich, und es hatte den Anschein, als wollte er sich mit aller Kraft auf Berwick stürzen. Aus den Schatten der Hütten trat nun ein anderer Mann. Berwick deutete auf ihn. „Ich glaube, Sklar Hast wird sich die Sache sogar selbst ansehen wollen.“

„Du hast mich hereingelegt“, knirschte Barquan Blasdel. „Du hast mir eine Komödie vorgespielt, die du noch bereuen wirst!“

„Ich habe keine derartige Tat begangen, obwohl ich natürlich verstehen kann, daß du zu einer solchen Deutung kommen mußt. Aber jetzt ist nicht die richtige Zeit, um gegeneinander Anklagen zu erheben. Wir sitzen nun im wahrsten Sinne des Wortes im gleichen Boot und teilen das gleiche Problem: Wie können wir der Boshaftigkeit von König Krakon entgehen? Ich schlage vor, daß du nun Anstrengungen machst, seinen Aufenthaltsort herauszufinden.“

Wortlos drehte Blasdel sich um und kehrte zu seiner Hütte zurück. Er betrat den Hauptraum, während Berwick und Sklar Hast ihm folgten. Er ging auf die Wand zu und schob eine Verkleidung zur Seite, hinter der sich ein weiteres Zimmer offenbarte. Blasdel brachte einige Lichter und ging vor. Die anderen kamen nach. In den Boden des Raumes hatte man ein Loch geschnitten, das sogar durch den Unterboden der Plattform ging. Die Ränder des schwammartigen Gewebes der Plattform waren mit Firnis bepinselt, um ein erneutes Zusammenwachsen zu verhindern. Ein etwa zehn Zentimeter dickes gelbes Weidenrohr führte direkt ins Wasser hinein. „Am Ende“, sagte Blasdel knapp, „befindet sich ein sorgfältig ausgetüfteltes Horn von gleicher Größe und Qualität. Dessen Ende wiederum durchmißt knapp einen Meter und ist mit einer dünnen Schicht bearbeiteter und gefirnister Unterbodenhaut bedeckt. König Krakon stößt Laute aus, auf die das Horn stark anspricht.“ Er näherte sich dem Rohr, legte sein Ohr daran, lauschte und begann sie dann langsam um die eigene Achse zu drehen. Dann schüttelte er den Kopf. „Ich höre nichts. Das bedeutet, daß König Krakon mindestens fünfzehn Kilometer von uns entfernt ist.

Wenn er näherkommt, kann ich ihn ausmachen. Er ist heute früh in Richtung Westen geschwommen; allem Anschein nach befindet er sich jetzt in der Nähe von Vidmar, Leumar oder Socialis.“

Sklar Hast lachte leise. „Dahin haben ihn wohl die Fürbitter geschickt?“

Barquan Blasdel machte ein säuerliches Gesicht. „Dazu habe ich nichts zu sagen.“

„Und wie *rufst* du König Krakon?“

Blasdel deutete auf einen Pfahl, der aus dem Boden ragte und an dessen Ende eine Kurbel befestigt war. „Unter Wasser befindet sich eine Trommel – und darin wiederum ein Rad. Wenn man an der Kurbel dreht, reibt das eingefettete Rad sich an der Trommel und erzeugt ein Signal. König Krakon ist in der Lage, den Ton auf eine große Entfernung hin zu hören – und zwar über fünfzehn Kilometer. Nehmen wir an, er befindet sich bei Sankston und wird bei Bickle gebraucht. Der Fürbitter von Bandinga ruft ihn so lange, bis das Horn ihm anzeigt, daß er die Hälfte der Strecke zurückgelegt hat. Daraufhin ruft ihn der Fürbitter von Quatrefoil an, dann der von Hastings. Das geht dann so weiter, bis König Krakon die Signale des Fürbitters von Bickle empfängt."

„Ich verstehe", sagte Sklar Hast. „Und auf die gleiche Weise hat Semm Voiderveg König Krakon auch nach Tranque gerufen. Woraufhin König Krakon Tranque zerstörte und das Leben von dreiundvierzig Menschen vernichtete."

„So ist es gewesen."

„Und du Heuchler wagst es, uns Mörder zu nennen?"

Blasdel zuckte erneut die Schultern, sagte aber kein Wort.

„Vielleicht ist es unser Glück, daß Semm Voiderveg nicht mehr lebt", sagte Phyral Berwick. „Auch ihn hätte man ausgewählt, an der Expedition teilzunehmen. Er hätte damit sicher kein gutes Los gezogen."

„Du redest Unsinn!" stieß Barquan Blasdel hervor. „Semm Voiderveg war seinen Ansichten gegenüber ebenso loyal wie Sklar Hast, und niemand kann behaupten, daß er sich an der Verwüstung Tranques erfreut hat. Tranque war auch seine Heimat, und viele der Getöteten waren seine Freunde. Er hat seinen Glauben und seine Überzeugungen völlig auf König Krakon konzentriert. Und als Dank dafür ist er getötet worden."

Sklar Hast wirbelte herum. „Und du?"

Blasdel schüttelte traurig den Kopf. „Ich bin ein Mensch, der es gewohnt ist, auf mehreren Ebenen zu denken."

Sklar Hast wandte sich verärgert von ihm ab und sagte zu Berwick: „Was sollen wir mit dieser Apparatur anfangen? Sie zerstören oder aufbewahren?"

Berwick dachte nach. „Irgendwann könnte es auch für uns von Nutzen sein, König Krakon zuzuhören. Ich bezweifle jedoch, daß wir jemals in die Lage kommen werden, ihn herbeirufen zu wollen.“

Sklar Hast warf mit einem ironischen Grinsen den Kopf zurück. „Wer weiß? Vielleicht rufen wir ihn, wenn wir ihn töten wollen.“ Er wandte sich wieder Blasdel zu. „Wer hält sich außer uns noch auf dieser Plattform auf?“

„Meine Gattin“, erwiderte Blasdel. „Sie ist in der dritten Hütte, von hier aus gezählt. Und drei meiner Töchter, die damit beschäftigt sind, für das Fest der Sternenverwünschung Verzierungen zu weben. Meine drei ältesten Töchter widmen sich dreien meiner Getreuen, die sie zu prüfen haben. Von ihnen hat wohl noch keiner bemerkt, daß wir uns mitten auf dem Ozean befinden.“

Seine Stimme zitterte. „Niemand von ihnen hatte die Absicht, die Heimat aufzugeben.“

„Eine solche Absicht hatten wir auch nicht“, sagte Sklar Hast. „Aber uns hat man keine andere Wahl gelassen. Ich fühle weder für sie noch für dich irgendeine Art von Mitleid. Es wird eine Menge Arbeit auf uns alle warten. Vielleicht werden wir sogar eine neue Zunft gründen: die der Krakontöter. Wenn das, was man so hört, der Wahrheit entspricht, muß es sie in Massen geben.“

Er verließ das Zimmer und ging in die Nacht hinaus. Blasdel stand da, als hätte er ein Lineal verschluckt. Die veränderten Umstände hatten ihn völlig aus dem Konzept geworfen. Langsam wandte er sich um und musterte mit einem eingehenden Blick das Gesicht Phyral Berwicks.

Der Schiedsmann wich seinem Blick nicht aus. Blasdel gab einen frustrierten Seufzer von sich und beugte sich noch einmal zu dem Horn hinab, um zu lauschen. Dann ging auch er hinaus.

Berwick folgte ihm und verschloß den Eingang des Geheimzimmers. Am Rand der Plattform trafen sie auf Sklar Hast und stellten fest, daß an dieser Stelle inzwischen mehrere Boote befestigt worden waren. Ein Dutzend Männer hielten sich in Blasdels Garten auf. Sklar Hast wandte sich dem Fürbitter zu und sagte: „Ruf deine Gattin, deine Töchter und die Männer, die sie prüfen. Erkläre ihnen, was geschehen ist, und halte dich anschließend in deinen Räumen auf. Der

Abendwind hat bereits eingesetzt und wird uns nach Westen treiben. Unser Ziel liegt aber im Osten.“

Blasdel trennte sich von den Männern. Berwick folgte ihm. Sklar Hast und die anderen betraten sein Arbeitszimmer und brachten alles, was ihnen von Wert erschien, zu den wartenden Weidenrutenbooten hinaus, das kleine metallene Relikt, die einundsechzig Folianten, das Lauschhorn und die Anruftrommel eingeschlossen. Dann kletterten sie alle in die Boote, und Barquan Blasdels ansehnlicher kleiner Insel blieb nichts anderes übrig, als allein über das weite Meer dahinzutreiben.

10

Als der Morgen über dem Ozean aufging, brachte er aus dem Westen eine Brise mit sich. Die Segel wurden gesetzt, und jenen, die bisher pausenlos in den Riemen gelegen hatten, konnte eine Ruhepause gewährt werden. Die Plattformen waren nun aus dem Blickfeld der Auswanderer verschwunden; der Ozean lag wie ein blauer Spiegel vor ihnen. Sklar Hast tauchte Blasdels Horn ins Wasser und lauschte. Es war nichts zu hören. Barquan Blasdel tat anschließend das gleiche und kam zu dem gleichen Ergebnis: König Krakon hielt sich nicht in diesem Gebiet auf.

Die Flottille bestand aus schätzungsweise sechshundert Weidenrutenbooten, und jedes davon trug außer einer Besatzung von drei bis sechs Personen noch Hausrat, zahlreiche Werkzeuge und soviel Nahrung und Wassersäcke wie nur möglich.

Zwei oder drei Stunden nach Sonnenaufgang erstarb der Wind wieder. Man holte die Segel ein. Von nun an lag das Vorankommen der Boote wieder einzig und allein in den Händen der Ruderer. Gegen Mittag, als die Sonnenhitze zusehends stärker wurde, spannte man über den Booten Markisen auf, um sich nicht den Strahlen auszusetzen.

Am Spätnachmittag kamen geradeaus und im Norden einige mittelgroße Plattformen in Sicht, aber aufgrund der relativen Nähe zu jenen, die man gerade erst hinter sich gelassen hatte, erschien den Auswanderern keine attraktiv genug, um sich darauf niederzulassen. Da man jedoch wußte, daß bald die Abendbrise einsetzen und die Boote nach Westen abtreiben würde, lief man sie dennoch an und gestattete den Ruderern, sich angesichts der auf sie zukommenden harten Aufgabe, gegen den Wind zu rudern, ein wenig die Beine zu vertreten. Nach vierundzwanzig Stunden Aufenthalt in einem Boot war allen ein Spaziergang mehr als willkommen.

Während die Sonne sich anschickte, im Westen zu versinken, und ihre letzten Strahlen über den Rücken der Auswanderer versprühte, liefen die Boote die unbekannten Plattformen an. Sie sahen den Heimatplattformen äußerlich ziemlich ähnlich, aber ihr Pflanzenbewuchs war wild und wirr. Die Vegetation wucherte ungebändigt vor sich hin, und der Mittelpunkt der Plattform glich in seiner Urwüchsigkeit beinahe einem Dschungel. Die über die fremden Plattformen hinwegwehende Brise führte einen Geruch mit sich, der Sklar Hast in Erstaunen versetzte, und er rief Roger Kelso, der nicht weit von ihm entfernt in einem anderen Boot dahinruderte, zu: „Riechst du das auch, was ich rieche?"

Roger Kelso hielt die Nase in den Wind und runzelte die Stirn. „Ich bin mir nicht sicher. Ich rieche etwas . . .Vielleicht ist es nur ein Abfallhaufen oder toter Fisch."

„Vielleicht." Sklar Hast, der jetzt in seinem Boot aufrecht stand, spähte aufmerksam durch das Pflanzengewirr, konnte aber nichts erkennen. Auch die Leute auf den anderen Booten schienen den Geruch nun wahrgenommen zu haben, denn sie schnüffelten und bedachten die Plattform mit unbehaglichen Blicken. Aber in dem Inseldschungel bewegte sich nichts. Kein Geräusch war zu hören. Jetzt hatte das erste Boot den Plattformrand erreicht; der Junge, der in seinem Bug gehockt hatte, sprang mit einem Knüppel in der Hand an Land. Die anderen taten es ihm gleich. Es dauerte nicht lange, dann waren auch die anderen Boote vertäut; entweder an dieser Plattform oder an einer anderen.

Aber nicht jeder wagte sich so weit vor; eine ganze Reihe von Ruderern zogen es vor, bei den Booten zu bleiben. Es gelang dem Jungen, der als erster abgesprungen war, schließlich bis zur Quelle des Geruchs vorzustoßen: Er fand ein Gebiet, auf dem sich hohe Abfallhaufen auftürmten. In der Nähe gab es eine Feuerstelle, in der noch Kohlen glühten. In der Asche lagen halbverbrannte und zusammengeschrumpfte Überreste von Schwämmen. Diese Gegend war also bewohnt.

„Aber von wem?" fragte Meril Rohan. „Wer mag hier leben?"

Sklar Hast rief in den Dschungel hinein: „Kommt heraus! Zeigt euch! Wir haben keine bösen Absichten!"

Stille breitete sich aus, und das einzig hörbare Geräusch bestand aus dem Rascheln der Weidenruten, die vom Wind bewegt wurden. Die Sonne war jetzt untergegangen, und das Abendrot begann die Plattform in ein Zwielicht zu hüllen.

„Da! Da!" rief ein junger Bursche aus, der ein paar hundert Meter am Plattformrand entlanggelaufen war. Jetzt eilte er zurück und hielt einen Gegenstand in den Händen, den er Phyral Berwick übergab: eine Halskette, zumindest aber eine Schnur, auf die eine Anzahl rötlich leuchtender Metallteile aufgereiht waren.

Sklar Hast warf einen ehrfürchtigen Blick auf das Dickicht. „Kommt heraus! Wir wollen mit euch sprechen!"

Er erhielt keine Antwort.

„Möglicherweise haben wir es mit schmutzigen und nackten Wilden zu tun", murmelte Phyral Berwick. „Aber sie haben etwas, das wir nicht haben – Metall. Wie mögen sie nur darauf gestoßen sein?"

Aus dem Buschwerk erklang nun ein wildes Heulen, ein schrecklich anzuhörendes Kreischen voller Wut und Haß. Zur gleichen Zeit flogen mehrere Dutzend Knüppel auf sie herab.

„Wir sind hier nicht willkommen", sagte Sklar Hast. „Soviel steht fest. Wir gehen zu den Booten zurück."

Die Ruderer stießen sich von der Plattform ab und legten dabei ein Tempo vor, das jenes bei der Landung um ein Vielfaches übertraf. Aus dem Dickicht kam nun ein erneuter Schrei, der diesmal jedoch eher ein Jubeln und Frohlocken ausdrückte. Ihm folgte eine Serie wahnsinnig klingender Freudenschreie, die den Ruderern die Haare zu Berge stehen ließen.

Die Boote sammelten sich auf der Leeseite der fremden Plattformen. Im Licht des Abendrots konnte man aus dem Dickicht eine Reihe schattenhafter Gestalten erkennen, die am Ufer entlangrannten, herumtollten und Luftsprünge machten. Ihre Körper und Gesichter waren nur undeutlich zu erkennen.

Beim nächsten Versuch Sklar Hasts, sein Boot näher an die Fremden heranzurudern, regnete erneut ein Schwall von Knüppeln und anderen Wurfgeschossen auf ihn hernieder, und er zog sich wieder zurück.

Die Dunkelheit brach herein, und man wartete auf den Abendwind. Auf der Plattform wurde jetzt ein Feuer entzündet, und zwei oder drei

Dutzend menschenähnlicher Gestalten tauchten auf und hoben sich vor dem Hintergrund ab.

Über das Wasser hinweg rief Roger Kelso Sklar Hast zu: „Ich habe einmal etwas über eine Gruppe von Zweiern oder Dreiern gelesen, die sich nicht an die Gesetze hielten und deswegen ‚verbannt' wurden. Ich nehme an, daß das Wort soviel bedeutet wie ‚weggeschickt'. Wenn das der Wahrheit entspricht und sie in diese Richtung gefahren sind, kann es sein, daß wir hier ihre Nachkommen vor uns haben."

„Es ist kaum zu glauben, welch kurze Strecke doch zwischen uns und der Barbarei liegt", erwiderte Sklar Hast. „Und doch haben sie Kupfer – und wir nicht."

„Wie kommt das?" fragte Rubal Gallager. „Wo haben sie es her?"

Niemand antwortete, aber alles sah über die dunkle Wasserfläche zu den Plattformen hinüber, die sich jetzt vor dem Hintergrund des Himmels abhoben.

Mit dem Sonnenuntergang und dem Aufkommen der Himmelskonstellationen erstarb auch der Wind. Erneut geriet die Flottille in Bewegung und hielt sich ostwärts. Das Meer war ruhig und ebenmäßig. Die ganze Nacht hindurch wechselten die Ruderer sich ab. Während die einen schliefen, arbeiteten die anderen, bis schließlich der erste Sonnenstrahl das Flüstern des Westwindes mit sich brachte. Die Segel wurden gesetzt, und die Boote glitten über die hellglänzende, leere See ins Morgengrauen hinein.

Der zweite Tag unterschied sich in nichts vom ersten. Am Nachmittag fiel ein kleiner Regenschauer, der es den Auswanderern ermöglichte, ihre Frischwasservorräte zu ergänzen. Die Hochstapler erbeuteten verschiedene eßbare Fische, und die ausgezeichnete Verpflegungslage führte dazu, daß bald eine lustige Stimmung auf den Booten herrschte und man hier und da sogar Gesang und hin und her fliegende Scherzworte auffangen konnte.

Am Morgen des dritten Tages wurde ein kleiner Krakon gesichtet. Er kam aus dem Norden, schwamm seinen üblichen Bruststil und verharrte etwa hundert Meter von der Flottille entfernt, um sie zu beobachten. Er bewegte seine Schaufeln, kam näher, und dann – als wolle er die Ruderer erschrecken – tauchte er übergangslos unter. Kurz darauf meldeten einige Hochstapler, die durch Wasserkisten in die

Tiefe blickten, daß er unter ihnen herschwamm; ein mächtiger, sich windender Schatten. Einen halben Kilometer von den Booten entfernt tauchte er im Süden wieder an die Oberfläche, trieb reglos dahin und verschwand dann erneut.

Gegen Ende des vierten Tages entdeckte man geradeaus eine Reihe von Plattformen, die ebenso dichtbewachsen und schön waren wie jene, die man verlassen hatte. Es waren allerdings höchstens halb so viele. Die Auswanderer begannen hingerissen zu murmeln. Sklar Hast erhob sich und gab den anderen das Konferenzzeichen. Langsam begannen die einzelnen Boote sich zu sammeln. Schließlich waren sie einander so nahe, daß sie wie ein riesengroßes, auf dem Wasser treibendes Floß wirkten.

„Abgesehen von den Plattformen der Wilden sind dies die ersten, auf die wir stoßen", sagte Sklar Hast. „Wir bewegen uns nur langsam vorwärts. König Krakon kann dreimal so schnell schwimmen, wie wir rudern können. Er könnte in eineinhalb Tagen – vorausgesetzt, er weiß, wo wir sind – diese Inseln erreichen. Ich glaube, es ist besser, wenn wir uns hier noch nicht niederlassen, sondern weiterrudern, bis wir eine andere Pflanzenansammlung gefunden haben."

Enttäuschtes Gemurmel wurde hörbar, denn diese Plattformen erschienen den Leuten in ihrer schwarzen, grünen, orangefarbenen und goldenen Vegetation nach vier Tagen auf dem Ozean wie die Vision eines Paradieses.

Es kam eine Diskussion in Gang, die das Für und Wider einer Landung abwägte, und manche der Auswanderer meinten brummend, König Krakon würde wohl kaum auf die Idee kommen, dermaßen weit in den Ozean hinauszuschwimmen. Dazu sei er weder neugierig noch wuterfüllt genug. Phyral Berwick stand Sklar Hast bei, und das gleiche taten die meisten der Sippenältesten oder Zunftmeister. Schließlich ließ man die Plattformen mit einigen bedauernden Seufzern hinter sich. Erneut bewegte sich die Flottille in die offene See hinaus.

Gegen Mittag des sechsten Tages wurde erneut eine Reihe von Plattformen gesichtet, und jedem wurde klar, daß man dort die Zelte aufschlagen würde. Als man die erste Plattform passiert hatte, breitete sich unter den Auswanderern Freude aus, denn man stellte fest, daß die neue Heimat ebenso ausgedehnt und weiträumig war wie die alte.

Was die Anzahl der Plattformen anbetraf, so war sie noch größer als die in der alten Heimat. Überall wurden kleine Blättchen ausgemacht, auf denen sich ganze Familien nach ihrem eigenen Willen und Geschmack einrichten konnten.

Die Flottille lief eine große Plattform im Zentrum der Ansammlung an. Es war offensichtlich, daß hier niemand lebte, nicht einmal Wilde. Die Boote wurden entladen und in eine Bucht gebracht, wo man sie von der See her nicht entdecken konnte.

Nach einem abendlichen Festmahl wurde eine Informationsversammlung der Zunftmeister und Sippenältesten einberufen.

„Die beiden dringlichsten Probleme", sagte Phyral Berwick, „sind – einmal abgesehen davon, daß wir hier allerhand werden aufzubauen haben – folgende: Was fangen wir mit unseren Geiseln an – und wie organisieren wir unsere Gesellschaft? Dies sind beides Probleme, die überdacht werden müssen. Die Organisationsfrage ist möglicherweise am leichtesten zu beantworten, denn wenn ich mich umsehe, sehe ich acht Signal-, sechs Langfinger-, sechzehn Lockvogel-Meister und so fort. Natürlich kann nicht jeder die Position eines Meisters innehaben. Ich schlage deshalb vor, daß sich die einzelnen Zunftmeister zusammensetzen und aus ihrer Mitte einen erwählen, der die Position eines Großmeisters einnehmen soll; ob sie das nun auslosen, anhand der Altersfrage oder sonstwie klären, ist unwichtig. Aber wenn das geschehen ist, können wir mit größerer Entschlossenheit handeln. Die Großmeisterschaft könnte auch zeitlich begrenzt werden und dann enden, wenn wir auch die anderen Plattformen besiedeln.

Und zweitens: Was tun wir mit den Leuten, die wir mitgenommen haben? Sie haben ihren Zweck erfüllt, aber was nun? Wir können sie weder töten noch einsperren – aber ebensowenig können wir ihnen erlauben, zu diesem Zeitpunkt schon wieder nach Hause zurückzukehren. Diesen Punkt müssen wir uns ganz besonders sorgfältig überlegen."

Die Anwesenden wandten sich um und musterten die Gruppe der Fürbitter, die mit ihren Familien etwas abseits des allgemeinen Geschehens saßen. Die Fürbitter selbst zeigten Unzufriedenheit und Verbitterung. Ihre Frauen und ältesten Kinder schien die Tatsache ihrer Entführung weniger zu treffen, während die ganz kleinen bereits mit den anderen Kindern ihres Alters herumtollten und ausgesprochen guten Mutes waren.

Barquan Blasdel, der gemerkt hatte, daß man über sie sprach, machte ein finsteres Gesicht und wollte sich erheben, aber dann überlegte er es sich doch noch und murmelte mit Luke Robinet, dem Fürbitter von Parnassus.

„Wenn wir ihnen trauen könnten und wüßten, daß sie gehen, ohne uns anschließend Schwierigkeiten zu machen, würde es gar kein Problem geben. Wir könnten sie mit einigen Booten und Nahrungsmitteln versorgen und ihnen eine gute Fahrt wünschen. Aber sobald sie auf ihre Heimatplattformen zurückgekehrt wären, gäbe es dort Verschwörungen und Rachepläne; das ist so sicher, wie wir hier sitzen. Blasdel würde uns garantiert König Krakon auf den Hals hetzen, damit er uns bestraft."

„Wir müssen diese Bestie vernichten", sagte Sklar Hast mit einer Stimme, die anzeigte, daß es ihm völlig ernst war.

„Das ist leichter gesagt als getan. Aber ich bin mir sicher, daß König Krakon zunächst mal eine Reihe von Jahren wird verstreichen lassen, ehe er sich noch einmal zu nahe an einen Signalturm heranwagt."

„In der Zwischenzeit dürfen die Fürbitter also nicht zurückkehren", sagte Phyral Berwick.

„Das ist eine mißliche Lage. Indem wir einer Gruppe von Menschen die Freizügigkeit beschneiden, vergewaltigen wir unsere ältesten Traditionen – aber es gibt keinen anderen Ausweg. Und das führt uns schon zur nächsten Frage: Wie setzen wir diese Beschränkungen durch, ohne dabei gemein zu werden?"

Das Problem wurde in aller Länge und Breite debattiert, und schließlich verabschiedete man einen Entschluß. Der größte Teil der Boote sollte auf eine entferntere Plattform gebracht und so versteckt werden, daß die Fürbitter sie nicht finden konnten. Lediglich diejenigen, die zur Ausübung ihres Berufes Boote benötigten – also die Hochstapler, Ehrabschneider und Achtgroschenjungen, die sie entweder zum Fischen, Netzeflicken und Schwammpfahlanbauen haben mußten –, durften sie weiterhin benutzen. Aber auch diese Boote sollten – solange man sie nicht benutzte – in einem Verschlag aus Weidenruten eingeschlossen werden. Es war den Fürbittern bei

Strafe verboten, sich dem Bootshaus zu nähern. Und da man außerdem sichergehen wollte, daß niemand auf die Idee kam, bei Nacht und Nebel einen Einbruchsversuch zu unternehmen, kam man überein, sowohl die Segel als auch die Riemen der Boote in einem bewachten Raum unterzubringen. Des weiteren – dieser Vorschlag wurde von Roger Kelso flüsternd vorgebracht, damit die Fürbitter ihn nicht hören konnten – sollte unterhalb der Wasserlinie an jedem Bootskiel eine Leine befestigt werden, die mit irgendeiner Art Alarmanlage verbunden war. Wenn die Hochstapler die Boote benutzten, sollten sie die Leine heimlich entfernen und nach ihrer Rückkehr wieder anbringen. Sklar Hast schlug vor, daß vier oder fünf junge Hochstapler den Auftrag erhalten sollten, sich um die Ausführung dieser Anlage zu kümmern. Die Boote mußten unter allen Umständen stets dann mit den Leinen verbunden sein, wenn man ihre Dienste nicht benötigte.

Da dieses System den geringsten Zwang auf die Fürbitter ausübte, wurde es angenommen. Als die einzelnen Verbote erklärt wurden, wurde Barquan Blasdel zunehmend wütender. „Zuerst entführt ihr uns und schleppt uns über das Meer von unserer Heimat fort, und dann besitzt ihr auch noch die unverschämte Dreistigkeit, uns das Betreten bestimmter Gebiete zu untersagen. Was erwartet ihr eigentlich von uns?"

„Wir erwarten Zusammenarbeit", sagte Sklar Hast trocken. „Und Mitarbeit. In unserer neuen Heimat wird jeder arbeiten müssen, auch ein Fürbitter, denn wir brauchen von nun an niemanden mehr, der für uns Fürbitte leistet."

„Du zeigst nicht mehr Niedrigkeit oder Intelligenz als ein mit sechs Barthaaren ausgestatteter Seeaal", sagte Barquan Blasdel gleichmütig.

Sklar Hast zuckte die Achseln.

„Irgendwann werden wir König Krakon umbringen. Dann kannst du hingehen und verehren, wen du willst – aber solange dieses abscheuliche Ungeheuer den Meeresboden beherrscht, wirst du zwischen dir und unseren Booten einen Sicherheitsabstand einhalten."

Barquan Blasdel starrte Sklar Hast volle zehn Sekunden an.

„Du hast also den Plan, König Krakon umzubringen, immer noch nicht aufgegeben?"

Und Sklar Hast entgegnete: „Wer weiß schon, was die Zukunft für uns noch alles bereithält?"

Am folgenden Tag wurde die Aufgabe in Angriff genommen, aus der Wildnis ein Heim zu machen. Bestimmte Unterbodenteile der Plattform wurden entfernt, damit eine Lagune entstehen konnte. Ein Pennertrupp löste die Oberflächenhaut ab. Später würde sie zu verschiedenen Zwecken nützlich sein. Das darunterliegende Fruchtfleisch wurde in Streifen geschnitten. Sobald es trocken und steif geworden war, würde es entweder als Isoliermaterial oder als Bodenverschalung dienen, und wenn man es gerbte, konnte man es als Brennmaterial verwenden oder zu Papier verarbeiten. Dafür waren die Schreiber zuständig. Die abgeernteten Weidenruten wurden beiseite gelegt, da sie erst austrocknen mußten; der Unterboden, auf dem sie gewachsen war, bestand aus allerfeinstem Material und wurde gesammelt.

Später würde er dazu dienen, Fensterverkleidungen herzustellen. In der Tiefe stieß man auf kräftige Auslegerrippen, aus denen man Bootskiele oder Schwammpfähle fertigen konnte. Man befestigte Windsäcke daran und hob sie über die Wasserlinie. Der Saft, den sie abgaben, wurde in Eimern gesammelt, erhitzt und veredelt. Später würde er zu Firnis werden. In einem Monat etwa würden die Lockvögel die Stämme zerschneiden und aus ihrem Gewebe den Rohstoff für eine Trossenproduktion gewinnen können.

Aus dem in den Boden geschnittenen Loch würde die Lagune entstehen: ein Ankerplatz für die Boote, ein Gehege für die zur Nahrung dienenden Fischschwärme, ein Quell allgemeiner Freude und eine Anlage für Wassersportbegeisterte.

Während die Penner den Unterboden aufschnitten, waren andere damit beschäftigt, die überflüssigen Teile der Vegetation auszurupfen, zu verbrennen und in Asche zu verwandeln. Ein Rudel von Jungen kletterte in das Geäst und sammelte die Pollen der fruchttragenden Hauptgewächse ein. Ein kurzer Geschmackstest bewies, daß die Pollen dieser Gegend noch besser schmeckten als die weithin zu Ruhm gekommenen Sporen von Maudelinda. Diese Entdeckung führte zu weiteren Freudenausbrüchen.

Sobald die Weidenruten geschmeidig genug waren, begannen die Langfinger und Klöpper mit dem Hüttenbau, während die Schieber, die aufgrund ihrer traditionellen Bräuche dafür zuständig waren, die Umgebung sauberzuhalten, sich daranmachten, Wasserreservoire anzulegen, um den Nachmittagsregen nicht zu verschwenden. Die Fürbitter, ihre Frauen und Kinder nahmen an all diesen Tätigkeiten mehr oder weniger mit Ergebenheit teil, und schließlich teilten sie sich sogar in zwei Gruppen.

Die einen gaben ihre anfängliche Zurückhaltung auf und schienen Gefallen an dieser neuen Form des Zusammenlebens zu finden; die anderen – sie waren etwa die Hälfte – schienen wenig davon begeistert zu sein und kapselten sich ab. Barquan Blasdel war der prominenteste Vertreter der letzteren Gruppe und machte keinen Hehl aus seiner immer noch bestehenden Abneigung. Jeder von ihnen bemühte sich jedoch, die Vorschriften einzuhalten und bestimmte Gebiete nicht zu betreten. In den Nächten kam es bei den Booten nicht ein einziges Mal zu einem Alarmfall.

Eines Abends setzte sich Sklar Hast zu Roger Kelso und Meril Rohan, die auf einer Bank Platz genommen hatten und die einundsechzig Aufzeichnungsbände, die man Barquan Blasdel weggenommen hatte, mit denen verglichen, die Meril Rohan für sich selbst kopiert hatte. „Ich nehme an, es gibt Unterschiede zwischen den Bänden?“ fragte Sklar Hast.

„In der Tat“, erwiderte Kelso. „Das ist unvermeidlich. Die Ersten – was immer auch ihre sonstigen Talente gewesen sein mögen –, besaßen wenig Schreibtalent. Manche der Bände enthalten unsäglich viele Wiederholungen und Stumpfsinnigkeiten, andere wiederum schwelgen in Eigenlob und widmen sich seitenlang der persönlichen Eitelkeit ihrer Verfasser. Einige bemühen sich aber auch, ziemlich detailliert die Umstände zu erklären, die dazu führten, daß sie sich überhaupt auf dem Weltraumschiff befanden. Einiges davon hat man während des Kopierens jeder Neuausgabe weggelassen, so daß wir eigentlich meist nur eine Sammlung von Auszügen vor uns haben.“ Er legte die Hand auf Blasdels Folianten. „Diese hier sind ziemlich alt und die komplettesten, die ich je sah.“ Er öffnete eines der Bücher und blätterte durch die Seiten. „Die Ersten waren eine bunt gemischte Gruppe und gingen aus einer Sozialstruktur hervor, die ungleich komplizierter war als unsere. Allem Anschein nach war es bei ihnen nicht ungewöhnlich, gleichzeitig mehreren Kasten oder Zünften anzugehören. Es gibt mehrere Hinweise darauf, aber ich muß zugeben, daß ich sie nicht ganz miteinander in Einklang bringen kann.“

„Soweit ich aus den Auszügen weiß“, sagte Sklar Hast, „beschreiben sie ihre Heimatwelten als einen Ort für Verrückte.“

„Einiges davon ist sicher mit Vorsicht zu genießen“, sagte Roger Kelso. „Vergiß nicht, daß die Ersten genau wie wir menschliche Wesen waren. Sie unterschieden sich nicht sonderlich von uns. Einige von ihnen gehörten der meistrespektierten Zunft der Gesellschaft ihrer Heimatwelten an, bis sich plötzlich – wie sie es erklären – mächtige Autoritäten gegen sie wandten und eine brutale Verfolgung ins Leben riefen, die, wie wir wissen, damit endete, daß unsere Vorfahren ihnen das Steuer aus der Hand nahmen und hierher flüchteten.“

„Das alles ist sehr verwirrend“, sagte Sklar Hast. „Und niemand kann ihre Andeutungen heute noch verstehen. Warum, zum Beispiel, erzählen sie in den Aufzeichnungen nicht, wie sie auf ihren Heimatwelten Firnis gekocht oder ihre Boote angetrieben haben? Gab es bei ihnen zu Hause Kreaturen, die dem Krakon glichen? Wenn ja, wie sind sie damit fertig geworden? Haben sie sie getötet oder mit Schwämmen gefüttert? Was diese Punkte angeht, so schweigen sich die Ersten nach meinem Wissen darüber aus.“

„Sie haben sich offenbar nicht sonderlich viel Mühe gemacht“, sagte Kelso nachdenklich. „Sonst hätten sie gerade diesen Punkten besondere Aufmerksamkeit schenken müssen. Sie haben es sehr oft versäumt, die Dinge klarzustellen. Wie auch bei uns, schienen sich ihre Zünfte mit den unterschiedlichsten Handwerken beschäftigt zu haben. Ganz besonders interessant sind in diesem Falle die Aufzeichnungen von James Brunet. Wie die anderen gehörte auch er gleich mehreren Zünften an: Er war Wissenschaftler, Falschmünzer und Kaukasier. Bis auf die Zunft der Falschmünzer, die nun Schreiber geworden sind, sind alle anderen mittlerweile ausgestorben. Ein Teil seiner Aufzeichnungen besteht aus eher wertlosen Ermahnungen, aber am Anfang seines Buches sagt er folgendes ..."

Kelso öffnete das Buch und las:

„Jenen, die uns nachfolgen, unseren Kindern und Kindeskindern, können wir keine bestimmten Wertmaßstäbe hinterlassen. Alles was wir auf diese Welt gebracht haben, waren wir selbst und unser verpfuschtes Leben. Niemand zweifelt daran, daß wir hier sterben werden, aber dieses Schicksal wird von jedem akzeptiert, dessen Bestimmung einst Neu-Ossinien war, obwohl das, was wir jetzt haben, keinesfalls dem entspricht, was wir uns einst vorstellten. Es gibt keine Möglichkeit zu entkommen. Ich bin der einzige, der überhaupt eine wissenschaftliche Ausbildung genossen hat – und das meiste davon habe ich bereits wieder vergessen. Aber was würde mein Wissen mir hier schon einbringen? Dies ist eine ‚weiche' Welt. Sie besteht aus einem endlosen Ozean, aus Luft, Sonnenlicht und Seetang. Nirgendwo gibt es Land. Um von hier fortzukommen – selbst wenn wir genügend Fachleute hätten, um ein neues Schiff zu bauen; aber natürlich haben wir sie nicht – benötigen wir Metall. Und Metall gibt es hier nicht. Wir würden sogar Metall benötigen, um einen Funkspruch abzustrahlen. Nichts... Es gibt weder Ton, aus dem man Töpfe machen könnte, noch Siliziumdioxyd für Glas. Wir haben keinen Kalk für Zement und kein Erz, aus dem man Metall schmelzen könnte. Dennoch, wenn man richtig nachdenkt, ist unsere Lage nicht hoffnungslos. Asche kann man als Tonersatz verwenden. Die Schalen von Foraminiferen bestehen aus Silikat. Unsere eigenen Knochen kann man zu Kalk verarbeiten. Wenn man es richtig anstellt, könnte man aus diesen drei Verbindungen ein primitives Glas gewinnen. Möglicherweise enthält der Ozean verschiedenartige Salze, aber wie kann man ihm Metall entziehen, wenn man keine Elektrizität hat? Eisen findet man in unserem Blut, aber wie kann man es absondern? Es ist ein komisches Gefühl, auf einer Welt zu leben, auf der die härteste Struktur unsere eigenen Knochen sind! In unserem bisherigen Leben haben wir soviel als selbstverständlich hingenommen – und jetzt stellen wir fest, daß man aus einem Nichts nicht so ohne weiteres ein Etwas entwickeln kann. Aber jemand, der nicht auf den

Kopf gefallen ist, kann auch hier noch Wunder erzeugen, und als erfolgreicher Falschmünzer – oder als beinahe erfolgreicher – sollte mir schon etwas einfallen.“

Roger Kelso machte eine Pause. „Hier endet das Kapitel.“

„Er scheint aber trotzdem nicht sonderlich viel gewußt zu haben“, sagte Sklar Hast zweifelnd. „Es stimmt zwar, daß man bisher nirgendwo Metall gefunden hat – aber die Wilden besitzen es trotzdem.“ Vor ihnen, auf einem kleinen Tisch, lag das Metallstück, das er aus Barquan Blasdels Arbeitszimmer mitgebracht hatte. Sklar Hast hob es auf und wog es in der Hand. „Das Zeug ist wirklich hart.“ Dann langte er nach dem kupfernen Halsband, das man auf der Plattform der Wilden erbeutet hatte. „Das hier ist das allergrößte Geheimnis: Woraus haben die Wilden es hergestellt?“

Roger Kelso gab einen tiefen Seufzer von sich und schüttelte den Kopf. „Irgendwann werden wir es herausfinden.“ Er wandte sich wieder dem Buch zu. „Ein paar Monate nach der ersten Eintragung hat James Brunet geschrieben:

‚*Bevor ich fortfahre, muß ich so gut wie nur möglich klarzustellen versuchen, auf welche Art das Universum funktioniert, denn es ist klar, daß keiner meiner Kameraden dazu in der Lage wäre, egal welche Qualitäten sie auch auf anderen Gebieten haben. Niemand möge mich für einen Mann mit absonderlichem Humor halten, aber unsere Individualität und unser sozialer Wert ist unzweifelhaft von den Umständen abhängig, unter denen wir leben.*‘“

An dieser Stelle sah Roger Kelso auf. „Ich verstehe nicht ganz, was er damit meint. Soll das nun heißen, daß seine Kameraden über Qualitäten verfügten oder nicht? Warum weist er überhaupt darauf hin? Seine eigene Zunft scheint jedenfalls nicht zu den höchsten gehört zu haben . . . Ich halte die Sache für unwichtig.“ Roger Kelso wandte sich wieder den Seiten zu und fuhr fort: „Von hier aus verliert er sich in einem theoretischen Sammelsurium, das die Natur der Welt betrifft, was ich für meinen Teil für überkompliziert, ja sogar an den Haaren herbeigezogen halte. In dem, was er glaubt, findet sich keine

Festigkeit. Entweder weiß er gar nichts, ist nicht normal, oder die Welt ist in ihrer Gänze unbeständig. Er behauptet, daß alle Materie aus weniger als hundert ‚Elementen' zusammengesetzt ist, die sich zu sogenannten ‚Verbindungen' zusammenschließen. Die Elemente wiederum bestehen aus kleineren Teilchen: ‚Elektronen', ‚Protonen', ‚Neutronen' und anderen, die nicht unbedingt Materie sind, sondern Kräfte, je nachdem, von welchem Standpunkt aus man sie betrachtet. Wenn Elektronen sich bewegen, ist das Ergebnis ein elektrischer Strom. Das ist eine Substanz oder ein Zustand – hier drückt er sich nicht klar aus –, der große Energiemengen beinhaltet und über viele Fähigkeiten verfügt. Zu viel Elektrizität kann sich fatal auswirken; in kleineren Mengen dient sie uns dazu, unseren Körper zu kontrollieren. Nach Brunet kann man alle möglichen Dinge mit Elektrizität verwirklichen."

„Dann laßt uns doch selbst einen solchen elektrischen Strom erzeugen", schlug Sklar Hast vor. „Vielleicht können wir daraus eine Waffe gegen den Krakon entwickeln."

„So einfach ist die Sache nun auch wieder nicht. Zunächst einmal muß man die Elektrizität durch ein dünnes Metallseil schicken."

„Metall haben wir schon", sagte Sklar Hast und deutete auf die beiden vor ihm liegenden Bruchstücke. „Aber das ist sicher noch nicht alles, was wir dazu brauchen."

„Die Elektrizität muß außerdem erst erzeugt werden", sagte Kelso. „Auf den Heimatwelten der Ersten scheint das ein komplizierter Prozeß gewesen zu sein, der offenbar eine Riesenmenge Metall erfordert hat."

„Dann beschaffen wir uns eben das Metall! Sind wir denn so rückständig, daß die Wilden damit herumwerfen können und wir ratlos aus der Wäsche schauen?"

Kelso wiegte nachdenklich den Kopf. „Auf anderen Planeten scheint das kein Problem zu sein.

Man veredelt einfach Erze und stellt anschließend aus ihnen verschiedenartige Werkzeuge her. Aber hier haben wir kein Erz. Man kann Metall auch aus dem Meer gewinnen, aber auch dazu benötigt man Elektrizität."

Sklar Hast stöhnte verzweifelt auf. „Das hört sich an wie eine

Schraube ohne Ende. Zur Metallgewinnung benötigt man Elektrizität, und zur Erzeugung von Strom braucht man Metall. Wie kann man diesen Teufelskreis durchbrechen? Die Wilden scheinen weiter entwickelt zu sein als wir. Besitzen sie etwa Elektrizität? Vielleicht sollten wir jemanden zu ihnen hinübersenden, damit er etwas Genaueres erfährt."

„Aber nicht mich", erwiderte Kelso und wandte sich wieder den Folianten zu. „Brunet erwähnt übrigens mehrere Methoden zur Stromerzeugung. Zum Beispiel die ‚voltaische Zelle', bei der man zwei Metalle in eine Säure taucht.

Er beschreibt einen Weg, die Säure abzuleiten und Regenwasser, Seewasser und Elektrizität einzusetzen. Dann gibt es noch Thermoelektrizität, Photoelektrizität, chemische Elektrizität; Elektrizität, die durch Kataphorese hervorgerufen wird oder dadurch erzeugt wird, indem man ein Kabel in die Nähe eines anderen bringt, in dem Strom fließt. Er behauptet weiterhin, daß alle lebenden Organismen kleine elektrische Energien erzeugen."

„Und was sagt er über Metall?" fragte Sklar Hast. „Hat er auch einen kleinen Hinweis hinterlassen, wie wir Metall gewinnen können?"

Kelso blätterte einige Seiten um und las. „Er erwähnt, daß Blut in kleinen Mengen Eisen enthält und macht den Vorschlag, es unter Verwendung großer Hitze dem Körper zu entziehen. Er sagt aber gleichzeitig, daß man über keine Substanzen verfügt, die unter solchen extremen Hitzebedingungen als Gefäß dienen können, und behauptet, auf der Heimatwelt würden viele Pflanzen Metalle in konzentrierter Form enthalten. Er vermutet, daß dies eventuell bei unseren Seepflanzen ähnlich ist. Aber auch hier benötigt man wieder Hitze oder Elektrizität, um das Metall zu gewinnen."

Sklar Hast überlegte hin und her.

„Unser Hauptproblem, meine ich, ist im Moment der Selbstschutz. Wir brauchen eine Waffe, um König Krakon, falls er unseren Spuren folgt und uns angreift, töten zu können. Vielleicht wäre dafür ein Gegenstand aus Metall am besten ... Anderenfalls müßte unsere Waffe noch größer und stärker sein als ein Krakon, falls dies überhaupt möglich ist ..." Er dachte nach. „Vielleicht solltest du dich darauf konzentrieren, Metall und Elektrizität zu gewinnen und dich dabei von keiner anderen Arbeit ablenken lassen. Ich bin sicher, daß der Rat damit einverstanden sein und dir alle Hilfskräfte, die du dazu benötigst, zur Seite stellen wird."

„Es würde mir eine Ehre sein, und ich würde mein Bestes dafür geben", sagte Roger Kelso.

„Und ich", fügte Sklar Hast hinzu, „werde derweil über den Krakon nachdenken."

11

Drei Tage später wurde ein Krakon gesichtet, eine Bestie von nicht unbeträchtlicher Größe, die ungefähr sieben Meter lang war. Er schwamm am Rande der Plattform entlang, beobachtete die Menschen und machte kurz halt. Zwanzig Minuten lang trieb er in ihrer Nähe dahin und wirbelte mit seinen Schaufeln das Wasser auf. Dann wandte er sich langsam wieder um und schwamm weiter.

Ein Monat verging, und allmählich gelang es der kleinen Gemeinschaft, sich etwas behaglicher einzurichten. Man hatte eine große Menge an Stämmen und Weidenruten gesammelt, abgeschält und in die Sonne gestellt. Man hatte eine Seilerei errichtet, in der bereits die ersten Trossen entstanden. Drei große Unterbodenstücke waren aus der Seite und dem Mittelpunkt der Plattform herausgeschnitten worden und bildeten nun die Lagune, die ein relativ schmaler Eingang mit der See verband. Sklar Hast hatte darauf bestanden. Man hatte Schwammpfähle angefertigt, sie mit Schwammsamen bestückt und in der Lagune aufgestellt.

Während dieser Zeit waren vier Krakons vorbeigekommen. Der vierte Besucher schien mit jenem identisch zu sein, den man als ersten registriert hatte. Als er zurückkehrte, untersuchte er die Lagune genauestens, legte eine Ruhepause ein, berührte das erst kürzlich aufgespannte Netz und zog sich dann wieder zurück.

Sklar Hast überwachte das Geschehen genau. Dann ging er, um sich den frischgeschnittenen Stamm anzusehen, der nun hinreichend genug behandelt worden war, faltete seinen Plan auseinander, und die Arbeit begann. Zuerst wurde in der Nähe der engen Laguneneinfahrt ein breiter Unterbau, den man am Hauptstamm der Plattform befestigte, errichtet. Auf dem Unterboden richtete man einen spitz zulaufenden Ladebaum aus gehärteten Weidenstämmen auf, der mit einer bestimmen Anzahl von Stützbalken versehen war und eine Höhe von über zwanzig Metern erreichte. Die Stützbalken wurden mit starken

Trossen umwickelt und anschließend mit Firnis überzogen. Die gleiche Konstruktion entstand kurz darauf auch auf der anderen Seite der Einfahrt, aber bevor die beiden Ladebäume fertig waren, durchbrach ein kleiner Krakon das Netz und weidete die noch unreifen Schwämme ab. „Wenn du das nächste Mal kommst, wird es dir übel ergehen", schrie Sklar Hast der gefräßigen Bestie zu. „Mögen die Schwämme in deinem Magen verfaulen!"

Der Krakon schwamm faul an den einzelnen Plattformen vorbei und ließ sich von der Drohung nicht im geringsten beeindrucken. Zwei Tage später kam er zurück. Zwar waren die Ladebäume inzwischen befestigt, aber noch nicht mit den nötigen Vorrichtungen versehen worden. Erneut beschimpfte Sklar Hast den Eindringling, denn der Fisch fraß mit großer Gier alles, was sich ihm bot, und spuckte lediglich jene Schwämme aus, die bereits überreif geworden waren. Die Männer arbeiteten bis spät in die Nacht hinein, um die Streben zu installieren, die, wenn der Ladebaum sich über das Wasser neigte, das hochaufragende Ziehtau hinaufstoßen würde, um eine größere Hebelwirkung zu erzielen.

Am nächsten Tag kam der Krakon zurück und drang mit geradezu beleidigender Nonchalance in die Lagune vor. Die Bestie war etwas kleiner als jene, die man auf Tranque aus dem Wasser gezogen hatte, aber sie war immer noch ein Fisch von respektabler Größe. Von der Plattform aus warf ein erfahrener alter Hochstapler eine Schlinge über den Turmaufbau der Kreatur, und hinter ihm begannen fünfzig Männer an einem starken Seil zu ziehen. Der überraschte Krakon wurde auf den sich hinauslehnenden Ladebaum zu und damit in die Luft gezogen.

Dann schlug man ihm die herunterbaumelnden Schaufeln ab und ließ ihn auf die Plattform hinunter.

Sobald der mächtige Körper dort aufprallte, schoben sich die Umstehenden mit begeisterten Rufen näher heran und führten einen Tanz auf, der sie gefährlich nahe an das klaffende Maul der Bestie heranbrachte. „Zurück, ihr Narren!" schrie Sklar Hast. „Wollt ihr in Stücke gerissen werden? Zurück!"

Niemand schien ihn zu hören. Ein Dutzend Männer waren bereits dabei, den Krakon mit Meißeln zu bearbeiten. Knüppel schlugen krachend gegen seine Augen. „Zurück!“ schrie Sklar Hast. „Zurück! Was wollt ihr mit diesem Vorgehen erreichen? Zurück!“

Eingeschüchtert traten die rachsüchtig reagierenden Leute beiseite. Sklar Hast nahm Hammer und Meißel und schnitt – wie bereits auf Tranque – jene Membranen entzwei, die die Turmhaut des Krakons zusammenhielt. Vier andere unterstützten ihn dabei. Es dauerte nicht lange, dann war die Fuge fertig, und ein paar Dutzend Hände begannen an der Haut zu reißen. Jetzt drang die Menge wieder gegen den Krakon vor. Sie brüllte auf.

Jeder Versuch Sklar Hasts, sie zurückzuhalten, schlug fehl. Die aufgebrachte Menge drosch mit Knüppeln auf den Krakon ein. Das Tier zuckte und stieß einen entsetzlichen Laut aus. Das Gehirn war nur noch eine zerschlagene Masse. Dann bewegte der Krakon sich nicht mehr.

Sklar Hast zog sich angewidert zurück. Rollo Barnack sprang mit einem Satz auf den Rücken des Krakons und schrie: „Hört auf! Stellt sofort dieses sinnlose Gemetzel ein! Wenn der Krakon über Knochen verfügt, die härter sind als unsere eigenen, werden wir sie brauchen! Wer weiß, was wir mit den anderen Teilen seines Körpers anfangen können? Die Haut ist zäh; und seine Kinnladen sind härter als der beste Stamm! Laßt uns mit Bedacht gegen ihn vorgehen!“

Aus angemessener Entfernung sah Sklar Hast, wie die Menge den Krakon zu untersuchen begann. Er selbst hatte sein Interesse an ihm verloren. Das geplante Experiment war in dem Moment fehlgeschlagen, als die rasende Menge sich wutschnaubend in Bewegung gesetzt hatte. Aber es würde noch andere Krakons geben, die man mit den Ladebäumen außer Gefecht setzen konnte; mit etwas Glück konnte man sie schnappen, bevor sie überhaupt in die Lagune eindrangen. Vielleicht war es nicht einmal unmöglich, daß man sie in Zukunft von größeren Booten aus jagen konnte . . .

Sklar Hast kehrte zu der toten Bestie zurück und warf einen Blick in den leeren Turmaufbau, in dem sich nun eine Lache dunkelblauen Blutes ansammelte. Der Anblick führte dazu, daß sich in seinem Bewußtsein etwas zu rühren begann. Eine Antwort, eine Erinnerung, ein Bezug? Hatte es mit den Aufzeichnungen zu tun? Und dann fiel es ihm ein: Das Blut gewisser irdischer Meeresgeschöpfe sollte ebenfalls blau gewesen sein. Speziell erinnerte er sich an Hummer und Krebse – was immer das für Tiere sein mochten.

Auch Kelso schien großes Interesse an der dunkelblauen Flüssigkeit zu zeigen. Er schleppte einige Eimer heran, in denen er das Blut sammelte und sie dann in ein Faß schüttete. Sklar Hast, der ihm interessiert zusah, meinte schließlich: „Was hast du vor?"

„Noch nichts Bestimmtes. Ich sammle nur Substanzen. Die Wilden haben irgendwo Metall gefunden. Wenn ich genügend viele Materialien gesammelt und einige Absonderungsmethoden ausprobiert habe, kommen wir vielleicht auch auf das, was die Wilden bereits erreicht haben."

„Die Wilden scheinen ziemlich viel zu wissen", sagte Sklar Hast. „Ich frage mich, was sie uns wohl sonst noch alles beibringen könnten."

„Bei dieser Arbeit könnten sich die Fürbitter endlich einmal wirklich nützlich machen", warf Rollo Barnack ein. „Bis jetzt haben sie jedenfalls wenig Begeisterung für unsere neue Lebensweise gezeigt."

„Der Tod des Krakons hat sie ziemlich verstimmt", sagte Wall Bunce humorvoll. „He, ihr Fürbitter! Was sagt ihr jetzt?"

Die Fürbitter, die der Tötung des Krakons aus der Ferne zugesehen hatten, wandten sich angeekelt und geringschätzig ab. Sklar Hast ging zu dem Platz hinüber, an dem sie herumstanden und sich leise unterhielten. „Glaubt ihr immer noch, daß wir uns vor den Störmanövern der Krakons fürchten müssen?" fragte er.

Mit zitternder Stimme erwiderte Luke Robinet: „Das da ist Kleinzeug und nicht König Krakon. Eines Tages wird er euch finden und dafür bestrafen, daß ihr das Abkommen gebrochen habt. Dann werden euch alle Seile und Ladebäume nichts mehr nützen!"

Sklar Hast nickte kummervoll. „Das wäre eine traurige Angelegenheit. Am besten hätte man König Krakon genauso töten sollen, wie wir jenen getötet haben, der jetzt da hinten liegt: am Tag seines ersten Erscheinens! Um wie vieles leichter wäre dann das Leben für uns gewesen. Statt dessen hat man ihn gefüttert und großgezogen. Und jetzt bedroht er unser aller Leben."

Mit der ihm eigenen ausgeglichenen Stimme erwiderte Barquan

Blasdel: „Du bist ein empfindungsunfähiger Mann, Sklar Hast. Du siehst nur die Dinge, die sich direkt vor deiner Nase befinden. Du bist taub gegenüber dem geistigen Gewinn, den die persönliche Selbstbeschränkung bringt.“

„Das ist unbestritten wahr“, sagte Sklar Hast. „Ich glaube, daß ich in dieser Beziehung einen ernstlichen Schaden erlitten habe.“

Der Fürbitter von Wyebolt, ein dünner, alter Mann mit blitzenden Augen und einem nach allen Seiten hin abstehenden weißen Haarschopf, fuhr ihn an: „Deine sarkastischen Schmähungen werden dir wenig einbringen, wenn König Krakon zum Jüngsten Gericht bläst!“

Sklar Hast fiel auf, daß die Fürbitter sich sichtlich unwohl fühlten. Sie hatten unbehagliche Mienen aufgesetzt. „Und könnt ihr so sicher sein, daß dieser Tag jemals kommen wird?“

Der Fürbitter von Wyebolt schien die warnenden Blicke seiner Kollegen zu sehen oder zu fühlen; jedenfalls schwächte er seine Antwort ab. „Was sein soll, wird sein. Auf jeden Fall steht fest, daß König Krakon nicht zulassen wird, daß man seine Fürbitter auf diese Weise mißbraucht.“

„Das Biest weiß weder davon, noch wird es sich darum kümmern“, spottete Sklar Hast mit dem Hintergedanken, den Fürbitter von Wyebolt so weit provozieren zu können, daß er sich zu einer unfreiwilligen Offenbarung hinreißen ließ.

Barquan Blasdel machte eine ungehaltene Geste. „Dieses Gespräch hat nicht den geringsten Sinn. Wir sind euch gegenüber im Nachteil. Irgendwann werden diese armen, fehlgeleiteten Leute einsehen, welch krassem Materialismus du frönst, und sich von dir abwenden. Bis dahin müssen wir uns in Geduld üben.“ Mit einem schnellen, aber bestimmten Blick in Richtung auf die Fürbitter ging er auf seine Hütte zu und verschwand darin.

Sklar Hast überquerte die Plattform und näherte sich der Institution, die Meril Rohan eine „Schule“ zur Unterweisung der Kinder nannte. Auf den Heimatplattformen hatte man so etwas – wenn man von der Schule auf Quatrefoil absah, auf der die Schreiber ausgebildet wurden – nicht gekannt, denn die Kinder waren bisher von den Zünften selbst ausgebildet worden.

Obwohl Meril das Eindringen des Krakons beobachtet hatte, hatte sie am anschließenden Todesritual nicht teilgenommen, sondern der Menge den Rücken zugewandt und sich in ihre „Schule" zurückbegeben, die aufgrund kindlicher Neugier nun leer war. Man hatte sie am anderen Ende der Plattform errichtet.

Als Sklar Hast durch das Weidengeflecht trat, fand er sie auf einer kleinen Bank, von der aus man einen guten Blick über das Wasser hatte. Er nahm neben ihr Platz und sagte: „Über was denkst du nach?"

Meril schwieg einen Moment. „Ich dachte über die Zukunft nach und fragte mich, was sie für uns bereithalten mag."

Sklar Hast lachte. „Ich hatte noch gar keine Zeit, mich das zu fragen. Die jetzigen Probleme sind groß genug. Wenn ich mich fragen würde, wohin wir steuern, würde ich vielleicht alles aufgeben."

Meril gab keine Antwort, aber sie nickte langsam, als werde ihr gerade etwas bewußt.

„Und wohin hat dich dein Nachdenken bisher gebracht?" fragte Sklar Hast.

„Nirgendwohin. Wir gehören der elften Generation an, und bereits jetzt gibt es Zwölfer und Dreizehner. Ich habe den Eindruck, als hätten wir all diese Jahre in einem Traum gelebt. Das Leben auf den Plattformen war so einfach, daß keiner von uns je dazu gezwungen war, zu arbeiten oder etwas zu erleiden. Oder zu kämpfen."

Sklar Hast nickte finster. „Du hast unzweifelhaft recht. Aber jetzt sind wir dazu gezwungen worden. Und wir kämpfen. Heute haben wir unseren ersten Sieg errungen."

„Aber es war ein billiger Sieg. Und warum wurde der Kampf geführt? Hauptsächlich deswegen, weil wir dem Krakon nicht erlauben wollen, unsere Schwämme zu fressen . . . damit wir weiterhin unser traumhaftes Leben führen können, bis in alle Ewigkeit. Ich bin nicht stolz auf mich. Der Tod des Krakons hat mich krank gemacht. Wir sind von unseren Heimatplattformen geflohen. Das war richtig – aber ist das alles, was wir erreichen wollen? Ein Leben zu führen am Rande von Lagunen, beschienen von strahlendem Sonnenlicht und ohne Krakons, über die wir uns Gedanken machen müssen? Irgendwie erfüllt mich dieser Gedanke mit Schrecken, und ich frage mich, ob das alles sein soll, was wir vom Leben zu erwarten haben: ein zielloses Dasein ohne Siege oder Dinge von irgendwelcher Bedeutung."

Sklar Hast runzelte die Stirn. „An diese Dinge habe ich noch nie gedacht. Für mich waren stets nur die drängenden Probleme der Gegenwart maßgebend."

„Ich glaube, das wird wohl immer so gewesen sein, gleichgültig, wie trivial die Probleme auch waren. In ihren Aufzeichnungen spricht Eleanor Morse von ihren ‚Zielen' und wie sie weiter und weiter in den Hintergrund rückten. Um sie schließlich doch noch zu erreichen, ist sie dann Schieberin geworden. Das hat natürlich keine maßgebliche Bedeutung für uns, aber es zeigt doch an, wie zielbewußte Leute allmählich gezwungen werden, ihre eigene Lage zu verbessern. Und deshalb habe ich auch versucht, mir eigene Ziele abzustecken, die ich irgendwie zu erreichen hoffe."

„Und welche Ziele sind das?"

„Du wirst mich nicht verspotten? Oder mich auslachen?" Meril sah ihn mit einem ernsten Blick an.

„Nein." Sklar Hast nahm ihre Hand und hielt sie fest.

Meril schaute sich um und blickte über die Schulbänke hinweg. „Ich habe die Schreiberakademie auf Quatrefoil besucht. Dort gibt es vier große Gebäude, in denen man seine Studien betreiben kann, außerdem einen Speisesaal und zwei Schlafsäle. Ich habe mir die Aufgabe gestellt, eine solche Akademie auch hier zum Leben zu erwecken. Sie soll nicht nur der Ausbildung von Schreibern dienen, sondern auch alle anderen Wissensbereiche abdecken. Es gibt einige Hinweise in den Aufzeichnungen, die wir erforschen müssen . . . Dies ist also mein Ziel: Ich will eine Akademie gründen, an der junge Leute ihr Berufswissen erlernen und die Aufzeichnungen studieren können. Und gleichzeitig sollen sie erfahren, wie unbefriedigend ein zielloses Leben ist, damit auch sie sich für später eine Aufgabe stellen."

Sklar Hast schwieg. Dann sagte er: „Ich versichere dir, daß ich dir dabei mit all meinen Kräften beistehen werde . . . Du beschämst mich, denn jetzt frage ich mich ebenfalls, was denn überhaupt meine Ziele sind. Ich muß zugeben, daß sie – zumindest teilweise – erreicht waren, als der Ladebaum den Krakon aus dem Wasser hob. Weiter habe ich gar nicht gedacht. Natürlich will auch ich, daß die Bevölkerung dieser Plattform glücklich wird und wächst . . ." Er runzelte die Stirn. „Ich habe ein Ziel. Zwei Ziele, um genau zu sein. Das erste ist, daß ich dich und keine andere zur Frau haben will. Das zweite: Ich will König Krakon vernichten.“ Er ergriff auch ihre andere Hand. „Was sagst du dazu?“

„Vernichte König Krakon – unter allen Umständen.“

„Und zu meinem ersten Ziel?“

„Ich würde meinen, es ist – erreichbar.“

Eine Hand schüttelte Sklar Hast. Er erwachte und sah dunkle Umrisse, die sich über ihn beugten, sich vor die Sterne schoben und sie verdeckten. „Wer ist da?“ fragte er. „Was willst du von mir?“

„Ich bin Julio Rile und bewache die Boote. Ich möchte, daß du mit mir kommst.“

Sklar Hast stand auf, warf einen Umhang um seine Schultern und schlüpfte in die Sandalen. „Was ist denn los? Versuchen sie unsere Boote zu stehlen?“

„Nein. Aber aus dem Wasser kommt ein merkwürdiges Geräusch.“

Sklar Hast eilte mit dem jungen Mann zum Rand der Plattform, kniete sich hin und brachte seinen Kopf dicht an den Wasserspiegel. Er hörte ein stöhnendes, kratzendes, pfeifendes Geräusch, das keinem glich, das er kannte. Es gab nur eines, das ihm ähnlich war ... Sklar Hast wandte sich um und begab sich geradewegs in die Hütte, in der das Horn aufbewahrt wurde, das man Barquan Blasdel abgenommen hatte, nahm es mit, kehrte an den Plattformrand zurück und schob es ins Wasser. Das Geräusch war jetzt überraschend laut. Er drehte das Horn in eine andere Richtung und stellte fest, in welcher Richtung es seine größte Intensität erreichte.

Mit einem grimmigen Lächeln sagte er zu dem jungen Mann: „Geh und weck Phyral Berwick, Rollo Barnack und Rubal Gallager auf. Beeil dich und bring sie hierher.“

Er selbst weckte Poe Belrod und Roger Kelso. Als alle versammelt waren, drängte sich die ganze Gruppe um das Horn, horchte und schaute schließlich in jene Richtung, aus der der Ton zu kommen schien. Es war die Hütte, in der Barquan Blasdel untergebracht war.

Sklar Hast flüsterte: „Irgend jemand soll die Vorderseite beobachten; wir anderen schleichen uns von hinten heran.“

Sie huschten geräuschlos durch die Schatten und erreichten die

Rückseite von Blasdels Unterkunft. Sklar Hast zückte ein Messer, schlitzte die dünne Fensterfolie auf und drang in die Hütte ein.

Eine auf dem Regal stehende Lampe erhellte den Raum nur ungenügend. Um das im Boden befindliche Loch knieten Barquan Blasdel und Luke Robinet und bedienten ein Gerät, das aus Holz, Leder und Stricken bestand und durch das Bodenloch in das schwarze Wasser hinabgelassen worden war. Neben ihnen lag ein Pfropfen aus Unterbodenmaterial, der das Loch tagsüber verschloß.

Barquan Blasdel erhob sich langsam, und Luke Robinet tat es ihm gleich. Jetzt kamen auch Phyral Berwick, Roger Kelso und die anderen herein.

Niemand sagte ein Wort, denn es gab nichts zu sagen. Sklar Hast begab sich an den Rand des Loches, zog den Geräusche erzeugenden Mechanismus heraus und brachte den Pfropfen wieder an die dafür vorgesehene Stelle.

Aus dem Vorderraum hörte man eilige Schritte. Dann sagte eine Stimme durch die geschlossene Tür: „Vorsicht, macht mal eine Pause. Es sind Leute unterwegs."

Sklar Hast riß die Tür auf und packte den Sprecher. Es war Vidal Reach, der ehemalige Fürbitter von Sumber. Er zog ihn in den Raum hinein und ging still zur Vordertür hinüber. Niemand war zu sehen. Für die Männer stand außer Frage, daß diese Verschwörung von der ganzen Fürbitterschaft geplant worden war, aber diese drei waren die einzigen, die man dafür würde zur Rechenschaft ziehen können.

Barquan Blasdel hatte von Anfang an keinen Hehl daraus gemacht, daß er die momentane Situation mißbilligte. Sein ehemaliger Rang zählte hier nichts; er hatte ihm im Gegenteil sogar Nachteile eingebracht. Er hatte sich dem neuen Leben nur widerwillig unterworfen und Schwammpfähle angebaut und Weidenruten gehäutet. Seine Frau, die auf Apprise auf die Arbeitskraft von vier Hausmädchen und drei Gärtnern zurückgreifen konnte, hatte zunächst rebelliert, als Blasdel von ihr verlangte, sie müsse nun das als „Pangolay" bekannte Pollenbrot selbst backen. Das Entkernen der Schwämme hatte sie als eine unter ihrer Würde befindliche Arbeit angesehen, und nur der Hunger hatte sie schließlich dazu gezwungen, diese Arbeiten auszuführen. Ihre Töchter hatten sich der veränderten Lage mit weniger Selbstmitleid angepaßt, und die vier jüngsten hatten sogar mit Begeisterung an der Abschlachtung des Krakons teilgenommen, während die beiden ältesten mit hochgezogenen Augenbrauen dem vulgären Verhalten ihrer Schwestern zusahen.

Dies waren die Umstände, die Barquan Blasdel schließlich dazu verleitet hatten, seinen zum Scheitern verurteilten Plan durchzuführen, König Krakon anzurufen. Luke Robinet und Vidal Reach hatten unter ähnlichen Umständen gelebt; das heißt, sie hatten bis auf das Gebot, sich nicht den Booten zu nähern, die gleichen Rechte und Pflichten wie der Rest der Bevölkerung.

Am Morgen nach ihrer Festnahme wurden die drei Verschwörer vor den Rat der Zunftmeister und Sippenältesten gebracht. Angesichts der Tatsache, daß Phyral Berwick an der Festnahme der drei persönlichen Anteil gehabt hatte, fungierte Gian Recargo als Schiedsmann.

Es war ein heller, sonniger Tag. Am Eingang der Lagune lag noch der Körper des Krakons. Eine Anzahl von Pennern und Lockvögeln zerlegten ihn in seine Einzelteile. Der Rat saß beinahe lautlos zusammen, nur hier und da unterhielt man sich im Flüsterton.

Man führte Barquan Blasdel, Luke Robinet und Vidal Reach aus der Hütte, in der sie die Nacht verbracht hatten. Sie blinzelten in die Sonne. Absolute Stille breitete sich aus, als man sie zu einer Bank führte und aufforderte, Platz zu nehmen.

Phyral Berwick stand auf und beschrieb die Ereignisse der vergangenen Nacht. „Es ist offensichtlich, daß sie beabsichtigten, die Aufmerksamkeit König Krakons auf uns zu lenken. Sie hofften, daß er irgendwo in der Nähe sei."

Gian Recargo beugte sich vor. „Haben sie das zugegeben?"

Berwick musterte die Angeklagten. „Was habt ihr dazu zu sagen?"

„Was mich betrifft, so habe ich nichts zu sagen", erwiderte Barquan Blasdel.

„Du gestehst also?"

„Ich habe keine Aussage zu machen."

„Bestreitest du Phyral Berwicks Anschuldigungen oder weist du sie zurück?" fragte Gian Recargo.

„Nein.“

„Du solltest dir darüber klar sein, daß diese Anschuldigung äußerst schwerwiegend ist.“

„Von eurem Standpunkt aus.“

„Hattest du irgendeinen Grund anzunehmen, daß König Krakon sich in der Nähe aufhält? Oder wolltest du das Geräusch nur in der Hoffnung verursachen, seine Aufmerksamkeit zu erregen, falls er in der Nähe gewesen wäre?“

„Ich wiederhole: Ich habe keine Aussage zu machen.“

„Du willst dich nicht verteidigen?“

„Es wäre sowieso zwecklos.“

„Du weist also die Anschuldigungen nicht zurück?“

„Ich habe keine Aussage zu machen. Die Dinge sind so, wie sie sind.“

Luke Robinet und Vidal Reach erwiesen sich als ähnlich widerspenstig. Der Schiedsmann ließ Sklar Hast, Julio Rile und Rollo Barnack aussagen. Schließlich sagte er: „Die Angeklagten haben ganz gewiß eines der übelsten Verbrechen geplant. Ich weiß nicht, welches Strafmaß wir über sie verhängen sollen. Soweit ich weiß, gibt es für ihr Verbrechen keinen Präzedenzfall.“

Phyral Berwick sagte: „Unser Problem ist die Frage, wie wir unsere Sicherheit verteidigen. Wir können diese Männer töten. Wir könnten sie sogar auf einer unbewohnten Plattform aussetzen, vielleicht bei den Wilden. Wir können sie auch unter starke Bewachung stellen. Ich fühle sogar eine gewisse Sympathie für sie, denn ich glaube, daß ich, müßte ich unter ähnlichen Bedingungen leben wie sie, sicher das gleiche tun würde. Deshalb sage ich euch: Gebt ihnen die schärfste Verwarnung, aber laßt sie leben.“

Niemand vertrat eine andere Meinung, und Gian Recargo wandte sich den drei Verbrechern zu. „Wir werden euch das Leben schenken, und alles soll so sein wie zuvor. Ich bin der Überzeugung, daß dies mehr ist, als ihr für uns tun würdet, aber egal – denn wir sind nicht wie ihr! Ihr solltet euch aber angesichts eurer eigenen Sicherheit ständig daran erinnern, daß wir eine solche Gnade nicht noch einmal gewähren werden! Werdet euch bewußt, daß wir jetzt unter anderen Lebensumständen existieren, und versucht das Beste daraus zu machen. Geht nun an eure Arbeit zurück. Versucht dem Vertrauen, das wir in euch investieren, gerecht zu werden."

„Wir haben niemanden darum gebeten, hierhergebracht zu werden", sagte Barquan Blasdel ruhig.

„Daß ihr hier seid, ist eine direkte Folge eures verräterischen Handelns, denn ihr wolltet unsere Flottille König Krakon preisgeben. Vergleicht man unser Handeln mit dem euren, kann man nur zu dem Schluß gelangen, daß wir uns als außergewöhnlich gnädig erweisen. Unser jetziges Verhalten spiegelt das Leben und die neuen Gesetze wider, unter denen wir von Anfang an leben wollten. Ihr verschmäht dieses Leben. Geht – und denkt daran, daß man euch gegenüber ein drittes Mal nicht so gnädig sein wird."

Luke Robinet und Vidal Reach schienen von diesen Worten ein wenig beeindruckt zu sein, aber Blasdel verließ die Versammlung mit hocherhobenem Kopf. Sklar Hast und Roger Kelso schauten ihm nach, als er ging. „Da siehst du einen Menschen, der nur Haß kennt", sagte Sklar Hast. „Dankbarkeit scheint jedenfalls nicht seine ausgesprochene Stärke zu sein. Ihn wird man am meisten bewachen müssen!"

„Unsere Vorbereitungen gehen nicht schnell genug voran", sagte Roger Kelso.

„Welche?"

„Die für die ultimate Konfrontation. Früher oder später wird König Krakon uns finden. Die Fürbitter scheinen zu spüren, daß er nicht weit weg ist. Wenn er hier auftaucht, können wir nirgendwohin flüchten und haben nicht einmal eine Waffe, mit der wir ihm gegenübertreten können."

Sklar Hast gab ihm nachdenklich recht. „Das ist nur allzu wahr. Wir fühlen uns zu sicher – und das ist ganz bestimmt falsch. Irgendwie müssen wir es schaffen, irgendein System zu entwickeln, mit dem wir uns schützen können. Waffen! Ich denke an eine mächtige Harpune mit einer harten Metallspitze, die von hundert Männern geschleudert wird . . . Aber wir haben kein Metall."

„Sicher haben wir das", sagte Roger Kelso und hielt ihm ein winziges Stückchen unter die Nase. Es war nicht einmal größer als der erste Zahn eines Säuglings. „Dies hier ist Eisen."

Sklar Hast nahm es an sich und drehte es in seinen Händen herum. „Eisen! Woher hast du es?“

„Ich habe es hergestellt.“

„Mit dem gleichen System, das auch die Wilden benutzen?“

„Das weiß ich nicht.“

„Aber wie? Und aus welcher Quelle? Aus der Luft? Der See? Den Plattformfrüchten?“

„Komm morgen auf die Aufschrei-Plattform, kurz vor der Mittagsstunde. Ich werde dir alles erklären.“

„Auch den Namen dieser Plattform?“

„Ich werde dir alles erklären.“

12

Um ungestört arbeiten zu können, um nur einem Minimum an Durchgangsverkehr ausgesetzt zu sein und den wohlgemeinten Ratschlägen älterer Zunftmeister zu entgehen, hatte Kelso es vorgezogen, seine Forschungsarbeiten auf einer Plattform durchzuführen, die weiter westlich lag. Aufgrund der hektischen Aktivitäten, die auf dieser Plattform vor sich gingen, hatte man ihr bald den Namen Aufschrei verliehen. Um die Last der Arbeit nicht allein tragen zu müssen, hatte Roger Kelso mehrere Dutzend der vielversprechendsten jungen Männer und Frauen rekrutiert, die nun mit einer solchen Energie und Begeisterung bei der Sache waren, daß es sie selbst am meisten überraschte.

Nur dreihundert Meter trennten die beiden Plattformen, und als Sklar Hast paddelnd diese Entfernung zurücklegte, konnte er bereits die Signaltürme sehen, die zwischen ihnen Botschaften hin und her schickten. Kurz dachte er darüber nach. Es war gut gewesen, daß man die Türme errichtet hatte; auf diese Weise würden die alten Signalgeber nicht aus der Übung kommen, die Lehrlinge lernten etwas, und die Maschinen blieben in Funktion.

Als er Aufschrei erreicht hatte, vertäute er sein Boot an einem einfachen Dock, das Kelso hatte bauen lassen. Ein Pfad führte ihn um einen großen Gebüschwald herum bis in das Mittelpunktgebiet. Man hatte das Zentralgewächs der Plattform gerodet, und eines der Resultate war, daß der Unterboden hier eine purpurnbraune Farbe angenommen hatte.

Als Sklar Hast sich ihm näherte, arbeitete Kelso konzentriert an einem Gerät, dessen Zweck er nicht abschätzen konnte. Ein rechtwinkliges Gestell aus Halmen erhob sich über drei Meter in die Luft. Darauf stand ein eineinhalb Meter durchmessender Reif aus Weidengeflecht parallel zum Unterboden der Plattform. Im Inneren des Reifs hing eine beinahe durchsichtige Haut aus Unterbodenhaut allerfeinster Qualität, die man gesäubert, gewaschen und eingeölt hatte. Darunter baute Kelso nun eine Kiste auf, die Asche enthielt. Während Sklar Hast zuschaute, gab er zu der Asche ein wenig Wasser und fügte irgendeine Lösung hinzu; es war genug, um aus der Asche einen grauen Brei zu machen, den er mit den Händen durchknetete, bis er über eine tassenförmige Vertiefung verfügte.

Die Sonne näherte sich dem Zenit. Kelso gab zweien seiner Helfer ein Zeichen. Der eine kletterte auf das Gerüst, während der zweite ihm mehrere Eimer mit Wasser reichte. Der erste Helfer schüttete die Flüssigkeit auf die durchsichtige Folie, die sich unter dem Gewicht wölbte.

Sklar Hast beobachtete die Arbeit wortlos, ohne seiner Verwunderung Ausdruck zu geben. Die Folie, nun bis an den Rand gefüllt, schien sich immer weiter auszudehnen. Kelso, der nun endlich zufrieden zu sein schien, stellte sich neben Sklar Hast. „Diese Apparatur verwundert dich sicher; dennoch ist sie ziemlich einfach. Besitzt du ein Teleskop?"

„Ja. Es ist nicht einmal schlecht, aber die Gummilösung ist fast undurchsichtig geworden."

„Sogar der reinste und am besten entfärbteste Gummi trübt sich nach einiger Zeit, und selbst die von den größten Experten hergestellten Linsen aus Gummi verzerren die Sicht. Wenn man Brunet Glauben schenken kann, hat man auf der Heimatwelt Linsen aus einem besseren Material hergestellt, das man ‚Glas' nannte."

Die Sonne erreichte den Zenit. Eine seltsame Erscheinung zog nun alle Aufmerksamkeit Sklar Hasts auf sich. In der Aschenkiste war plötzlich ein weißer Punkt erschienen: die Asche selbst begann zu zischen und zu dampfen. Verwundert wagte er sich näher heran. „Glas könnte ein nützliches Material sein", sagte Roger Kelso gerade. „Brunet beschreibt es als eine Mischung aus Substanzen, die in der Asche entsteht und die er ‚Flußmittel' nennt. Es findet sich eine Verbindung namens ‚Silikat' in der Asche, aber sie kommt auch in Seepflanzen vor, die Brunet als ‚Plankton' bezeichnet. Hier habe ich Asche und Plankton gemischt. Ich habe eine Wasserlinse konstruiert, die das Sonnenlicht einfängt. Ich versuche Glas zu machen . . ."

Er warf einen Blick auf die Kiste, hob sie schließlich hoch und ließ den Sonnenstrahl so einfallen, daß er einen scharf gebündelten Brennpunkt bildete. Die Asche glühte nun rot, orange und gelb. Plötzlich schien sie zusammenzusinken. Mit einem Stab schob Kelso mehr Asche in den Mittelpunkt, bis die hölzerne Kiste Rauch abgab, woraufhin Kelso sie beiseite stellte und neugierig das geschmolzene Stück in der Mitte musterte. „Es ist etwas passiert, aber wir werden es erst herausfinden, wenn das Zeug sich abgekühlt hat."

Er drehte sich zu seiner Bank um und schleppte eine andere Kiste heran. Sie war zur Hälfte mit Holzkohle gefüllt. In der Mittelpunktvertiefung ruhte eine schwarzbraune, teigige Masse.

„Und was ist das?" fragte Sklar Hast, der sich bereits über Kelsos Findigkeit zu wundern begann.

„Getrocknetes Blut. Meine Männer und ich haben es uns abgezapft. Das war eine ziemlich schmerzhafte Angelegenheit; aber jetzt weißt du auch, warum man dieser Plattform hier den Namen Aufschrei verliehen hat."

„Aber warum habt ihr das getan?" verlangte Sklar Hast zu wissen.

„Ich muß schon wieder auf den Wissenschaftler Brunet verweisen. Er schreibt, daß das menschliche Blut seine rote Farbe durch einen Stoff erhält, den man ‚Hämoglobin' nennt. Er besteht aus einer Zusammensetzung von Kohlenstoff, Sauerstoff und einem kleinen Teil Eisen. Kohlenstoff ist der Hauptbestandteil der Asche; Sauerstoff gibt der Luft ihre belebende Wirkung; in Verbindung mit Kohlenstoff erzeugt Sauerstoff Wasser. Aber heute haben wir nichts anderes vor, als ein Stückchen Eisen herzustellen. Hier haben wir also Blut. Ich werde die vielen instabilen Flüssigkeiten, Gase und Verunreinigungen herausbrennen, um zu sehen, was dann übrigbleibt. Wenn alles gutgeht, werden wir erneut festes Eisen gewinnen." Kelso schob die Kiste unter die Linse. Das getrocknete Blut flammte plötzlich auf. Kelso schaute in die Sonne. „Die Linse erzeugt nur dann genügend Hitze, wenn die Sonne genau über uns steht. Wir haben also nicht allzuviel Zeit."

„Man könnte anstelle von Wasser vielleicht durchsichtigen Gummi verwenden, mit dem man, wenn er hart genug wäre, der Sonne folgen könnte."

„Leider gibt es keinen Gummi, der die gleiche Klarheit wie Wasser besitzt“, sagte Kelso bedauernd. „Und Kerzenpflanzensaft ist zu gelb, während Bindelban einen blauen Nebel hervorruft.“

„Und wenn man beides mischte, damit das Blau das Gelb auflöst? Vielleicht könnte man beides anschließend noch filtern und aufkochen. Oder man könnte der Brühe noch Wasser mit Knochentinktur hinzufügen.“

Kelso wiegte den Kopf. „Vielleicht würde es klappen.“

Sie wandten sich wieder dem Blut zu, das sich jetzt zu einem glühenden Schwamm aufplusterte, dann zu Schlacke wurde und schließlich, offenbar verbraucht, von der Oberfläche der glühenden Holzkohle verschwand. Kelso nahm den Schmelztiegel unter der Linse weg. „Es war ja nicht sonderlich viel Blut“, sagte Sklar Hast mit einem kritischen Blick. „Vielleicht sollten wir Barquan Blasdel und seine Kollegen mal zur Ader lassen; die scheinen genug davon zu haben.“

Kelso deckte die Kiste ab. „Wir werden mehr erfahren, wenn die Holzkohle schwarz wird.“ Er wandte sich wieder der Bank zu und kam mit einer anderen Kiste an. Inmitten pulvriger Holzkohle befand sich ein anderer Klumpen der breiigen Paste. „Und was ist das?“ fragte Sklar Hast.

„Dies hier“, sagte Kelso, „ist Krakonblut, das wir in der vergangenen Nacht aufgekocht haben. Wenn menschliches Blut Eisen enthält, warum nicht auch das von Krakons? Gleich werden wir es sehen.“ Er schob die Kiste unter die Linse. Wie das Menschenblut begann auch diese Substanz zu dampfen und zu zischen. Der Rauch, der sich dabei entwickelte, roch noch entsetzlicher. Schritt für Schritt begann sich der Teig aufzuplustern und ergoß sich über die Oberfläche der pulverisierten Holzkohle. Anschließend stellte Kelso auch diese Kiste beiseite und deckte sie ab. Dann holte er die erste Kiste wieder herbei und begann mit einem dünnen Knochen darin herumzustochern, bis er ein kleines Stück verschrumpelten Materials fand, das er auf die Bank legte.

„Glas! Paß auf, es ist noch heiß.“

Mit zwei Knochen nahm Sklar Hast das Krümelchen auf und musterte es. „Das ist also Glas. Hmm. Es macht überhaupt nicht den Eindruck, als könnte man es als Teleskoplinse verwenden. Aber es kann sicher ausgezeichnet anderen Zwecken dienen. Es sieht ungeheuer hart und dicht aus, beinahe metallisch."

Kelso schüttelte widerwillig den Kopf. „Ich hätte erwartet, daß es reiner ist. Das Plankton und die Asche waren sicher zu schmutzig. Vielleicht kann man die Schmutzrückstände ausschalten, wenn man die Asche vorher mit irgendeiner Säure oder so etwas reinigt."

„Aber um eine Säure herzustellen, brauchen wir doch Elektrizität, wie du mir erzählt hast."

„Ich habe nur Brunet zitiert."

„Also können wir keinen Strom erzeugen?"

Kelso schürzte die Lippen. „Das werden wir noch sehen. Ich hoffe doch. Es sieht so aus, als sei es unmöglich, Strom zu erzeugen, wenn man lediglich Asche, Holz, Wasser und Seetang zur Verfügung hat – aber wir werden sehen. Brunet hat einen oder zwei Tips hinterlassen. Aber sehen wir mal nach unserem Eisen . . ."

Die Ausbeute war gering und bestand – wie die des ersten Versuchs – nur aus einem erbsengroßen Klümpchen. „Das hat uns drei Flaschen Blut gekostet", sagte Kelso niedergeschlagen. „Wenn wir jeden Plattformbewohner zur Ader lassen, erhalten wir vielleicht genug Eisen, um einen kleinen Topf zu füllen."

„Das ist kein ausgenommen schlechter Vorschlag", sagte Sklar Hast. „Wir können die Leute auffordern, innerhalb von einem oder zwei Monaten pro Kopf eine Flasche Blut zu spenden. Es ist unglaublich – aber wir könnten das Metall produzieren, das einzig und allein aus dem Menschen selbst kommt!"

Kelso musterte nachdenklich das Metallklümpchen. „Das Blut unter der Linse zum Erhitzen zu bringen, ist das geringste der Probleme. Wenn an jedem Tag zehn Leute zu mir kämen, um Blut zu spenden, würden wir vielleicht diese Plattform eines Tages unter dem Gewicht des gesammelten Eisens versinken sehen." Er nahm die Bedeckung von der dritten Kiste und rief: „Sieh dir das an! Wir haben uns ganz umsonst graue Haare wachsen lassen! Was wir aus dem Krakonblut gemacht haben, ist sicher nicht zu verachten!"

Auf der Holzkohle lag ein kleiner Klumpen rötlich-goldenen Metalls. Er war dreimal so dick wie jener, den man aus dem Menschenblut gewonnen hatte.

„Dieses Metall scheint Kupfer oder irgend etwas zu sein, das ihm nahekommt. Brunet beschreibt Kupfer als dunkelrotes Metall, das zur Erzeugung von Elektrizität sehr nützlich ist."

Sklar Hast nahm den Kupferklumpen an sich und ließ ihn, bis er sich abgekühlt hatte, von einer Hand in die andere wandern. „Die Wilden haben Kupferstücke, die noch größer sind als dieser Klumpen hier. Ob sie die Krakons töten und ebenfalls deren Blut verwenden? Es scheint unglaublich! Diese entstellten, primitiven Halbmenschen . . ."

Kelso kaute nachdenklich auf seiner Unterlippe herum. „Der Krakon muß Nahrung zu sich nehmen, die ziemlich viel Kupfer enthält. Vielleicht wissen die Wilden, wo sich diese Quelle befindet."

„Metall!" murmelte Sklar Hast begeistert. „Vielleicht existiert es überall. Nicklas Rile hat die Knochen des Krakons zerschlagen. Er weidet die inneren Organe aus, und sie sind schwarz wie eine Niesblume. Vielleicht sollte man sie ebenfalls unter die Linse legen."

„Bring sie mir her – ich werde mein Bestes tun. Und wenn wir seine Leber und alle anderen Organe verbrannt haben, können wir es anschließend ebenfalls mit der Niesblume probieren. Wer weiß? Vielleicht enthalten alle schwarzen Substanzen Kupfer und alle roten Eisen. Obwohl Brunet darüber kein Wort hat verlauten lassen."

Auch die inneren Organe des Krakons enthielten Kupfer. Die Niesblumen jedoch zerfielen lediglich zu einer weißlichgelben Asche, die Kelso sorgfältig in einer Kiste unterbrachte und mit der Aufschrift „Asche der Niesblume" versah.

Vier Tage später wurde der bisher größte Krakon gesichtet. Er kam aus dem Westen und trieb an den Plattformen vorbei. Zwei Hochstapler, die auf einem erfolgreichen Beutezug einen Graufisch gefangen hatten und gerade nach Hause zurückkehrten, waren die ersten, die den mächtigen schwarzen Zylinder und dessen hochaufragenden Turm erspähten. Sie griffen in die Riemen und brüllten die Neuigkeit denjenigen zu, die an den Ufern standen.

Alles lief nach einem gut vorbereiteten Plan ab. Vier junge Hochstapler rannten zu einem leichten Weidenrutenboot, ließen es zu Wasser und ruderten hinaus, um den Krakon abzufangen. Am Ende des Bootes hingen zwei Trossen, und jede wurde an Land von einem

Trupp kräftiger Männer gehalten. Der genießerisch im Wasser herumplätschernde Krakon näherte sich dem Boot bis auf fünfzig Meter, aber die Hochstapler ruderten weiter. Einer von ihnen, ein Mann namens Bade Beach, postierte sich am Bug. Der Krakon stellte die Bewegungen seiner Schaufeln ein, drehte sich herum und beäugte mißtrauisch die Ladebäume.

Die beiden rudernden Hochstapler brachten das Boot rasch in seine Nähe, während Bade Beach fest und aufrecht dastand und eine Schlinge bereithielt und der vierte Mann die bis an die Plattform reichenden Trossen kontrollierte. Offenbar schien der Krakon jetzt einen Angriff zu erwarten, denn er klickte mehrere Male mit den Kinnbacken und bewegte die Fühler, um das Wasser aufzuwirbeln. Das Boot kam noch näher. Schließlich beugte Bade Beach sich vornüber.

Im gleichen Moment schien sich der Krakon dazu zu entscheiden, die Männer aufgrund ihrer Provokation zu bestrafen. Er machte einen schnellen Satz nach vorn, aber als er nur mehr zehn Meter von ihnen entfernt war, ließ Bade Beach die Schlinge auf den Turmaufbau zufallen. Er verfehlte ihn. Von der Plattform her konnte man die Männer verzweifelt aufschreien hören. Die Landmannschaft begann an einem der Seile zu ziehen und riß das Boot zurück. Der Krakon zischte, wandte sich um und machte einen derart heftigen Vorstoß, daß er sich innerhalb von Sekunden bis auf zwei Meter an das Boot herangearbeitet hatte. Erneut warf Bade Beach die Schlinge, diesmal mit Erfolg. Die Landmannschaft stieß einen Freudenschrei aus; beide Mannschaften begannen nun mit aller Kraft an den Seilen zu ziehen. Die eine brachte das Boot in Sicherheit, während die andere die um den Turmaufbau liegende Schlinge verengte und den Krakon heranzog, der so nahe an den Hochstaplern vorbeikam, daß er beinahe deren Gefährt berührte.

Keuchend und schnaufend zogen die Männer den Krakon in die Nähe des über die See hinausragenden Ladebaums und hoben ihn mit der gleichen Methode aus dem Wasser wie den ersten. Diesmal hatten sie ein besonders großes Biest erwischt, denn der Ladebaum knarrte bedrohlich, und der Pflanzenboden am Rande der Plattform begann sich zu senken. Fünfundsechzig Männer schafften es schließlich, das

Ungeheuer in die Höhe zu hieven. Der Ladebaum schwang zurück, und der Krakon schwang über die Plattform. Man band seine Schaufeln zusammen und ließ ihn herunter. Erneut drängten sich die Neugierigen vor. Sie lachten und schrien zwar vor Begeisterung, zeigten aber nicht mehr die barbarische Wut, mit der sie gegen den ersten vorgegangen waren.

Hämmer und Meißel traten in Aktion. Man entfernte die Turmhaut des Krakons und zerstörte seine Nervenbahnen. Fasereimer wurden herangeschleppt, die Körperflüssigkeiten des Riesenfisches gesammelt und zu den Lagerfässern gebracht.

Sklar Hast hatte sich die ganze Aktion aus der Ferne angesehen. Diesmal hatten sie wirklich ein großes Biest erwischt, denn der Krakon war mindestens so groß gewesen wie der König, als er zum ersten Mal im Gebiet der Altplattformen aufgetaucht war – das mußte etwa hundertfünfzig Jahre her sein. Da man mit diesem Geschöpf ohne große Komplikationen fertig geworden war, gab es von nun an keinen Grund mehr, sich vor anderen zu fürchten – ausgenommen natürlich vor dem König selbst. Was ihn anging, war die Situation noch ungewiß, das mußte selbst Sklar Hast zugeben. Kein Ladebaum konnte sein Gewicht aus dem Wasser heben, das war klar. Und ebensowenig gab es ein Seil, das seine Schaufeln daran hindern konnte, sich zu bewegen. Keine Plattform konnte sein Gewicht tragen. Verglichen mit König Krakon war das große Biest, das sie jetzt gefangen hatten, nichts anderes als ein Zwerg . . .

Hinter sich hörte er eiliges Trippeln von Füßen. Eine Frau packte seinen Ellenbogen und schnappte verzweifelt nach Luft. Sklar Hast war einigermaßen überrascht, denn ein kurzer Rundblick überzeugte ihn davon, daß es auf der gesamten Plattform nichts gab, was sie derart in Aufregung versetzt haben könnte. Schließlich rieß die Frau sich zusammen und stieß aufgeregt hervor: „Barquan Blasdel ist geflohen! Er ist verschwunden!“

„Was?“ schrie Sklar Hast.

13

Barquan Blasdel, seine Gattin, seine beiden ältesten Töchter und deren Galane waren zusammen mit Luke Robinet und Vidal Reach ebenso verschwunden wie ein tragfähiges Weidenrutenboot. Alles deutete darauf hin, daß sie ihren Fluchtplan bereits Wochen vorher ausgearbeitet hatten, denn sie hatten Vorräte gehamstert und in einem unzugänglichen Gebiet der Plattform – in der Nähe von Meril Rohans Schule – versteckt.

Sie hatten sich unbemerkt Ruder geschnitzt sowie einen Mast mit Segeln hergestellt und die Chance genutzt: In dem Augenblick, als die Bevölkerung durch den Fang des zweiten Krakons abgelenkt wurde, waren sie klammheimlich ausgerissen.

Das Boot selbst war von den beiden jungen Männern, die um die Gunst der Blasdel-Töchter buhlten, entwendet worden, da es sogar in dem allgemeinen Durcheinander noch aufgefallen wäre, hätte sich ein Fürbitter daran zu schaffen gemacht. Sie hatten es von den Leinen gelöst und waren in südlicher Richtung um die Plattform herumgerudert, wo die anderen eingestiegen waren und die Ladung eingeladen hatten, bevor das Boot Neuheim verließ. Es war pures Glück gewesen, daß man sie dabei beobachtet hatte, als sie gerade Aufschrei umrundeten; eine Frau, die aufgrund starker Schwangerschaftsschmerzen nicht an dem allgemeinen Freudentanz teilnahm, hatte sie verschwinden sehen.

Phyral Berwick schickte auf der Stelle zehn Boote zur Verfolgung aus, aber bis dahin war es bereits Abend geworden und ein starker Wind war aufgezogen. Aber selbst unter Zuhilfenahme der Segel und allen rudernden Männern gab es angesichts der vielen kleinen Plattformen, zwischen denen man sich verstecken konnte, nur eine geringe Chance, die Flüchtlinge wieder aufzuspüren. Vielleicht hatte Barquan Blasdel sogar den Plan gefaßt, nach Norden oder Süden zu gehen, um etwaige Verfolger irrezuführen.

Die Suchboote blieben die ganze Nacht auf dem Wasser. Acht umrundeten die einzelnen Plattformen und bewegten sich im Licht der Sterne ziellos hin und her; zwei jagten, so schnell die Umstände und die Kräfte der Hochstapler es erlaubten, nach Westen. Als die Sonne kam und ihr perlenfarbenes Licht über die See warf, lagen die Plattformen von Neuheim bereits weit hinter den Verfolgern und waren unsichtbar geworden. Dennoch befanden sie sich allein auf dem Meer. Barquan Blasdels Boot konnte nirgendwo ausgemacht werden. Auch die, die zwischen den einzelnen Plattformen nach ihm gesucht hatten, erreichten kein besseres Ergebnis. Mit dem Morgenwind kehrten die Boote schließlich nach Hause zurück.

Um die Situation zu klären, wurde eine Ratsversammlung einberufen. Einige der Teilnehmer verurteilten die Nachlässigkeit, die es den Flüchtlingen erlaubt hatte zu entkommen. „Warum haben wir es unseren Gefühlen erlaubt, unsere Handlungen zu steuern?" fragte Robin Magram niedergeschlagen. „Wir hätten die ganze Bande aufknüpfen sollen!"

Phyral Berwick nickte geduldig. „Du hast vielleicht recht. Aber ich konnte es nicht über mich bringen, diese Leute zu töten – nicht einmal zum Schutz unserer Interessen."

Magram deutete mit dem Daumen auf die Hütten, in denen sich die restlichen Fürbitter aufhielten. „Was machen wir mit denen? Jeder von ihnen wünscht uns Schlechtes, und es ist keiner unter ihnen, der in diesem Augenblick nicht das plant, was Blasdel ihnen vorexerziert hat. Wir sollten sie jetzt umbringen, und zwar schnell und ohne großes Aufsehen. Wir müssen endlich zu klaren Verhältnissen kommen."

Sklar Hast machte einen mürrischen Einwand. „Das würde uns überhaupt nichts nützen, denn dann wären wir wirklich Mörder. Das Kind ist jetzt in den Brunnen gefallen. Tatsächlich stünde es uns besser an, wenn wir sie jetzt freiließen, ihnen ein Boot gäben und sie fortschickten."

„Nicht so schnell", protestierte Rollo Barnack. „Es ist ja noch gar nicht sicher, ob Barquan Blasdel die alte Heimat je wieder erreicht!"

„Er braucht nur den Wind auszunutzen und nach Westen zu rudern", sagte Sklar Hast. „Aber meinetwegen laßt uns abwarten, wie sich die Dinge entwickeln."

Robin Magram murrte: „Wenn Barquan Blasdel die alte Heimat erreicht, ist zumindest eines gewiß: Wir müssen uns auf Unannehmlichkeiten vorbereiten. Der Mann ist eine wahre Pest."

„Nicht unbedingt", warf Phyral Berwick ein. „Denke daran, daß die Leute in der alten Heimat nicht gerade Dummköpfe sind. Sie sind unsere Zunftbrüder, Freunde und Verwandten. Was hätten sie davon, wenn sie uns angriffen?"

„Wir sind König Krakon entkommen; wir erkennen keinen Herrscher an", sagte Sklar Hast pessimistisch. „Das Elend bringt Eifersucht und Neid mit sich. Es dürfte den Fürbittern nicht schwerfallen, die Gefühle der Leute aufzupeitschen." Seine Stimme wurde zu einem nasalen Falsett: „Diese unverschämten Flüchtlinge! Wie können sie es wagen, sich ihrer Verpflichtung gegenüber König Krakon zu entziehen? Wie können sie es wagen, in dieser barbarischen Weise gegen die kleineren Krakons vorzugehen? Alle Mann in die Boote! Wir werden diese Unruhestifter bestrafen!"

„Vielleicht tun sie das", sagte Kelso schmunzelnd. „Aber die Fürbitter sind schließlich nicht die einzigen Menschen mit Einfluß. Die Schiedsmänner werden solche Aufwiegelungen nicht so ohne weiteres hinnehmen."

„Wenn wir ehrlich sind", sagte Berwick, „wissen wir überhaupt nicht, was geschehen wird. Wir tasten uns im luftleeren Raum voran. Vielleicht wird Barquan Blasdel sich auf dem Ozean verirren und nie wieder in die alte Heimat zurückfinden. Man kann seine Ankunft ebenso mit Desinteresse wie mit Aufregung begrüßen. Wir reden hier über Dinge, von denen wir nichts wissen. Mir selbst erscheint es am wichtigsten, Informationen über den wirklichen Stand der Dinge zu sammeln. Kurz gesagt, ich schlage vor, daß wir Spione aussenden, um zu erfahren, was sich in der alten Heimat tut."

Phyral Berwicks Vorschlag wurde von allen Anwesenden akzeptiert. Darüber hinaus beschloß man, daß die restlichen Fürbitter so lange einer starken Bewachung unterzogen werden sollten, bis feststand, ab Barquan Blasdel die alte Heimat wieder erreicht hatte oder nicht. Wenn ersteres der Fall war, bestand kein Grund mehr, aus der Lage von Neuheim ein Geheimnis zu machen. Dann wollte man auch anderen Fürbittern die Heimreise gestatten – vorausgesetzt, sie legten überhaupt Wert darauf. Robin Magram akzeptierte diesen Plan allerdings mit einigen Zweifeln. „Glaubt ihr, sie würden uns in einer anderen Situation ähnlich behandeln? Ihr solltet nicht vergessen, daß sie den Plan hatten, König Krakon gegen uns aufzuhetzen!"

„Sicher", sagte Arrel Sincere, „aber was macht das schon? Wir haben die Möglichkeit, sie umzubringen, ihr Leben lang zu bewachen – oder gehen zu lassen. Und die dritte Lösung scheint mir persönlich die billigste und ehrenwerteste zu sein."

Da Robin Magram sich jeden weiteren Protests enthielt, wandte die Ratsversammlung sich den Einzelheiten der geplanten Spionageoperation zu. Da keines der zur Verfügung stehenden Boote diesem Zweck gerecht zu werden schien, beschloß man, ein neues Boot zu bauen, das besonders lang und leicht werden sollte, flach auf dem Wasser lag und mit zwei Segeln aus feinstem Material auf den kleinsten Windhauch reagieren konnte. Drei ehemalige Bewohner von Almack, deren ehemalige Heimat am Ende der Plattformkette im fernen Osten lag und Sciona benachbart war, wurden mit der Aufgabe betraut. Keiner von ihnen hatte Verwandte oder Bekannte auf Apprise; somit war die Möglichkeit, daß man sie erkannte, denkbar gering.

Die Arbeit an dem neuen Boot wurde sofort in Angriff genommen. Ein leichter Kiel aus laminierten und gehärteten Weiden wurde um in die Plattform getriebene Pflöcke geformt, dann brachte man die gebogenen Rippen an die dafür vorgesehenen Stellen und bestrich das Ganze mit einer vierschichtigen Lage aus gefirnister Unterbodenhaut.

Am Morgen des vierten Tages nach Barquan Blasdels Flucht stach das kanuähnliche Boot in Richtung Westen in See und bewegte sich leicht und flink über das sonnenbeschienene Wasser dahin. In ihrem Gepäck führten die Männer das Horn mit, das man in Barquan Blasdels Arbeitsraum erbeutet hatte. Das Boot glitt ganze drei Stunden lang an den einzelnen Plattformen entlang, die in unterschiedlichen Farben – blau, grün, purpur, orange, schwarz – leuchteten und von Ansammlungen kleinerer Pflanzenblätter umgeben waren. Schließlich erreichte es die letzte Plattform der Gruppe und jagte, das Wasser durchpflügend, nach Westen. Der Nachmittag verging, Regenwolken formten sich und glitten am Himmel dahin.

Nach dem Regen kam wieder Sonnenschein und machte aus den zerissenen Wolken phantastische Muster. Wind kam auf. Die Männer setzten die Segel, zogen die Riemen an Bord und ruhten sich aus. Das Boot fuhr pfeilschnell nach Westen und fiel auf und nieder. Schließlich brach die malvenfarbene Dämmerung über sie herein. Die Sternkonstellationen zeigten sich, und der Himmel wurde finster. Kleine Lichter tanzten auf dem schwarzen Ozean. Die Männer legten sich in Schichten zum Schlafen nieder, und so verging auch die Nacht. Kurz vor dem Morgengrauen begann der Gegenwind wieder zu blasen, und die Männer, bedacht darauf, ihre Kräfte zu sparen, ruderten nur dann, wenn die Gefahr bestand, daß sie abgetrieben wurden.

Der zweite Tag verging auf ähnliche Weise. Sie fuhren an den Plattformen der Wilden vorbei und ließen sie hinter sich liegen. Wieder verging ein Tag. Kurz vor Morgengrauen des vierten Tages hielten sie das Horn ins Wasser und lauschten.

Stille.

Die Männer reckten sich hoch und blickten nach Westen. Da sie eine ungeheure Geschwindigkeit an den Tag gelegt hatten, mußte Tranque eigentlich schon zu sehen sein. Aber alles was sie ausmachen konnten, war der glatte, ebenmäßige Meeresspiegel.

Gegen Mittag begannen sie mißtrauisch zu werden, stellten das Rudern ein und suchten den Horizont ab. Vor ihnen breiteten sich lediglich Wasserflächen und der blaue Himmel aus. Normalerweise hätten die Plattformen der alten Heimat längst in Sicht sein müssen. Waren sie zu weit nach Norden oder Süden abgetrieben worden?

Die Männer berieten sich und kamen zu dem Schluß, daß ihr eigener Kurs zwar „West“ gewesen war, sie sich aber möglicherweise etwas mehr südöstlich hätten halten müssen. Sie wußten immerhin, daß sie die erste Plattformgruppe südlich passiert hatten. Also mochten die Plattformen der alten Heimat möglicherweise hinter dem nördlichen Horizont liegen. Sie faßten den Entschluß, vier Stunden lang nach Norden zu rudern; sollte sich dann nichts ergeben, wollten sie wieder nach Neuheim zurückkehren.

Als sich am Ende des Nachmittags die Regenwolken am Himmel aufzutürmen begannen, zeigten sich am Horizont die ersten verwaschenen Flecken. Sie hielten erneut an, senkten das Horn ins Wasser und vernahmen mit erstaunlicher Stärke ein Geräusch, das einem Kauen nicht unähnlich klang. Die Männer drehten die Röhre um die eigene Achse, um die Richtung, aus der das Geräusch kam, ausfindig zu machen, und duckten sich, stets bereit, die Paddel zu ergreifen und weiterzurudern, wenn der Ton lauter werden sollte. Aber das Gegenteil schien der Fall zu sein. Als sie seine Richtung – es war Osten – bestimmt hatten, begann es zu verstummen und wurde schließlich völlig unhörbar. Die Männer ruderten weiter.

Die Plattformen wurden immer größer und dehnten sich von ihrem Standpunkt aus sowohl nach Osten als auch nach Westen aus. Bald konnte man sie anhand ihrer charakteristischen Profile und der Signaltürme voneinander unterscheiden. Geradeaus befand sich Aumerge; Apprise lag im Westen.

Die Männer ruderten das Boot an den Plattformen vorbei und erinnerten sich an die Namen der Vergangenheit, auf denen ihre Vorfahren viele Generationen lang gelebt hatten und gestorben waren: Aumerge, Quincunx, Fee, Hastings, Quatrefoil. Letztere hatte eine besondere Form. Schließlich gelangten sie an eine etwas außerhalb liegende Gruppe, die unter der Bezeichnung Bandinga bekannt war. Und dann, nach einem beinahe zwei Kilometer langen Spalt, kam Apprise.

Die Sonne begann zu sinken, und in den Signaltürmen flackerten die Lichter auf, wenngleich man die Symbole noch nicht lesen konnte. Die Männer ruderten ihr Boot an Apprise heran. Wohin das Auge blickte, traf es auf Vegetation. Die Gerüche und Klänge, die bis über das Wasser hinausdrangen, riefen in den Männern nostalgische Gefühle wach. Sie landeten in einer abgelegenen kleinen Bucht, die Phyral Berwick ihnen beschrieben hatte, und bedeckten das Boot mit Zweigen und Abfällen. Laut Plan sollten zwei Männer beim Boot zurückbleiben, während der dritte, Henry Bastaff, sich landeinwärts begab und sich dem Mittelpunkt Apprises, dem Marktflecken, näherte.

Hunderte von Menschen schienen an diesem herrlichen Abend auf den Beinen zu sein, aber Henry Bastaff wurde den Eindruck nicht los, daß sie verbittert und sogar grimmig waren. Er ging zur legendären Taverne von Apprise hinüber, die mit Sicherheit das älteste Gebäude der Plattform war. Es war ein langgestrecktes Haus, gefertigt aus knorrigem, altem Holz, das man in der sensationellen Tiefe von einhundert Metern unter dem Wasser geschnitten hatte. In ihrem Inneren befand sich ein langes Buffet aus laminiertem Weidenrutenmaterial, das sich im Laufe der Zeit goldbraun verfärbt hatte. An den Wänden stehende Regale enthielten Fässer und Behälter mit Arrak, Bier und anderen Alkoholika, aber auch diverse Delikatessen und Süßspeisen. Vor der Taverne standen mehrere lange Tische und Bänke, auf denen sich Reisende ausruhten oder Liebende sich zum Rendezvous trafen. Henry Bastaff suchte sich einen Platz, von dem aus er sowohl den Signalturm von Apprise als auch den im Osten liegenden Turm Quatrefoils im Auge behalten konnte. Eine Kellnerin fragte ihn nach seinen Wünschen, und Bastaff bestellte Bier und Nußwaffeln. Während er aß und trank, lauschte er den Gesprächen an den Nebentischen und las die Botschaften, die zwischen den einzelnen Türmen hin und her eilten.

Die Gespräche brachten nicht viel ein, und die Signalturm-Nachrichten bestanden aus dem üblichen Sammelsurium von Bekanntmachungen, Botschaften und Klatsch. Dann, inmitten des Gewirrs flackernder Lichter, leuchteten plötzlich alle Lampen gleichzeitig auf, was bedeutete, daß jetzt eine Nachricht von außerordentlicher Wichtigkeit kam. Bastaff richtete sich kerzengerade auf.

„Wichtige ... Bekanntmachung! ... Heute ... nachmittag ... sind ... einige ... der ... entführten ... Fürbitter ... aus ... dem ... Reich ... der ... Rebellen ... zurückgekehrt ... Es ... handelt ... sich ... um ... Barquan Blasdel ... von ... Apprise ... seine ... Gattin ... und ... mehrere ... Verwandte ... Vidal Reach ... von ... Sumber ... Luke Robinet ... von ... Parnassus ... Sie ... haben ... eine ... haarsträubende ... Geschichte ... zu ... erzählen ... Die ... Rebellen ... haben ... sich ... auf ... einer ... Plattform ... im ... Osten ... niedergelassen ... von ... wo ... aus ... sie ... erbarmungslos ... gegen ... die ... Krakons ... vorgehen ... und ... einen ... Ausrottungskrieg ... gegen ... die ... Bewohner ... der ... alten ... Heimat ... vorbereiten ... Die ... Fürbitter ... entkamen ... und ... irrten ... verzweifelt ... in ... unbekannten ... Gebieten ... des ... Ozeans ... umher ...

bevor ... sie ... heute ... nachmittag ... auf ... Grünlicht ... anlegten ... Barquan Blasdel ... hat ... eine ... sofortige ... Versammlung ... einberufen ... um ... Maßnahmen ... gegen ... die ... täglich ... hochmütiger ... werdenden ... Rebellen ... zu ... beschließen.“

14

Sechs Tage später erstattete Henry Bastaff der Ratsversammlung von Neuheim Bericht.

„Unsere Ankunft war ungewiß, da unsere ursprünglich eingeschlagene Richtung sich als falsch erwies und unser Kurs uns mehrere Kilometer von der alten Heimat abtrieb. Beim nächsten Mal sollten wir darauf achten, uns weiter nördlich zu halten, um leichter landen zu können. Offenbar hatte Barquan Blasdels Boot mit den gleichen Problemen zu kämpfen, denn es erreichte Grünlicht erst etwa zu der Zeit, als wir uns schon auf Apprise befanden. Es kann aber auch sein, daß er sich mit seinen Leuten zunächst einmal auf eine von unseren hiesigen Plattformen zurückgezogen hatte, um abzuwarten, bis die Luft rein war. Als die Nachricht von seiner Ankunft verbreitet wurde, saß ich gerade bei der alten Taverne. Es gab natürlich eine starke Erregung, aber die Leute machten auf mich einen eher neugierigen als rachsüchtigen Eindruck. Niemand redete über König Krakon, allerdings konnte ich einmal die verhalten geäußerte Bemerkung aufschnappen, daß man die Rebellen willkommen heißen würde, wenn sie nur ein paar der kleineren Krakons erschlügen. Am folgenden Tag berief man eine Versammlung ein. Da daran auch die Leute von Almack teilnahmen, hielt ich es für das beste, wenn Maible und Barway in ihrem Versteck blieben.

Ich malte mir das Gesicht mit Hochstaplerfarbe an, rasierte meine Augenbrauen, kämmte mir das Haar in die Stirn und versteckte mein Gesicht unter einer Kapuze. Obwohl ich sicherlich den ungewöhnlichsten Hochstapler aller Zeiten darstellte – und teilweise wie ein Klöpper oder Achtgroschenjunge aussah –, erkannte mich nicht einmal mein Onkel Fodor, mit dem ich einen Blick wechselte. Er hat mich kein zweites Mal angesehen.

Die Versammlung dauerte ziemlich lange, es ging auf ihr heiß her. Blasdel nahm seine Stellung als Fürbitter von Apprise auf der Stelle wieder ein. Nach meiner Meinung war Vrink Smathe, sein Nachfolger, nicht sonderlich erfreut über Blasdels Rückkehr. Er saß drei Reihen hinter mir und folgte Blasdels Äußerungen mit wütenden Blicken. Man hatte ihm alle zeremoniellen Gegenstände wieder weggenommen. Blasdel, der überhaupt das große Wort führte und beinahe ununterbrochen sprach, verlangte mit allem Ernst eine Strafexpedition. Er nannte uns Bilderstürmer, Ungeheuer und bezeichnete uns als den Abschaum der Menschheit, den zu vernichten sich alle rechtschaffenen Menschen zum Ziel machen müßten.

Ein paar Leute ließen sich durch diese Worte natürlich hochbringen, aber das waren hauptsächlich jene, die ich zur untersten Schicht zählen würde: Leute mit geringem Prestige, ohne Ausbildung und Wissen; jene, die einfach neidisch auf Fähigkeiten sind, die sie selbst nicht besitzen.

Aber es waren nur wenige. Grundsätzlich kann man sagen, daß Blasdel nur lauwarme Aufmerksamkeit erntete. Niemand, der eine wichtige Position einnimmt, zeigte Begeisterung für sein Vorhaben. Die neuen Fürbitter waren am wenigsten enthusiastisch. Kein Wunder, denn für sie haben sich mit der Rückkehr von Blasdel und den anderen die Dinge am grundlegendsten geändert.

Als Blasdel sah, daß er mit seinen Tiraden bei den Leuten nicht auf breite Sympathie stieß, verlor er beinahe die Beherrschung, was in seinem Fall wirklich eine Seltenheit ist. Er bezeichnete diejenigen, die unentschlossen waren, als Feiglinge und Verräter und brachte damit natürlich eine Menge Leute gegen sich auf. Jeder kennt zum Beispiel das Temperament von Emacho Foxibus, dem Sippenältesten der Fassadenkletterer von Quatrefoil. Er ist zwar ein sturer Anhänger der alten Lebensweise, aber kein Schwachkopf. Er fuhr Blasdel ziemlich unwirsch an und forderte ihn auf, mit einer weniger giftigen Zunge zu reden. ‚Niemand bezweifelt deinen Fanatismus', sagte er ‚aber du solltest ihn besser konstruktiven Zwecken zuwenden! Was kann es uns schon einbringen, wenn wir diese Leute umbringen? Sie sind gegangen; wir sind sie los. Nun können wir uns wieder unseren geliebten alten Traditionen zuwenden, denn nun gibt es keine Abtrünnigen mehr, die uns ins Wort fallen! Ich habe jedenfalls keine Lust mehr, mir diese Hetztiraden weiter anzuhören!'

Ich muß allerdings zugestehen, daß Barquan Blasdel sich davon nicht einschüchtern ließ. Er sagte: ‚Es ist sehr einfach, sich über meine Worte aufzuregen, und sicher ist es für niemanden bequem, meinen Plan in die Tat umzusetzen, aber dennoch haben wir es hier mit Unbelehrbaren zu tun, Kreaturen der verworfensten Sorte!‘

Feroxibus lachte ihn aus. ‚Wenn sie derart böse sind‘, sagte er, ‚warum haben sie es dir dann gestattet, überhaupt zu leben? Warum haben sie dich nicht gleich getötet?‘

Das trieb Barquan Blasdel zwar etwas in die Defensive, aber er erwiderte: ‚Das sollte jedem klar genug sein. Sie fürchteten die Entdeckung durch König Krakon und nahmen an, daß wir für sie Fürbitte leisten würden, wenn das Schlimmste geschähe.‘

Emacho Feroxibus sagte nichts mehr, aber auch Barquan Blasdel schwieg; aus diesem Grunde endete die Versammlung ohne konkrete Beschlußfassung.

Aber das war nur die Versammlung – eine offenkundige Situation. Ich bezweifle, daß Barquan Blasdel von der fehlenden Unterstützung überrascht wurde. Das letzte, was er tat, war die Einberufung aller Fürbitter, die er für den gleichen Abend in das Haus von Vrink Smathe bestellte.

Ich kehrte zu unserem Boot zurück und unterhielt mich mit Maible und Barway. Barway ist Tieftaucher. Als ich mir diese Tatsache ins Gedächtnis zurückrief und mir gleichzeitig einfiel, wie die Arbeitsräume von Fürbittern beschaffen sind, entwickelten wir eine Möglichkeit, die uns noch weitere Informationen verschaffte. Aber Barway kann das sicher besser erzählen als ich.“

Nun begann Barway mit seinem Bericht.

Er war ein oder zwei Jahre jünger als Henry Bastaff, ein ausgezeichneter Ruderer und ein Tieftaucher von großer Ausdauer. Seine Zunft war die der Lockvögel, aber er hatte die Tochter eines Feuerwerkers geheiratet und erfreute sich allgemein hoher Wertschätzung.

Er sprach mit wohlabgewogenen Worten.

„Wir entwickelten unseren Plan, während die Sonne noch hoch am Himmel stand. Ich prägte mir die Lage von Smathes Hütte ein, setzte meine Taucherbrille auf und tauchte unter die Plattform. Ich habe keine Ahnung, wie viele von euch so etwas bereits gemacht haben, aber man kann dort einfach wunderbar sehen. Das Wasser ist tiefblau; oben befindet sich die weiße Unterhaut und unten kann man die Pflanzenstämme erkennen, die scheinbar im Nichts verschwinden.

Smathes Hütte war kaum fünfundsiebzig Meter vom Rand der Plattform entfernt, und so hatte ich nur eine Strecke zurückzulegen, die mir keinerlei Schwierigkeiten macht. Aber über diese Distanz hin und zurück – nein. Irgendwann würde mir die Luft ausgehen, und ich würde ertrinken, wenn ich nicht ein Loch wie das unter Blasdels Hütte fände. Ich seilte mich an, so daß man mich zurückziehen konnte, falls ich Smathes Hütte verpaßte.

Aber es gab keine Probleme. Siebzig Meter vom Rand der Plattform entfernt sah ich über mir das dunkle Loch und das Horn. Ich stieg auf und zwängte mich durch das Loch. Der Pfropfen war nicht da, und ich bekam genug Luft.

Im Arbeitszimmer befand sich niemand, aber in einem der Nebenräume hörte ich Stimmen, die offenbar von Vrink Smathe und seiner Gattin stammten. Beide beklagten die Rückkehr von Barquan Blasdel, aber Smathes Frau schien außerdem noch wütend darüber zu sein, daß er sich ohne aufzumucken wieder hatte aus seinem Amt entfernen lassen.

Tatsächlich benutzte sie dabei eine Reihe von Ausdrücken, die Frauen aus der Zunft der Fassadenkletterer – ich nehme an, daß sie ihr angehört – eigentlich gar nicht kennen dürften.

Ich zögerte nicht und befestigte das Seil an dem Horn, damit ich auch im Dunkeln den Rückweg wiederfinden würde. Dann kehrte ich zu unserem Boot zurück.

Wir warteten bis zum Abend. Henry Bastaff kehrte in die Taverne von Apprise zurück und hörte den Gesprächen zu. Es deutete aber nichts darauf hin, daß man bereits Konsequenzen gezogen hätte. Sobald wir sahen, daß die Fürbitter sich auf den Weg zu Smathes Hütte begaben, machte ich einen Sprung ins Wasser und zog mich an der Leine entlang, bis ich wieder das Loch von Smathes Arbeitszimmer fand."

An dieser Stelle begannen die Zuhörer einmütig zu schaudern, denn der Gedanke an ein Untertauchen bei Nacht – ganz besonders unter den Pflanzenboden – erfüllte sie mit Schrecken. Ein Vorstoß in die Tiefe unter diesen Umständen war der Alptraum eines jeden Kindes.

Barway fuhr fort: „Ich kam ziemlich früh an. Die Fürbitter waren noch nicht alle versammelt. Vrink Smathe näherte sich dem Horn, um zu lauschen, und mir blieb nichts anderes übrig, als wieder unterzutauchen. Ich hatte nur noch wenig Luft vorrätig, und es ging mir schon ziemlich schlecht. Als er dann auch noch anfing, das Horn um seine Achse zu drehen und es dabei auf mich richtete, wollte ich schon verschwinden. Ich bewegte mich dann aber doch nicht, bis mir klar wurde, daß Smathe sogar Herztöne würde hören können. Ich schwamm also zur anderen Seite des Loches und steckte meinen Kopf hindurch. Smathe stand immer noch an dem Horn und lauschte, aber er sah mich nicht.

Ich pumpte mich mit Luft voll und tauchte erneut hinab." Barway lachte. Die Zuhörer reagierten auf seine Offenbarungen mit gequälten Grimassen. Die Spannung, die die Ratsmitglieder verspürten, schien auch von ihm selbst wahrgenommen zu werden.

„Smathe verließ das Horn. Ich tauchte auf und hörte ihn sagen: ‚Einen Moment lang habe ich ein ganz komisches klopfendes Geräusch gehört.

Aber jetzt ist es wieder verstummt.' Jemand wies darauf hin, daß jemand in der Nähe möglicherweise auf der Plattform herumspränge; Smathe gab sich damit einverstanden. Und dann betrat Blasdel den Raum."

Barquan Blasdel sah sich im Kreis der Fürbitter, die ihre zeremoniellen schwarzen Gewänder trugen, um. Dann wandte er sich an Vrink Smathe und fragte: „Sind Wachen aufgestellt, damit uns niemand belauschen kann?"

„Vor der Hütte stehen vier Lehrlinge mit Laternen. Keiner kann sich ungesehen nähern."

„Gut. Was wir jetzt zu besprechen haben, ist von äußerster Wichtigkeit und darf auf keinen Fall an die Öffentlichkeit dringen.

Zuallererst werden alle anwesenden Fürbitter in ihren Ämtern bestätigt. Vidal Reach, Luke Robinet und ich treten von unseren Funktionen als Fürbitter von Sumber, Parnassus und Apprise zurück und werden von jetzt an die Aufgabe der Leitung der gesamten Fürbitterschaft übernehmen. Ich beuge mich hiermit den zahlreichen Bitten aus eurem Kreis, den Vorsitz der gesamten Fürbitterschaft zu übernehmen. Luke Robinet und Vidal Reach ernenne ich zu meinen Stellvertretern.

Nun aber zur Hauptsache. Trotz des Desinteresses und der Schwerfälligkeit der Bevölkerung können wir es nicht zulassen, daß die Rebellen es weiterhin wagen, in diesem Stadium der Insubordination zu leben. Die Gründe dafür sind zahlreich. Erstens haben sie es gewagt, König Krakon anzugreifen und ihn zu töten; eine entsetzliche Tat. Zweitens haben sie fünfzehn Fürbitter entführt; auch das ist eine verwerfliche Tat. Drittens fällt es ihnen mit jedem Mal leichter, einen Krakon zu töten; sie bereiten bereits jetzt einen Mordanschlag auf den König vor. Viertens bedeutet ihre Existenz – selbst wenn sie sich dazu entschließen sollten, ruhig auf ihren Plattformen zu leben – eine ständige Herausforderung König Krakons und unserer Autorität. Fünftens haben sie mich, Vidal Reach, Luke Robinet und die anderen mit einem Anschlag auf die Position des Fürbitteramtes gedemütigt – und damit euch alle. Wir müssen sie vernichten. Bevor ich fortfahre, möchte ich euch eine Frage stellen: Habe ich eure bedingungslose Unterstützung und Zustimmung in Hinsicht auf die gerade angeführten Punkte?"

Die Zustimmung kam zwar etwas zögernd, fiel aber einstimmig aus.

„Also schlage ich folgendes vor: Wir werden eine Miliz organisieren, die wir die ‚Verteidiger', ‚König Krakons Leibwache' oder ‚Die Volksbeschützer' oder so ähnlich nennen. Die kampffähigen Männer von Neuheim zählen weniger als tausend; möglicherweise sind es sogar nicht einmal mehr als fünfhundert, die einen Kampf durchstehen würden.

Um ihnen die Stirn bieten und sie in jedem Fall besiegen zu können, sollten wir mindestens tausend aktive, starke und fanatische junge Männer rekrutieren. Wir müssen sie im Gebrauch von Waffen unterweisen und – was noch wichtiger ist – ihnen eine Gehirnwäsche verpassen, damit sie jegliches Mitleid und auch ihre Abneigung gegen Gewalt vergessen. An den gleichen Gedanken müssen gleichzeitig auch wir uns gewöhnen. Ich weiß, daß wir damit im Widerspruch zu unseren ältesten Traditionen stehen, aber in diesem Fall haben wir keine andere Wahl.

Wenn die Truppen ausgebildet und ausgerüstet sind, werden wir mit einer Flottille aufbrechen, um das Reich der Rebellen zu übernehmen und sie unter unsere Knute zu zwingen. Die radikalsten und widerspenstigsten Rebellen werden wir ohne Gnade behandeln, der Rest soll in Schande wieder in die alte Heimat zurückgebracht und einer niedrigen, noch zu gründenden neuen Kaste eingegliedert werden. Das wird allen eine Lehre sein! Damit wird die Macht König Krakons wieder gefestigt sein – und damit erlangen auch wir wieder das alte Prestige zurück, das uns zusteht!“

Barway hatte die Äußerungen Barquan Blasdels nahezu wörtlich wiedergegeben. Anschließend kam es zu einer allgemeinen Diskussion. Keiner der Fürbitter hatte Blasdels Plänen ernsthaften Widerstand entgegengesetzt. Alle anschließenden Fragen hatten sich lediglich auf das Wie und Wann bezogen.

„Haben sie einen Zeitplan aufgestellt?“ fragte Phyral Berwick.

„Ich nehme an, daß sie auf der Stelle mit der Arbeit begonnen haben.“

„Das hatte ich beinahe schon erwartet.“ Phyral Berwick stieß einen tiefen Seufzer aus. „Also werden sie Furcht, Schmerz und Brutalität auf unseren Plattformen verbreiten. Es sieht so aus, als ob wir trotz unseres Erbes nicht viel besser sind als die Leute, die die Außenwelten bewohnen.“

Sklar Hast sagte: „Wir müssen Gegenmaßnahmen ergreifen. Zunächst gibt es einmal keinen Grund mehr, die restlichen Fürbitter gefangenzuhalten. Am besten geben wir ihnen jetzt ein Boot und lassen sie nach Hause fahren. Somit werden sie zumindest nichts von unseren Plänen erfahren.“

„Aber welche Pläne haben wir denn?“ fragte Arrel Sincere niedergeschlagen.

Sklar Hast dachte nach. „Wir haben eine ganze Reihe von Möglichkeiten. Wir könnten eine eigene Miliz aufstellen und auf unsere eigene Findigkeit und Stärke bauen. Ich fürchte aber, daß wir irgendwann, nach einem großen Blutvergießen, geschlagen würden.

Wir könnten natürlich auch unsere Sachen packen und noch weiter in die See hinaus fliehen und uns nach anderen Plattformen umsehen. Aber das ist kein angenehmer Gedanke. Wir können versuchen, König Krakon umzubringen – aber dann würden sie uns immer noch angreifen. Dann besteht noch die Möglichkeit, unsere Gegner mit der Strategie zu schlagen, über die ich nur unklare Vorstellungen habe . . . Auf alle Fälle müssen wir in der Zwischenzeit die alte Heimat genauestens im Auge behalten."

15

Auf der Welt, die keinen Namen hatte, gab es keine Jahreszeiten und keine Klimaveränderungen, ausgenommen jene, auf die man stieß, wenn man sich in andere Breitengrade hinauswagte. Längs der äquatorialen Kalmenzone, in der die Seepflanzen in großer Anzahl wuchsen, war jeder Tag wie der vorhergehende, und das Ende eines Jahres konnte man lediglich dann ablesen, wenn man den nächtlichen Sternenhimmel beobachtete. Obwohl die Menschen kein sonderliches Bedürfnis nach einer genauen Zeitrechnung besaßen, hatten sie die Tage doch numeriert und verliehen jedem Jahr den Namen eines herausragenden Ereignisses.

Eine Zeitspanne von zweiundzwanzig Jahren bezeichnete man als „Stoß", und so erhielt beispielsweise der 349. Tag des zehnten Stoßes die Bezeichnung „Das Jahr von Malvinons Tieftauchrekord". Die Zeitberechnung lag beinahe ausschließlich in den Händen der Schreiber, denn für den größten Teil des Volkes war das Leben so klar und so mühelos wie die weite wiesenartig wirkende blaue See am Mittag.

König Krakons Angriff auf die Tranque-Plattform hatte gegen Jahresende stattgefunden, woraufhin man das vergangene Jahr als „Tranques Schmach" bezeichnete. Niemand zweifelte daran, daß das folgende irgendwann einmal „Das Jahr des Auszugs der Abtrünnigen" genannt werden würde.

Während die Tage vergingen und das Jahr seinem Scheitelpunkt entgegenstrebte, unternahm Barquan Blasdel alle Anstrengungen, um die allmählich einschlafende Erinnerung an das, was ihm widerfahren war, wachzuhalten. Jeden Abend konnte man die Signaltürme eine Botschaft des Fürbitters ausstrahlen sehen: „Wachsamkeit ist notwendig! Die Abtrünnigen werden von Männern schmutzigen Charakters angeführt! Sie verhöhnen die Majestät König Krakon und verachten diejenigen, die die alten Traditionen bewahren – und ganz besonders die Fürbitter! Sie müssen bestraft werden und eine Lehre erhalten. Sollten sie es wagen, uns anzugreifen, was ihrem größenwahnsinnigen Charakter entsprechen würde, müssen wir sie in die See zurücktreiben. Es gibt keine andere Wahl! König Krakons Leibwache."

Auf einer Versammlung der Prominenz hielt Blasdel eine Rede mit großem Ernst, wies auf die Ziele der Rebellen hin und wurde dabei wärmstens von jenen Fürbittern unterstützt, die man inzwischen freigelassen hatte und die in die alte Heimat zurückgekehrt waren.

„Können wir es zulassen, daß sie ihre verderbliche Lebensphilosophie auch hier verbreiten?" verlangte er zu wissen. „Tausendmal nein! König Krakons Leibwache wird wie ein Mann handeln, wenn es gilt, die angriffswütigen Rebellen zu vernichten. Wenn man sich dazu entschließen sollte, das Gewürm auszuräuchern, wäre sie die erste, die dabei Hand anlegte!"

Emacho Feroxibus, der Älteste der Seiler von Quatrefoil, ließ sich von Blasdels Heftigkeit jedoch nicht beeindrucken. „Laßt sie doch in Ruhe", brummte er. „Ich kenne viele dieser Leute; eine ganze Reihe von ihnen entstammen ehrenwerten Zünften und haben einen guten Charakter. Es besteht nicht einmal der Anschein, daß sie vorhaben, über die alte Heimat herzufallen. Solch eine Vorstellung ist absurd, und solange sie uns nicht belästigen, gibt es keinen Grund, weshalb wir dies mit ihnen tun sollten.

Niemand sollte das Risiko eingehen, wegen einer solchen Sache zu ertrinken."

Barquan Blasdel zügelte sein Temperament und holte zu einer sorgfältigen Erklärung aus. „Die Sache ist viel komplexer, als du sie darstellst. Es handelt sich bei diesen Leuten um eine Gruppe, die sich der Pflicht, König Krakon Opfer zu bringen, durch die Flucht entzogen hat. Wenn man ihnen erlaubt, vor sich hinzuleben und zu wachsen, ohne daß sie gezwungen sind, einen Teil ihrer Einkünfte abzugeben, werden unsere Leute eines Tages fragen: Warum können wir es ihnen nicht gleichtun? Wenn aus der Sünde des Krakontötens eine ordinäre Sportart wird, wo bleibt da unser ehrwürdiges Amt? Wo bleibt die Beständigkeit? Wo der Gehorsam gegenüber der Hohen Autorität?"

„Das mag schon richtig sein", sagte Providence Dringle, der

Signalmeister von Socialis, „aber dennoch fiele in einem Fall wie diesem die Heilung schlimmer aus als die Krankheit selbst. Und um mal ein ketzerisches Argument in die Diskussion zu bringen: Ich muß sagen, daß die Wohltaten, die wir von der Hohen Autorität erhalten, bei weitem nicht den Preis aufwiegen, den wir ihr zahlen."

Blasdel zuckte schockiert zusammen und unterschied sich in diesem Verhalten nicht von dem seiner Fürbitterkollegen.

„Darf ich fragen, was du damit meinst?" fragte er eisig.

„Ich meine damit, daß König Krakon sechs bis sieben Scheffel der feinsten Schwämme täglich verzehrt. Er übt seine Herrschaft aus, indem er die Plattformen umrundet, das stimmt. Aber was haben wir denn wirklich von den kleineren Krakons zu befürchten? Du hast uns doch selbst gesagt, daß die Abtrünnigen eine Apparatur konstruiert haben, mit deren Hilfe sie jeden Krakon mit Leichtigkeit töten können."

Mit unbewegten Gesichtszügen erwiderte Blasdel: „Es ist mir unmöglich zu übersehen, daß deine Anmerkungen sich absolut mit den verwerflichen Ansichten der Renegaten decken, über die hier auf dem Rechtsweg befunden werden soll."

„Rechne nicht mit meiner Hilfe", sagte Providence Dringle.

„Und auf meine auch nicht", sagte Emacho Feroxibus. „Aber ich möchte nicht versäumen, darauf hinzuweisen, daß in früheren Zeiten jede Plattform nur über einen Fürbitter verfügte. Jetzt gibt es auf einigen schon zwei, und von der Gruppe der uniformierten Raufbolde, die ihr trainiert, will ich gar nicht erst reden."

„Es ist eine traurige Sache", sagte Barquan Blasdel mit tieftrauriger Stimme, „wenn man mit ansehen muß, wie ein Mann, dessen Fähigkeiten und dessen orthodoxer Glaube allgemein bekannt sind, so plötzlich der Senilität anheimfällt. Emacho Feroxibus, sprich weiter! Sei versichert, daß dir jedermann aus Respekt vor deinem hohen Alter und deinem guten Ruf zuhören wird. Rede, was du willst."

Emacho Feroxibus' Gesicht wurde rot vor Zorn. „Du doppelzüngiger Schmutzfink", fauchte er. „Wenn ich nicht gegen jegliche Gewalt wäre, würde ich dir mit meinem Fäusten zeigen, wie senil ich bin!"

Kurz darauf wurde die Versammlung abgebrochen.

König Krakons Leibwache war eintausend Mann stark. Untergebracht und ausgebildet wurde sie auf Tranque, jener Plattform, die die Bevölkerung nicht wieder bewohnbar hergerichtet hatte. Die Männer trugen schmucke Uniformen, die äußerlich den Gewändern der Fürbitter glichen und vorne schwarz und hinten weiß waren. Auf der Brust trugen sie aufgenähte Embleme, die ein Abbild König Krakons zeigten. Sie trugen Helme aus laminierter Unterbodenhaut und gefirnister Fischhaut, die von der Rückenfinne eines Graufisches geziert wurden. Als Waffen trugen sie Lanzen aus Weidenruten, deren Spitzen aus härtestem Stammholz bestanden, dazu Dolche von ähnlicher Qualität. Pfeil und Bogen besaßen sie nicht, weil keine der Materialien, die man auf den Plattformen oder in der See fand, genügend widerstandsfähig waren. Man hatte zwar einen Pfeilwerfer ausprobiert, aber seine Zielgenauigkeit war so armselig, daß man ihn wieder ausrangieren mußte.

Die Leibwache war, obwohl sich in ihr Männer aus allen Zünften befanden, hauptsächlich aus denjenigen zusammengesetzt, deren Karriere nicht den erwarteten Verlauf genommen hatte. Unter ihnen befanden sich auch viele Arbeitsscheue. Die übrigen Plattformbewohner betrachteten die Leibwächter mit gemischten Gefühlen, denn die Männer stellten für das normale Funktionieren der Ökonomie eine nicht unbeträchtliche Belastung dar, zumal sie viel aßen und nichts produzierten. In der Zwischenzeit schien auch König Krakon von Tag zu Tag größer und gefräßiger zu werden, und man begann die Nützlichkeit seiner Leibwache – wie überhaupt jeglicher Truppenkontingente – fortgesetzt in Frage zu stellen. Nur wenige waren der von den Fürbittern verbreiteten Ansicht, daß die Abtrünnigen einen Überfall auf die alte Heimat planten.

Dennoch veranstalteten die Leibwächter ständig bedrohlich wirkende Paraden, marschierten in zwanzig Mann starken Kommandos hin und her oder jagten ihre neuen Zwölf-Mann-Boote über die See, wenn König Krakon gerade nicht in der Nähe war. Die Fürbitter, die offenbar keine Ahnung hatten, wie König Krakon auf die Truppen reagieren würde, wenn er sie bemerkte, hatten die Existenz seiner „Leibwächter“ vor seinen Augen verborgen gehalten, daß er nichts gegen sie unternehmen würde, wenn er von ihrem Ziel erfuhr.

Barquan Blasdel, der Kommandant der Leibwache, trug eine Uniform, die noch weitaus auffälliger war als die seiner Männer: ein in Schwarz und Weiß zweigeteiltes Gewand, das an den Knöcheln zusammengebunden, mit Knöpfen aus poliertem Bindelban und purpurnen Epauletten versehen war, die die Kinnbacken des Krakon symbolisierten. Ein purpurner Helm in Form eines Krakonmauls mit imitierten Fühlern vervollkommnete seine Ausrüstung. Er bot einen wahrhaft fürchterlichen Anblick.

Täglich wurde die Truppe gedrillt: Laufen, Springen, Speerwerfen auf dafür bestimmte Ziele, Boote zu Wasser lassen und das Anlegen an einer Plattform. Und täglich hörten sie auch Barquan Blasdels Tiraden zu, in denen er alles Übel der Welt auf die Rebellen herabrief und die Verwerflichkeit ihres Handelns brandmarkte. Täglich veranstalteten die Leibwächter ein Ritual, das ihre Verbundenheit mit der Unterwürfigkeit gegenüber König Krakon ausdrückte, dem sie, vor allem, was die Bekämpfung jener, die ihn schmähten, anging, absoluten Gehorsam schworen. Der größte Teil der wichtigen Persönlichkeiten auf den Plattformen offenbarte im privaten Kreis, daß man mit der Aufstellung der Truppe nicht einverstanden sei, und schließlich war Emacho Feroxibus der erste, der dazu aufrief, gegen die Leibwächter etwas zu unternehmen. Kurz darauf tauchte König Krakon bei Quatrefoil auf, wo Feroxibus lebte, blieb vier Tage dort und schlug sich den Bauch mit den köstlichsten Schwämmen voll. Angesichts der nun leeren Schwammpfähle bat die Bevölkerung Feroxibus inständig, mit seinen Ansichten ein wenig mehr hinter dem Berg zu halten, aber er stieß einen Fluch gegen Barquan Blasdel, einen weiteren auf seine Schergen und einen dritten – dies war der schlimmste von allen – gegen König Krakon aus. Dann zog er sich zurück, ein kraftloser und verbitterter Mann, und verschwand in seiner Hütte.

Bald darauf verließ König Krakon Quatrefoil, und drei Tage später wurde der Körper von Emacho Feroxibus treibend in der Lagune gefunden. Obwohl alles darauf hindeutete, daß er Selbstmord begangen hatte, erhoben sich Stimmen, die sich weigerten, daran zu glauben, daß der alte Mann in seinem Kummer keinen anderen Ausweg mehr gesehen habe, als sich blindlings ins Wasser zu stürzen.

Einige Leute begannen über die seltsamen Umstände seines Todes zu flüstern, aber auch sie hüteten sich davor, ihre Zweifel allzu laut zu verkünden. Wenn ihre Vermutung der Wahrheit entsprach, konnte man Emacho Feroxibus' Tod nur als Warnung auffassen.

Schließlich kam der Tag, an dem Barquan Blasdel zu der Ansicht gelangte, die Leibwächter seien nun gut genug ausgebildet, um ihrem Zweck gerecht zu werden. Und von da an ging auf Tranque folgende Flüsterpropaganda um: „In einer Woche!"

Eine Woche später, bei Sonnenuntergang, trat Barquan Blasdel, angetan mit seiner Prunkuniform, zu den gespannt und erwartungsvoll angetretenen Männern hinaus und musterte die Truppe im Schein der Fackeln.

„Tapfere Mitglieder der unbesiegbaren Leibwache!" trompetete er. „Der Tag ist gekommen! Die Lumpen von Neuheim stellen für uns eine Bedrohung dar, die wir nicht mehr länger tolerieren können. Schon jetzt erheben sich auf unseren herrlichen Heimatplattformen flüsternde Stimmen, die mit Sympathie von den verwerflichen Kreaturen aus dem Osten reden! Wir müssen sie auf den rechten Weg zurückführen, wenn möglich mit Überredung, wenn es jedoch nicht anders geht, dann mit Gewalt! Wir stehen unter einem guten Stern! König Krakon hat uns in seiner Gnade die Erlaubnis erteilt, dieses Gebiet zu verlassen und den Ozean zu durchqueren. Er befindet sich in der Nähe von Helikon. Und jetzt – bemannt die Boote! Ergreift eure Lanzen! Steigt ein, wir segeln nach Osten!"

Die Leibwächter stießen einen lauten und heiseren Jubelschrei aus. Rasch beluden sie die Boote und sprangen freudig erregt an Bord. Sie stießen sich von Tranque ab und tauchten die Ruder ins Wasser. Unter Freudengebrüll paddelten sie gen Osten.

Der Morgen graute, und das Wasser reflektierte die Farbe silberner Asche, bis die Morgenbrise einsetzte. Große, pflaumenblaue Segel wurden gesetzt. Der Wind blies sie auf, und die Ruder wurden eingeholt. Die Leibwächter ruhten sich aus. Neunzig Boote segelten über den morgendlichen Ozean dahin. Sie waren lang, schwarz-purpurn angemalt, und ihre Segel zeigten das Abbild eines schwarz-weißen Krakons. In jedem Boot drängten sich zwölf Männer, die schwarzweiße Gewänder und dunkle Helme mit stacheligen Kämmen trugen.

Da sie direkt in die Strahlen der aufgehenden Sonne hineinsegelten, konnten sie die Boote, die vor ihnen auf sie warteten, auch nicht sofort erkennen. Erst als die Brise sich abschwächte und die Sonne höher gestiegen war, erkannte man sie einen Kilometer entfernt im Osten: zehn Boote von seltsamem Aussehen. Die waren doppelt so lang wie die der Leibwächter, und jedes einzelne von ihnen trug eine Besatzung von zwanzig Mann. In einer Linie versperrten sie der Flottille der Leibwächter den Weg nach Osten. Das Flaggschiff, das von sechzehn Mann gerudert wurde, schob sich langsam heran. An seinem Bug stand Sklar Hast.

Er winkte dem ersten Boot der Leibwächter-Armada zu und rief: „Wer seid ihr, und was ist euer Ziel?"

Barquan Blasdel richtete sich auf. „Sklar Hast! Du wagst es, deine Boote derart nahe an die alte Heimat heranzuführen?"

„Wir sind gekommen, um euch zu treffen."

„Dann habt ihr eure letzte Fahrt gemacht. Unser Ziel ist Neuheim; wir sind gekommen, um über euch zu richten."

„Kehrt um", erwiderte Sklar Hast. „Dies ist eine Warnung! Wenn ihr näherkommt, seid ihr des Todes!"

Barquan Blasdel gab den anderen Booten ein Zeichen. „Vorwärts! Die Lanzen bereit! Entert ihre Boote; tötet sie oder nehmt sie gefangen!"

„Bleibt, wo ihr seid!" brüllte Sklar Hast. „Nehmt endlich Vernunft an, ihr Narren! Glaubt ihr etwa, wir seien hilflos? Kehrt um und rettet euer Leben!"

Die Boote der Leibwächter preschten vor. Barquan Blasdels Einheit scherte nach der Seite aus, um dem Kommandanten die Möglichkeit zu geben, die Schlacht zu leiten. Als die beiden Flotten nur noch eine Distanz von dreißig Metern trennte, sprangen die Männer in den wartenden Booten plötzlich auf und hoben aus Krakonknochen hergestellte Bogen. Sie zielten und feuerten Salven brennender Pfeile ab, an deren Spitzen kleine Säckchen hingen, die bei jedem Treffer aufplatzten und Öl verspritzten.

Bereits nach der ersten Salve standen zwanzig der schwarz-purpurn gestrichenen Boote der Leibwächter in Flammen. Die zweite Angriffswelle brachte ihre Anzahl auf vierzig. Die ausgedörrten und mit gefirnister Unterbodenhaut bestrichenen Weidenruten brannten wie Zunder, und die Leibwächter sprangen, Angstschreie ausstoßend, ins Meer. Die dreißig noch unbeschädigten Boote zogen sich zurück und wendeten. Barquan Blasdels Flaggschiff befand sich bereits außer Reichweite.

Sklar Hast ignorierte das Mitleid seines Herzens und gab ein Zeichen. Wieder setzte eine Salve von Brandpfeilen zehn Boote in Flammen, und mit einer beinahe unglaublichen Schnelligkeit war damit die stolze schwarze Flotte von König Krakons Leibwächtern vernichtet.

„Vorwärts!“ befahl Sklar Hast. „Noch eine Salve. Wir müssen sie jetzt ein für allemal schlagen!“

Zögernd – denn jeder weitere Schlag erschien ihnen wie ein schieres Gemetzel – sandten die Bogenschützen eine weitere Salve von Brandpfeilen los, die allerdings entweder aufgrund der steigenden Entfernung oder der Unlust der Kämpfer nur noch acht Boote in Flammen aufgehen ließ.

Überall trieben brennende Gegenstände umher. Als die Boote sanken, löste sich ihre Ladung und trieb auf dem Wasser dahin. Viele der Überlebenden griffen danach und hielten sich fest.

Sklar Hast gab einen weiteren Befehl, und die Flotte von Neuheim ließ das Schlachtfeld hinter sich. Langsam machten sich jene Boote, die keinen Treffer abbekommen hatten, auf den Heimweg. Ladegut und Waffen wurden über Bord geworfen, um die Schiffe leichter zu machen, und schwimmende Leibwächter nahm man nur dann auf, wenn ihr Gewicht die Kapazität der Boote nicht überstieg. Denjenigen, die hinter der Flotte herschwammen, warf man Leinen zu.

Schwerfällig, Dutzende von Männern hinter sich herziehend, überquerten die Boote der Leibwächter die See und wandten sich Tranque zu.

Von den neunzig stolzen Schiffen, die ausgezogen waren, existierten nur noch zwanzig.

Von eintausend Leibwächtern hatten nur fünfhundert überlebt.

Sklar Hast lauschte an dem Unterwasserhorn, entdeckte jedoch keinen Hinweis darauf, daß König Krakon sich in der Umgebung aufhielt. Er gab seinen Ruderern einen Befehl, und die Neuheim-Flotte machte sich an die Verfolgung der träge dahingleitenden gegnerischen Schiffe. Um Barquan Blasdels Niederlage noch offensichtlicher zu machen, gingen die Neuheim-Schiffe, als die Boote der Leibwächter sich Tranque näherten, eng an sie heran und feuerten eine Brandpfeilsalve ab, die den Flüchtlingen auch noch ihr letztes Gefährt nahm. Alle, Barquan Blasdel nicht ausgenommen, waren daraufhin gezwungen, die letzten hundert Meter nach Tranque schwimmend zurückzulegen.

Am nächsten Tag wurde auf Apprise eine Versammlung einberufen, die diesmal gänzlich ohne die üblichen Vorreden stattfand. Morse Swin, der Schiedsmann, ein ehemaliger Assistent Phyral Berwicks, ein blonder Mann mit langsamer Sprechweise, bestieg die Rednertribüne. „Gestern fand eine große Tragödie statt. Es war eine äußerst sinnlose Tragödie, und jetzt benötigen wir all unsere Weisheit, um mit der gegenwärtigen Situation fertig zu werden. Eines ist jedoch sicher: Vorwürfe wären sinnlos. Die Sinnlosigkeit eines Angriffs auf Neuheim hat sich klar und deutlich herausgestellt, und es ist höchste Zeit, daß diese sogenannten Leibwächter ihren Anspruch, ihre Einbildung oder ihre Überheblichkeit – wie auch immer man ihren Charakter bezeichnen will – aufgeben. Ich habe gehört, daß man sie schon alles mögliche genannt hat. Auf jeden Fall ist es an der Zeit, daß diese untätigen Männer sich ihrer Uniformen entledigen und wieder an ihre Arbeit zurückkehren."

Barquan Blasdel sprang auf. „Habe ich richtig gehört?" fragte er mit eiskalter Stimme.

Morse Swin sah ihn überrascht an. „Ich möchte den Fürbitter darauf hinweisen, daß ich es bin, der derzeit das Wort hat. Wenn ich fertig bin, magst du sagen, was du willst."

„Ich werde nicht zulassen, daß du von dort oben aus hochmütigen Unsinn verbreitest. Ich rechnete damit, eine aufrüttelnde Rede zu hören, die jedem klarmacht, was von nun an unsere vorrangigen Ziele sein müssen – die totale Vernichtung der Rebellen!"

„Wenn du dich ein wenig gedulden würdest, Fürbitter, würde ich gerne mit meiner Rede fortfahren. Ich habe natürlich andere Ansichten als du, was die momentane Lage angeht. Wir haben unsere eigenen Probleme – sollen die Bewohner von Neuheim mit den ihrigen allein fertig werden."

Aber Barquan Blasdel ließ nicht locker.

„Und wenn sie uns angreifen?"

„Sie haben in dieser Hinsicht keinerlei Absichten gezeigt. Wenn sie wirklich die Absicht hätten, uns anzugreifen, hätten sie niemals zugelassen, daß du mit deinen überlebenden Leuten nach Tranque zurückkehren konntest. Du solltest dankbar sein, daß das Schicksal dich noch einmal verschont hat, und dich den Realitäten anpassen. Ich werde mir derartige abenteuerliche Vorschläge nicht weiter anhören. Die Truppen müssen aufgelöst werden. Die Männer sollen wieder selbst für ihren Lebensunterhalt sorgen. Das ist meine Meinung, und ich bitte die Versammlung, mir darin zuzustimmen. Wer hat die gleichen Ansichten?"

Man pflichtete ihm lebhaft bei.

„Wer sieht die Sache anders?"

Die Antwort bestand aus einem Gemurmel, das zwar zahlenmäßig weniger beeindruckend als das vorherige, dafür aber weitaus stärker ermotional gefärbt war.

Hauptsächlich widersprachen die Fürbitter und Leibwächter, die, angetan mit Uniformen und Helmen, der Versammlung beiwohnten, Morse Swins Ansichten.

Swin nickte mit seinem schweren Schädel. „Damit scheint das allgemeine Urteil der Versammlung gefällt zu sein. Möchte trotzdem noch jemand das Wort ergreifen?"

Barquan Blasdel erkletterte die Rednertribüne. Er legte beide Hände auf das Podium und ließ einen finsteren Blick über die Versammlung schweifen. „Diejenigen, die sich Morse Swins Ansicht angeschlossen haben, sind voreilig gewesen. Ich werde euch nachher noch einmal fragen, was ihr wirklich wollt.

Ich möchte auf drei Punkte hinweisen.

Erstens: Die gestrige Niederlage war unbedeutend. Wir werden siegen, daran gibt es keinen Zweifel. Ist nicht König Krakon auf unserer Seite? Nachdem wir einige Verluste erlitten hatten, haben wir uns zurückgezogen, das entspricht der Wahrheit. Aber wißt ihr, weshalb das notwendig war? Weil sich auf diesen Plattformen hier – und möglicherweise sogar in dieser Versammlung – Spione herumtreiben; niederträchtige, widerliche Kreaturen der gemeinsten und widernatürlichsten Art, die man sich nur vorstellen kann! Wir waren auf keinen nennenswerten Widerstand vorbereitet. Wir setzten die Segel, aber die Spione hatten unsere Gegner bereits informiert! Die Rebellen hatten genügend Zeit, um uns in einen Hinterhalt zu locken. Was für Unholde müssen sie sein, daß sie sich erdreisten, wehrlose Boote mit Feuer zu bewerfen! Unsere ertrunkenen Kameraden werden gerächt werden, das versichere ich euch! Spreche ich nicht die Wahrheit, meine Kameraden Leibwächter?"

Die Uniformierten brüllten: „Die reine Wahrheit!"

Blasdels Blick glitt langsam über die Köpfe der Zuhörerschaft dahin.

„Morse Swin hat soeben von Realitäten gesprochen. Er selbst verhält sich aber wirklichkeitsfremd. König Krakon ist zwar gnädig, im Moment aber ist er zornerfüllt. Er ist die Macht und die Kraft! Wir können uns ihm nicht versagen! Er hat befohlen, daß seine Leibwächter handeln, er hat ihnen scharfe Waffen aus härtestem Holz gegeben und ihnen den Rücken gestärkt. Die Leibwächter handeln ganz in seinem Sinne. Sie sind Männer von festem Glauben; sie sind geduldig und hilfsbereit wie König Krakon; aber wie er sind auch sie schrecklich in ihrem Zorn. König Krakons Leibwache darf nicht aufgelöst werden! Sie kennt den Pfad der Tugend, der dem Willen König Krakons entspricht; und dem können wir uns nicht versagen! Wenn ein Leibwächter spricht, spricht er mit der Stimme und dem Willen des Königs, also nehmt ihm gegenüber keine entgegengesetzte Haltung ein und vergeßt nicht, ihm zu gehorchen! Denn das erste, was jeder zu fürchten hat, sind spitze Waffen wie Lanzen und Dolche, und das zweite ist der Ursprung aller königlichen Ehrfurcht: König Krakon selbst. Ich, sein Fürbitter und höchster Leibwächter, versichere euch, daß dies eine ‚realistische' Situation ist. Und wer sollte es schon besser wissen?

Wir treten nun ein in eine Zeit des Notstandes! Jeder muß nun seinen Blick gen Osten richten, zu den Plattformen der Rebellen. Wir müssen unseren Geist stählen und das bequeme Leben, das wir bisher geführt haben, vergessen, bis die Rebellen vernichtet sind und der Notstand beendet ist.

Aber während dieser Notstandssituation brauchen wir einen starken Führer, der in der Lage ist, erfolgreich all unsere Bemühungen zu koordinieren. Obwohl ich alles versucht habe, dieser verantwortungsvollen Verpflichtung zu entgehen, bestehen meine Freunde darauf, daß ich es sein soll, der diese schwere Bürde zu tragen hat. Mit aller Bescheidenheit erkläre ich deshalb meine Bereitschaft, dieses persönliche Opfer auf mich zu nehmen. Ich rufe hiermit den Notstand aus und ernenne mich zu eurem absoluten Führer. Ich würde mich freuen, von euch nun ein uneingeschränktes und einstimmiges Wort der Zustimmung zu hören."

Die Leibwächter und Fürbitter stießen ein begeistertes Brüllen aus, aber die übrigen Leute begannen mit versteinerten Gesichtern empört vor sich hinzumurmeln.

„Ich danke euch", sagte Barquan Blasdel. „Die Einmütigkeit der Abstimmung wird ihren Niederschlag im Tagungsprotokoll finden. Die Versammlung ist damit beendet. Wenn die Umstände es erlauben und die Notstandssituation beendet ist, werde ich dies bekanntgeben und eine neue Versammlung einberufen. Kehrt jetzt auf eure Heimatplattformen zurück. Bald werdet ihr Instruktionen erhalten, die euch sagen, wie ihr König Krakon am besten dienen könnt."

Zornrot sprang Morse Swin auf.

„Einen Augenblick! Bist du verrückt geworden? Was fällt dir ein, von der traditionellen Verfahrensweise abzuweichen? Du hast nicht einmal nach den Gegenstimmen gefragt!"

Barquan Blasdel gab einer kleinen, in der Nähe befindlichen Gruppe von Leibwächtern einen Wink. Zehn der Männer kamen nach vorn, packten Morse Swin bei den Ellbogen und schleppten ihn weg. Er trat und schlug um sich, bis einer der Leibwächter ihm mit dem Knauf seines Dolches auf den Kopf schlug.

Barquan Blasdel nickte befriedigt. „Ich habe deswegen nicht nach Gegenstimmen gefragt", sagte er leise, „weil die Abstimmung einstimmig für mich ausfiel. Die Versammlung ist hiermit beendet."

16

Henry Bastaff beschrieb den Ausgang der Versammlung einer schweigenden Gruppe bekannter Persönlichkeiten auf Neuheim. „Es gab nicht einmal den Anschein einer Opposition. Die Leute waren mutlos. Der alte Emacho Feroxibus ist tot, und Morse Swin hat man einfach überfahren. Die Leute reagierten wie gelähmt, und die Situation war einfach zu phantastisch, um glaubhaft zu sein. Niemand wußte, ob man über das, was sich vor aller Augen abspielte, lachen oder weinen oder die Leibwächter mit den nackten Händen angreifen sollte. Sie taten nichts. Sie standen auf und kehrten in ihre Hütten zurück."

„Und jetzt beherrscht Barquan Blasdel die alte Heimat", sagte Phyral Berwick.

„Und zwar mit äußerster Strenge."

„Das heißt also, daß wir einen zweiten Angriff zu erwarten haben."

Henry Bastaff bestätigte diese Annahme. „Daran gibt es nicht den geringsten Zweifel."

„Aber in welcher Form? Sie werden doch nicht noch einmal einen Überfall riskieren!"

„Was das anbetrifft, kann ich nichts sagen. Vielleicht haben sie vor, Boote zu bauen, die mit Schilden ausgerüstet sind, um die Brandpfeile abzuwehren. Vielleicht entwickeln sie sogar ein System, das es ihnen selbst erlaubt, Brandpfeile zu verschießen."

„Mit Brandpfeilen würden wir schon fertig", sagte Sklar Hast. „Wir könnten dazu übergehen, unsere eigenen Boote mit Krakonhaut zu bespannen statt mit Unterbodenhaut. Das wäre keine große Bedrohung . . . Ich kann mir aber nicht vorstellen, wie Blasdel hoffen kann, uns zu schlagen. Und doch glaubt er zweifellos daran, daß er es kann."

„Wir müssen unsere Beobachtungen auf alle Fälle fortsetzen", sagte Phyral Berwick, „das ist offensichtlich." Er schaute Henry Bastaff an. „Bist du bereit zurückzukehren?"

Bastaff zögerte. „Das Risiko ist groß. Blasdel weiß, daß wir ihn beobachten. Seine Leibwächter werden jetzt ungeheuer wachsam sein . . . Ich glaube, daß wir die besten Informationen dadurch erlangen, daß wir uns wieder von unten an seine Hütte heranschleichen und ihn durch das Loch belauschen. Wenn Barway und Maible zurückkehren wollen, werde ich sie begleiten."

Phyral Berwick klopfte ihm auf die Schulter. „Du besitzt unsere Verehrung und Dankbarkeit! Denn jetzt hängt unser aller Leben nur noch von deinen Informationen ab!"

Vier Tage später nahm Roger Kelso Sklar Hast wieder zur Aufschrei-Plattform mit, wo er ihm erneut eine Apparatur zeigte, deren Funktion Sklar Hast absolut unklar war. „Nun wirst du sehen, wie man elektrischen Strom herstellt", erklärte Roger Kelso.

„Was denn", fragte Sklar Hast, „mit diesem Apparat?" Er musterte die plumpe Vorrichtung. Eine zehn Zentimeter dicke, ausgehöhlte Holzröhre, die etwa acht Meter lang war, ragte, gestützt von einem Gerüst, in die Luft. An ihrem unteren Ende befand sich eine längliche Kiste, die feuchte Asche zu enthalten schien. Beide Kistenenden waren mit je einer Schicht gepreßten Kohlenstoffs versehen, in der Kupferdrähte steckten.

„Es ist natürlich ein ziemlich primitives Gerät, das wenig kann und von keiner großen Effizienz ist", sagte Roger Kelso. „Es erfüllt aber unsere momentanen Bedürfnisse, das heißt, es produziert Elektrizität mit Hilfe von Wasserdruck. Brunet hat es in seinen Aufzeichnungen beschrieben. Er nennt dieses Gerät eine ‚Rous-Maschine' und den Prozeß selbst ‚Kataphorese'. Das Rohr ist mit Wasser gefüllt, das gezwungen wird, durch den Schlamm zu laufen, der hier eine Mischung aus Asche und Meeresschlick ist. Das Wasser trägt eine elektrische Ladung, die es während des Durchgleitens an den pulverisierten Kohlenstoff abgibt. Auf diese Weise erhalten wir eine kleine, aber beständige Stromquelle. Wie du vielleicht schon vermutet hast, habe ich die Apparatur bereits ausprobiert und kann deswegen aus Erfahrung sprechen."

Er wandte sich um und winkte seinen Helfern. Zwei Klemmen schlossen die Aschenkiste, dann bestiegen die Männer das Gerüst und gossen eimerweise Wasser in die Röhre. Kelso verband die Drähte zu einer Spule von mehreren Dutzend Wicklungen. Dann zeigte er Sklar Hast einen Teller. Auf einem Stück Rinde lag eine kleine Eisenstange.

„Ich habe das Eisen bereits ‚magnetisiert'", sagte er. „Siehst du, wie es nach Norden zeigt? Ein solches Ding nennt man ‚Kompaß'. Man kann es zum Navigieren verwenden. Jetzt schiebe ich es an den Rand der Rinde. Schau, wie es zittert! Die Drähte haben bereits Elektrizität aufgenommen!"

Sklar Hast war sehr beeindruckt. Kelso fuhr fort: „Der Prozeß befindet sich noch in einem primitiven Stadium. Ich hoffe, irgendwann Pumpen bauen zu können, die vom Wind angetrieben werden, um das Wasser zu bewegen. Vielleicht können wir sogar einen Generator bauen, den der Wind antreibt, wenn wir erst einmal etwas mehr Metall haben. Aber selbst diese Rous-Maschine öffnet uns ungeahnte Möglichkeiten. Mit Elektrizität können wir das Seewasser zerlegen, ihm die Salzsäure entziehen und anderes mehr. Die Salzsäure kann man dazu verwenden, noch stärkere elektrische Ströme zu erzeugen – wenn es uns gelingt, mehr Metall anzuhäufen. Ich habe mich oft gefragt, auf welche Weise die Wilden ihr Kupfer produzieren. Töten sie die jungen Krakons? Diese Frage läßt mich einfach nicht mehr los. Ich habe vor, den Wilden einen Besuch abzustatten und ihr Geheimnis zu lüften."

„Nein", sagte Sklar Hast. „Wenn sie dich töteten, wer sollte dann die nächste Rous-Maschine bauen? Nein, Roger Kelso, du solltest an MacArthurs Motto denken, das da lautet: ‚Niemand ist unersetzlich'. Und warum? Weil es falsch ist. Du bist zu wichtig, als daß wir dich verlieren könnten. Laß das deine Helfer tun, aber gehe das Risiko dieser Gefahr nicht selbst ein. Die Zeiten sind momentan zu verworren, als daß du dir den Luxus des Sterbens leisten könntest."

Kelso gab ihm nur widerwillig recht. „Wenn du wirklich meinst . . ."

Sklar Hast kehrte nach Neuheim zurück und suchte Meril Rohan auf. Er fand sie an Bord eines kleinen Weidenrutenbootes und ruderte mit ihr in östlicher Richtung an einer Reihe kleinerer Plattformen entlang. Auf einem winzigen Pflanzenblatt, das etwas abseits vom Weltgeschehen lag, legten sie eine Rast ein und nahmen im Schatten eines wildwuchernden Zuckergebüschs Platz.

„Hier", sagte Meril, „ist der Ort, an dem wir unser Haus bauen und unsere Kinder aufziehen können."

Sklar Hast seufzte.

„Es ist so friedlich hier, so still und schön ... Und in der alten Heimat herrscht nun ein Wahnsinniger."

„Wäre die ganze Welt doch nur so friedlich wie dieser Ort ... Aber vielleicht ist das Chaos in jedem Menschen. Vielleicht sind wir damit schon zur Welt gekommen."

„Ich würde meinen", sagte Sklar Hast und kaute auf einem kleinen Stück Süßholz herum, „daß zumindest wir Plattformbewohner gegenüber diesen Untugenden gefeit sein sollten. Die Ersten ließen die Außenwelten hinter sich, weil sie sich der Unterdrückung nicht beugen wollten; folglich wäre es nur normal, wenn wir – auch nach zwölf Generationen noch – ein bißchen von ihrer Milde und Sanftmut geerbt hätten."

Meril lachte boshaft. „Laß mich dir meine Theorie über die Ersten erzählen." Als sie es tat, war Sklar Hast zuerst amüsiert, dann wurde er skeptisch und schließlich entrüstet.

„Wie kannst du nur solche Dinge aussprechen! Immerhin redest du von den Ersten, unseren Vorfahren! Das sind ja wirklich ketzerische Thesen. Bringst du solche Dinge etwa den Kindern bei? Das wäre ja ungeheuerlich!"

„Für meine Begriffe nicht. Meine Theorie klärt so viele Dinge auf. All die doppeldeutigen Begriffe und das, was sich wie unverständliches Bedauern liest, stehen plötzlich in ganz anderem Licht da."

„Ich weigere mich, das zu glauben! Denn ... nun ..." Die Worte wollten nicht mehr so richtig über Sklar Hasts Lippen. Dann sagte er: „Ich brauche dich nur anzusehen und dein Gesicht zu beobachten, um zu wissen, daß du ein Produkt der Ersten bist und deine Theorie schon deshalb nicht zutreffen kann."

Meril Rohan lachte ausgelassen. „Aber wenn du die Möglichkeit meiner Theorie in Betracht ziehst, mußt du zugeben, daß die Außenwelten dir plötzlich gar nicht mehr so bedrohlich erscheinen, wie wir das bisher angenommen haben."

Sklar Hast zuckte die Achseln. „Wir werden niemals etwas über sie erfahren – weil wir diese Welt hier nie verlassen werden."

„Weißt du, was die Zukunft für uns bringt? Natürlich nicht für dich oder mich – aber vielleicht für unsere Kinder oder deren Kinder. Vielleicht finden sie das Weltraumschiff, wenn sie tief hinabtauchen, und ziehen es mit Enterhaken an die Oberfläche. Sie werden es sorgfältig untersuchen und dabei viel lernen – oder auch nicht. Aber stell es dir nur einmal vor! Nimm an, daß sie einen Weg finden, wieder in den Weltraum hinauszufliegen – oder daß sie zumindest eine Methode finden, um eine Botschaft abzusenden!"

„Alles ist möglich", sagte Sklar Hast. „Wenn deine ketzerische Theorie der Wahrheit entspricht und die Ersten das waren, was du zu glauben scheinst, ist dies vielleicht sogar ein erstrebenswertes Ziel." Er seufzte erneut. „Aber du und ich werden das nicht mehr erleben. Ebensowenig werden wir erfahren, ob deine Theorie sich als richtig erweist – was vielleicht ganz gut so ist."

Carl Snyder und Roble Baxter, zwei von Kelsos Helfern, segelten nach Westen zu den Plattformen der Wilden. Neun Tage später kehrten sie zurück. Sie waren erschöpft, sonnenverbrannt und abgemagert, strahlten aber dennoch Triumph aus. Vor dem Rat der Ältesten berichtete Carl Snyder: „Wir warteten die Dunkelheit ab. Die Wilden saßen um ein Feuer herum, und da wir eine Teleskop benutzten, konnten wir sie klar erkennen. Sie sind ein ziemlich zwergenhaftes Volk, schmutzig, nackt und häßlich. Als sie schließlich schliefen, ruderten wir näher und fanden eine Stelle, wo wir uns und unser Boot verstecken konnten. Drei Tage lang haben wir die Wilden beobachtet. Sie sind nur zwanzig oder dreißig und tun kaum mehr als sich paaren, essen, schlafen und Kupfer schmelzen. Zuerst erhitzen sie die Schalen der Schwämme auf Kohle, die sie dann pulverisieren und in einen Topf werfen, an dem sich ein Blasebalg befindet. Wenn sie den Blasebalg betätigen, glüht die Holzkohle in vielen Farben, und während alles andere verbrennt, bleibt das Kupfer allein übrig."

„Und wir haben seit zwölf Generationen die Schwammschalen ins Meer geworfen!" rief Roger Kelso entsetzt aus.

„Es sieht ganz so aus", warf Sklar Hast ein, „als würden die Krakons das in ihrem Blut befindliche Kupfer durch den Verzehr von Schwämmen in sich aufnehmen. Wo ist aber dann die Eisenquelle unseres eigenen Blutes zu finden? Auch sie muß irgendwo in unserer Nahrung sein. Wenn wir herausfinden würden, in welcher Nahrung das Eisen ist, könnten wir uns das Blutspenden ersparen."

„Wir werden jede Substanz ausprobieren, deren wir habhaft werden können", sagte Kelso. „Wir haben weißes und gelbes Pulver erzeugt, aber kein Metall. Natürlich versuchen wir weiter."

Mehrere Tage später lud Kelso Sklar Hast zu einem erneuten Besuch nach Aufschrei ein. Unter vier langgestreckten, wandlosen Schutzdächern arbeiteten fünfzig Männer und Frauen an Retorten, die aus Asche und Seetang bestanden. Blasebälge zischten, Holzkohle glühte, überall herrschte ein merkwürdiger Geruch vor.

Kelso zeigte Sklar Hast einen Behälter mit Kupferstückchen. Sklar Hast ließ sie klickernd durch die Finger gleiten. „Metall! Und alles aus Krakonblut?"

„Aus Krakonblut und anderen Organen, aber auch aus den Schwammschalen. Und hier – hier ist unser Eisen!" Er zeigte Sklar Hast einen Behälter, in dem sich ein bißchen Eisen, kaum mehr als eine Handvoll, befand. „Was du hier siehst, stammt von einhundert Blutspendern. Aber wir haben noch anderswo Eisen gefunden: in den Drüsen des Graufischs, den Zweigen des Bindelbanstrauchs und dem purpurnen Seetang. Es ist nur wenig, das stimmt zwar, aber vorher hatten wir überhaupt nichts."

Sklar Hast wog das Eisen in der Hand. „Ich stelle mir eine große Maschine vor, die wir aus Eisen erbauen. Sie gleitet über das Wasser dahin und bewegt sich schneller als König Krakon. Er sieht sie, bekommt einen Schreck und zieht sich zurück, aber schließlich führt ihn sein Hochmut dazu, einen Angriff zu wagen. Die Maschine schleudert ein eisernes Messer von sich; eiserne Widerhaken bohren sich in König Krakons Körper – und das Messer schneidet ihn in Stücke." Erneut ließ Sklar Hast die Eisenstückchen durch seine Finger gleiten. Er schüttelte wehmütig den Kopf.

„Und selbst wenn wir jeden Mann, jede Frau und jedes Kind hundert- oder sogar tausendmal dafür bluten lassen würden, bekämen wir nicht genug Eisen zusammen, um eine solche Krakontötungsmaschine bauen zu können."

„Das stimmt leider", sagte Roger Kelso. „Eine Maschine, wie du sie dir vorstellst, übersteigt unsere Möglichkeiten. Aber trotzdem – wenn wir unser Köpfchen gebrauchen, fällt uns vielleicht etwas ein, das ebenso tödlich ist."

„Wir sollten uns besser beeilen. Barquan Blasdel und seine Vasallen haben nichts anderes im Sinn, als uns einem schrecklichen Schicksal zuzuführen."

Was immer Barquan Blasdel auch für finstere Pläne gegen die Emigranten im Schilde führte: er behielt sie für sich. Vielleicht waren sie noch nicht weit genug gediehen, vielleicht wollte er zunächst die Autorität seiner Leibwächter festigen; es war aber auch möglich, daß er damit rechnete, daß jeder seiner Schritte von Spionen überwacht wurde. Was letztere Annahme anbetraf, so bestand sie durchaus zu Recht, denn Henry Bastaff war inzwischen in der Maske eines Gewürzhändlers nach Apprise zurückgekehrt und gab sich alle Mühe, die Leibwächter zu belauschen.

Er erfuhr jedoch wenig. Die Leibwächter befleißigten sich zwar eines ausgesprochen prahlerischen Tonfalls, aber es war klar, daß sie in Wirklichkeit nichts wußten.

Hin und wieder erschien Blasdel selbst und stellte sich in seiner neuen, reich verzierten Uniform zur Schau. Er trug über einem enganliegenden Overall einen mit purpurnen Streifen versehenen Umhang, der Schultern, Brust und Hüften bedeckte. An seinen Schultern waren außergewöhnlich breite Epauletten befestigt, an denen ein Mantel hing, der wild hinter ihm herflatterte, wenn er sich bewegte. Sein Kopfschmuck war noch beeindruckender: ein Sammelsurium aus Unterbodenhörnern, die gefirnist und schwarz-purpurn angestrichen waren. Er verkörperte symbolisch König Krakons geistige Haltung.

Barquan Blasdels dunkles, abweisendes Gesicht wirkte in diesen Tagen nüchtern und hart, obwohl seine Stimme, wenn er sprach, leicht und ausgeglichen klang wie immer. Er brachte es sogar fertig, seinen Zügen ein leichtes Lächeln zu verleihen, wenngleich er, wenn er mit jemandem sprach, durch eine ernste Kopfbewegung stets den Eindruck zu erwecken versuchte, als handele es sich bei jedem seiner Worte um ein Ding größter Wichtigkeit.

Barway und Maible hatten Vorsichtsmaßnahmen gegen die Wachsamkeit der Leibwächter ergriffen. Ihr Boot hatten sie versenkt und unter dem Plattformrand versteckt, und sie selbst hatten in harter Unterwasserarbeit kleine Nischen in den Unterboden geschnitten, die oberhalb des Wasserspiegels mit Bänken ausgerüstet waren und über Luftlöcher nach oben verfügten, wo sie in einem Buschgestrüpp endeten. Während der Tagesstunden hielten sie sich in diesen Höhlen auf und statteten gelegentlich dem Haus Vrink Smathes einen Besuch ab, den sie durch das Krakonloch belauschten.

Wie auch er hatten sie noch nichts erfahren. Barquan Blasdel und die Leibwächter schienen viel Zeit zu haben. König Krakon schwamm wie üblich seine Runden um die Plattformen. Henry Bastaff sah ihn zweimal, und stets war er über die ständig wachsende Größe des Fisches erstaunt.

Am Abend nach König Krakons zweiter Ankunft hörte er, als er an seinem üblichen Platz im Hintergrund der Apprise-Taverne saß, eine kurze Unterhaltung, die ihm bedeutungsvoll erschien. Spät abends berichtete er Barway und Maible davon.

„Ob es von Bedeutung ist oder nicht, kann ich nicht sagen. Es ist schwer zu beurteilen. Ich bin aber persönlich der Meinung, daß hier etwas im Gange ist. Auf jeden Fall sieht es so aus: Von Sumber sind ein paar Ehrabschneider herübergekommen, und ein alter Schieber stellte ihnen ein paar Fragen in bezug auf Thrasneck und Bickle. Sie erwiderten, sie hätten den ganzen vergangenen Monat in der Lagune von Thrasneck Schwammpfähle angebaut, und zwar genug, um neben der Bevölkerung dieser Plattform auch noch Tranque, Bickle, Sumber, Edelranke und Grünlicht ernähren zu können. Diese Pfähle seien aber anders in ihrem Aussehen als alle vorherigen und außerdem schwerer und haltbarer. Außerdem würden sie von Weidenbündeln über Wasser gehalten, nicht mehr von Blasen. Der Schieber sprach anschließend von den Schwammbarken, die man auf Tranque herstellt, und fragte, weshalb das Projekt geheim sei und ob man je davon gehört habe, daß man Schwammbarken unter Ausschluß der Öffentlichkeit baue. Er vermutete, daß diese Boote in Wirklichkeit Angriffszwecken dienen, aber an dieser Stelle betraten ein paar Leibwächter die Taverne, und das Gespräch wurde abgebrochen."

„Schwammpfähle und Barken", sagte Maible nachdenklich. „Aber nichts deutet darauf hin, daß sie einem finsteren Zweck dienen könnten."

„Nicht solange man beabsichtigt, aus ihnen eine neue Flotte herzustellen."

„Irgend etwas ist im Busch", sagte Henry Bastaff. „Junge und alte Fürbitter beginnen sich auf Apprise zu sammeln, und man redet davon, daß sie eine Konferenz abhalten wollen. Ihr beide behaltet besser Smathes Haus im Auge, während ich versuche, etwas aufzuschnappen."

Am Morgen des nächsten Tages ging Henry Bastaff an dem Gebüsch vorbei, unter dem sich die Höhlen von Maible und Barway befanden, kniete sich hin, als müsse er die Verschlüsse seiner Sandalen festziehen und murmelte: „Hier ist Bastaff. Die Konferenz findet heute statt. Scheint sehr wichtig zu sein. Neben dem Signalturm. Ich werde mich hinter einem Ersatzteilstapel verstecken. Vielleicht habe ich Glück. Einer von euch sollte unter Wasser zu jener Stelle herüberschwimmen, an der die Signalturmbeine durch den Plattformboden gehen. Dort befindet sich ein kleines Loch, durch das man atmen und möglicherweise auch etwas hören kann, wenn man es ein bißchen erweitert."

Aus dem Untergrund kam eine gedämpfte Stimme und sagte: „Du hältst dich besser da raus. Sie werden ziemlich wachsam sein, was Spione angeht. Wir werden versuchen, ihre Pläne von unten mitzubekommen."

„Ich werde auf jeden Fall alles tun, was ich riskieren kann", sagte Henry Bastaff. „Ich verschwinde jetzt. Ein Leibwächter beobachtet mich."

In der unter Wasser liegenden Nische konnten Maible und Barway Henry Bastaffs sich entfernende Schritte hören.

Kurz darauf erklang ein anderes Geräusch. Möglicherweise ging jetzt der Leibwächter über ihnen dahin.

Aber auch diese Schritte entfernten sich. Barway und Maible atmeten auf.

Nach einer kurzen Besprechung glitt Barway aus seiner Höhle hinaus ins Wasser und schwamm, nachdem er seine Ausrüstung beisammen hatte, an die Stelle, wo die Pfähle des Signalturms durch den Unterboden drangen. Wie Bastaff vorausgesagt hatte, fand er hier mehrere kleine Löcher, die er unter Zuhilfenahme von Hammer und Meißel so weit vergrößerte, daß er entweder seinen Mund oder sein Ohr an sie legen konnte. Beides zusammen erwies sich jedoch als unmöglich.

Henry Bastaff ging weiterhin seinem Gewürzhandelgeschäft nach. Etwa eine Stunde später ging er am Signalturm vorbei. Der Holzstapel lag noch da wie zuvor. Er schaute sich vorsichtig um. Niemand schien ihn zu beobachten. Henry Bastaff kniete sich hin, schob das Holz auseinander und schuf sich eine Öffnung, in der er sich verstecken konnte.

Die Zeit verging.

Je länger Henry Bastaff in seinem Versteck saß, desto unwohler begann er sich zu fühlen. Mit einem Mal kam ihm der Stapel angesichts der in der ganzen Umgegend herrschenden Leere ungeheuer verdächtig vor. Ob es möglich war, daß man den Stapel bloß hierhergebracht hatte, um ihn als Falle für einen Spion zu gebrauchen?

Bastaff wühlte sich aus seinem Versteck heraus, riskierte einen schnellen Blick in die Runde und machte sich davon.

Eine halbe Stunde später begannen die Fürbitter sich zu versammeln. Sechs ausgewählte Leibwächter bewachten sie und achteten darauf, daß ihnen niemand zu nahe kam.

Schließlich erschien in Begleitung dreier zu seinem persönlichen Schutz abgestellter Wachen auch Barquan Blasdel auf der Szene. Er ging an dem Holzstapel vorbei und bedachte ihn mit einem kurzen Blick. Daß der Haufen verschoben worden war, konnte man klar erkennen. Blasdels Lippen verengten sich zu einem unmerklichen Lächeln. Dann wandte er sich den drei Leibwächtern zu und sprach kurz auf sie ein. Die Männer nahmen Aufstellung neben dem Holzstapel.

Dann drehte sich Barquan Blasdel zu den Fürbittern um. Um Stille zu erzeugen hob er beide Arme.

„Der heutige Tag führt uns in eine neue Phase unserer Vorbereitungen“, begann er. „Wir hoffen, zwei Ziele zu erreichen: erstens, unsere Beziehungen zu König Krakon in ein System zu bringen, und zweitens, die nötigen Voraussetzungen unseres großen Projekts festzulegen. Bevor ich jedoch in die Einzelheiten gehe, möchte ich noch einige Anmerkungen in bezug auf Spione machen. Kein Geschöpf ist feiger als ein Spion, und die feigsten kommen von den Rebellenplattformen. Wenn wir einen von ihnen entdecken, kann er von uns keine große Gnade erwarten. Deswegen frage ich euch: Sind alle Anwesenden in dieser Beziehung wachsam gewesen?"

Die versammelten Fürbitter nickten und beeilten sich zu versichern, daß in der Tat jeder von ihnen mit der größtmöglichen Sorgfalt zu Werke gegangen sei.

„Gut!" deklamierte Barquan Blasdel herzlich. „Und dennoch sind die Spione der Rebellen ebenso gerissen wie gewalttätig. Sie haben weniger Furcht als ein Raubfisch und verspüren, was ihre Missetaten angeht, nicht die geringsten Schuldgefühle. Aber wir sind schlauer als diese Spione. Wir können sie nämlich riechen! Und tatsächlich sagt mir in diesem Augenblick meine Nase, daß genau unter diesem Holzstapel der ekelhafte Gestank eines Spions hervordringt! Wächter, ergreift die nötigen Maßnahmen!"

Die Leibwächter rissen den Holzstapel auseinander, und Barquan Blasdel stellte sich neben sie, um ihrem Tun zuzusehen. Sie fanden nichts, sondern schauten nur Barquan Blasdel an, der wütend an seiner Unterlippe herumnagte. „Nun ja," sagte Blasdel. „Übertriebene Vorsicht ist jedenfalls besser als allzu große Sorglosigkeit."

Unter ihm, dort, wo das Signalturmbein durch den Unterboden schnitt, fing Barway, der seine Lungen mit Luft vollgepumpt hatte und sein Ohr gegen das Loch hielt, Blasdels letzte Bemerkung auf. Aber jetzt zog Blasdel sich an seinen früheren Platz zurück, und seine Stimme wurde gedämpft und unverständlich.

Er sprach mehrere Minuten lang, und die Versammlung hörte ihm so aufmerksam zu, daß sogar die sechs Leibwächter ihre Posten verließen und dermaßen gepackt wurden, daß sie überhaupt nicht merkten, daß sie praktisch im Rücken der letzten Zuhörerreihe standen. Als Barquan Blasdel ihre Nähe bemerkte, winkte er sie ärgerlich zurück. Einer der Männer, der es mit der Genauigkeit größer nahm als seine Kollegen, zog sich bis an den Rand des Signalturmschuppens zurück, wo ein Mann stand und zuhörte. „He!" rief der Wächter aus. „Was machst du denn hier?"

Der Mann winkte schwankend ab und wankte – sichtlich betrunken – weiter.

„Halt!" schrie der Leibwächter. „Komm her und nenne deinen Namen!" Er machte einen Sprung nach vorn und riß den Fremden auf den offenen Platz zurück. Die Versammlung musterte ihn aufmerksam. Der Mann war dunkelhäutig, kahlköpfig und hatte ein sanftmütiges Gesicht. Er trug ein farbenfrohes Gewand, das ihn als Färber oder Beutelschneider auswies.

Barquan Blasdel marschierte auf ihn zu. „Wer bist du? Wer hat dir erlaubt, in dieser Umgebung dem Geschäft des Lauschens nachzugehen?"

Der Mann wankte erneut und machte eine haltlose Handbewegung. „Ist hier die Taverne? Eine Runde Arrak für alle, aber fix! Ich bin fremd hier auf Apprise – und möchte die Qualität eures Essens und Trinkens kennenlernen."

Vrink Smathe schnaufte empört. „Dieser Narr ist ein Gewürzhändler und Säufer. Ich habe ihn bereits mehrmals gesehen. Er soll in die Taverne verschwinden."

„Nein!" brüllte Blasdel auf und eilte aufgebracht nach vorn. „Er ist ein Rebell – ein Spion! Ich kenne ihn gut. Er hat sich zwar rasiert und die Haare abgeschnitten, aber dennoch erkenne ich ihn. Er ist hier, um unsere Pläne zu belauschen!"

Die Versammlung wandte ihre Aufmerksamkeit dem nun heftig und überrascht blinzelnden Fremden zu. „Ein Spion? Aber ich doch nicht. Ich suche nur einen Becher Arrak."

Blasdel baute sich vor dem Mann auf und schnüffelte. „Du riechst nach nichts, weder nach Bier noch nach Arrak noch nach Weingeist. Kommt her! Jeder soll sich selbst davon überzeugen, damit es hinterher nicht heißt, ich hätte einen falschen Schluß gezogen!"

„Wie heißt du?" fragte Vogel Womack, der Fürbitter von Edelranke. „Von welcher Plattform kommst du und welcher Zunft gehörst du an? Sage uns, wer du bist!"

Der Gefangene sog geräuschvoll die Luft ein und zeigte plötzlich mit seinem ganzen Verhalten, daß er nicht im geringsten betrunken war. „Mein Name ist Henry Bastaff. Ich bin ein Abtrünniger. Ich bin hier, um herauszufinden, ob ihr etwas Böses gegen uns im Schilde führt. Das ist mein einziges Ziel.“

„Ein Spion!“ schrie Barquan Blasdel entsetzt. „Ein geständiger Spion!“

Die Fürbitter stimmten ein durchdringendes Wutgeheul an.

Blasdel sagte: „Er ist damit in zweifacher Hinsicht für schuldig befunden: erstens der Illegalität, die zu seiner Abtrünnigkeit geführt hat, und zweitens, indem er die Frechheit besessen hat, gegen uns, die Rechtschaffenen, Aufrichtigen und Rechtgläubigen zu konspirieren! Als Hauptleibwächter bin ich dazu gezwungen, für ihn das Höchstmaß an Strafe zu verlangen.“

Vogel Womack versuchte Barquan Blasdels Zorn zu dämpfen. „Laß uns später ein Urteil aussprechen“, erwiderte er verlegen. „Vielleicht stellt sich ja doch heraus, daß das Verbrechen dieses Mannes gar nicht so schwerwiegend war.“

Barquan Blasdel ignorierte ihn. „Dieser Mann ist ein feiger Renegat, ein Agent der Aufrührer und ein Spion! Er muß die Höchststrafe erleiden! Daß jemand anderer Ansicht ist, dulde ich nicht!“

Man brachte Henry Bastaff zur naheliegenden Behausung Vrink Smathes und sperrte ihn zusammen mit vier Leibwächtern, die nicht von seiner Seite wichen und ihn ständig im Auge behielten, in dessen Arbeitszimmer ein.

Henry Bastaff musterte die Einrichtung. Rechts und links von ihm befanden sich Regale; im Hintergrund erkannte er das im Unterboden der Hütte befindliche, ins Wasser hinabführende Loch.

„Ich habe gehört, was Blasdel vorhat“, sagte er zu den Leibwächtern. „Interessiert euch überhaupt, was er vorhat?“

Niemand würdigte ihn einer Antwort.

Henry Bastaff lächelte geheimnisvoll und warf einen Blick in jenen Teil des Raumes, in dem sich das Bodenloch befand. „Blasdel hat vor, König Krakon nach Neuheim zu bringen, damit er seiner Freude endlich Ausdruck verleihen kann, die Abtrünnigen gefunden zu haben. Er soll alles vernichten, was sich ihm an Rebellenbooten in den Weg stellt.“

Niemand sagte etwas.

„Zu diesem Zweck", fuhr Henry Bastaff mit klarer und deutlicher Stimme fort, „hat er Schwammpfähle konstruieren lassen, die man mitnehmen kann, damit König Krakon während der langen Reise genügend zu essen hat. Zusätzlich wird Blasdel die neuen großen Boote mit Schwämmen beladen, auf denen gleichzeitig auch die Lockvögel und Leibwächter transportiert werden sollen."

Die vier Männer starrten ihn an. Minuten später wiederholte Henry Bastaff sein Wissen und fügte hinzu: „Möglicherweise werde ich Neuheim niemals wiedersehen, aber immerhin kann ich hoffen, mit zu unserer Freiheit beigetragen zu haben. Auf Wiedersehen, ihr Leute von Neuheim! Ich wünsche euch, daß euch jemand vor der Gefahr, die Barquan Blasdel euch bringen wird, warnen kann."

„Sei still", sagte einer der Wächter. „Du hast jetzt genug geschwätzt!"

17

Am nächsten Tag wurde in der Fütterungsmethode König Krakons eine Änderung vorgenommen. Bisher war man so verfahren, daß mit Schwämmen dichtbewachsene Pfähle auf König Krakon zugeschoben worden waren, sobald er in der Lagune auftauchte, die er dann mit seinen Fühlern abweidete. Nun wurden die Schwämme von einem Kommando Lockvögel gesammelt, auf eine große Schale gelegt, und diese wiederum wurde von zwei Booten auf das Meer hinausgezogen. Als die Schale gefüllt war, ging Barquan Blasdel in Vrink Smathes Arbeitszimmer, wo er Henry Bastaff gar nicht wahrzunehmen schien. Er legte sein Ohr an das Horn und lauschte. König Krakon hielt sich ganz in der Nähe auf; das Kratzen seines Chitinpanzers drang deutlich an Blasdels Ohren.

Er drehte die Kurbel und setzte den Mechanismus in Gang, der König Krakon herbeirief. Das Kratzen wurde lauter und erreichte schließlich eine schmerzhafte Intensität. König Krakon befand sich auf dem Weg.

Er tauchte im Osten auf. Sein Turm und der massige Oberkörper ragten aus dem Wasser. Mit leichten Schlägen seiner Schaufeln bewegte er sich über den Ozean dahin.

Die Vorderaugen begutachteten das Angebot. König Krakon kam näher, untersuchte die Schale und begann, mit den Fühlern die Schwämme in sein Maul zu stopfen.

Die auf der Plattform versammelten Menschen betrachteten das Geschehen mit gemischten Gefühlen. Schließlich erschien Barquan Blasdel am Plattformrand und begann – während der Riesenfisch fraß – armeschwenkend mit seinen rituellen Zeremonien.

Die Schale war leer. König Krakon machte keine Anstalten, sich zu entfernen. Blasdel fuhr herum und rief zu einem seiner persönlichen Leibwächter hinüber: „Die Schwämme – wieviel war in der Schale?“

„Sieben Scheffel. In der Regel verzehrt König Krakon nicht mehr.“

„Heute scheint er größeren Hunger zu haben. Sind noch welche übrig?“

„Nur die für den Markt. Es sind noch einmal fünf Scheffel.“

„Wir sollten sie besser König Krakon geben; es ist nicht gut, ihm etwas zu verweigern.“

Während König Krakon bewegungslos im Wasser trieb, kehrten die Boote zur Plattform zurück. Man legte die restlichen fünf Scheffel auf die Schale und begab sich auf die See zurück. Erneut schlug König Krakon sich den Bauch voll und fraß alles bis auf etwa einen Scheffel. Dann, offensichtlich satt, tauchte er unter, bis nur noch sein Turmaufbau aus dem Wasser ragte, und ließ sich bald hierhin, bald dorthin treiben.

Neun Tage später übergaben Maible und Barway, abgemagert, eher vor Entsetzen als aufgrund von Hunger, den Bewohnern von Neuheim ihren Bericht.

„Am nächsten Tag stellte sich heraus, daß König Krakon sich kaum von der Stelle gerührt hatte, und damit war klar, daß ihm die neue Fütterungsmethode ausnehmend gut gefallen hatte. So mußte man gegen Mittag die Schale erneut mit etwa zehn Scheffeln Schwämmen füllen, und auch die fraß er ohne Schwierigkeiten.

Zu gleicher Zeit brachte man Henry Bastaff von Smathes Hütte weg. Es gelang uns nicht, seinen neuen Aufenthaltsort ausfindig zu machen. Das war ein schwerer Schlag für uns, denn wir hatten die feste Absicht, ihn in einem günstigen Moment aus dem Loch heraus zu befreien.

Am dritten Tag gab Blasdel durch die Signaltürme bekannt, daß König Krakon das Recht verlangt habe, den Spion der Abtrünnigen zu richten, der so dreist gegen seine Gesetze verstoßen habe. Gegen Mittag brachte man wieder die Schale hinaus. An ihrer höchsten Stelle befand sich ein übergroßer Schwamm, darunter das übliche Kleinzeug. König Krakon hatte sich in den drei Tagen keine fünfzig Meter weit bewegt. Er näherte sich der Schale und griff nach dem obersten Schwamm. Für uns sah es so aus, als sei er an der Schale befestigt gewesen. König Krakon riß mit seinen Fühlern daran herum und erwischte so Henry Bastaffs Kopf, den man mit Schwämmen garniert hatte. Es war ein entsetzlicher Anblick, als all das Blut über die aufgetürmten Schwämme spritzte. König Krakon schien dies allerdings den Appetit überhaupt nicht zu verderben.

Da Henry Bastaff nun tot war, hatten wir keinen Grund mehr, noch länger auf Apprise zu bleiben – ausgenommen vielleicht aus Neugier. König Krakon machte keine Anstalten, sich zu bewegen oder andere Plattformen aufzusuchen. Für uns war klar, daß er sich mit dem neuen Fütterungssystem ausgezeichnet abgefunden hatte. Am vierten Tag brachte man ihm seine Mahlzeit von Granolt auf einer Schale herüber. Am fünften Tag kamen sie per Boot von Sankston. Es sieht ganz so aus, als sei König Krakon nun ein ständiger Gast von Apprise. Darauf basiert der erste Teil von Blasdels Plan."

Einen Moment lang schwiegen die Zuhörer, dann stieß Phyral Berwick ein heftiges Stöhnen aus. „Wir müssen der Situation ins Gesicht sehen." Er musterte Sklar Hast. „Wie weit sind eure Vorbereitungen gediehen?"

Sklar Hast deutete auf Roger Kelso. „Du solltest den Mann fragen, der für uns das Metall erzeugt."

„Unsere Quellen vergrößern sich ständig", sagte Kelso. „Wir haben jeden Plattformbewohner zur Ader gelassen, und zwar zwei- oder dreimal. Aus diesem Blut haben wir zehn Pfund Eisen gewonnen, das wir gehämmert und gereinigt haben. Es ist jetzt härter und zäher, als wir uns dies anfangs vorstellen konnten, aber es sind eben nur zehn Pfund.

Das Krakonblut und die Schwammschalen haben uns eine große Menge Kupfer eingebracht; ich schätze, es sind fünfzig oder sechzig Pfund. Unsere Strommaschine hat inzwischen vierundzwanzig Flaschen Salzsäure erzeugt, die wir in Behälter aufbewahren, die wir in unserer Glaserei hergestellt haben. Dieser Betrieb arbeitet nun völlig von der Schmelzerei getrennt."

„Das ist ermutigend und interessant", sagte Robin Magram, der Feuerwerkermeister, der nicht über allzuviel Phantasie verfügte, „aber wie wird uns all dies gegen König Krakon nützen?"

„Wir haben unsere Versuche noch nicht abgeschlossen", sagte Kelso, „deswegen kann ich dir noch keine endgültige Antwort geben. Wir brauchen einen lebenden Krakon – aber in letzter Zeit tauchen sie hier ja nicht mehr sooft auf. Vielleicht werden wir deshalb dazu gezwungen sein, einen aufzustöbern."

„Und in der Zwischenzeit", sagte Sklar Hast, „können wir Blasdels Zeitplan ein wenig in Unordnung bringen."

Einen Moment näherten sich – lediglich vom Licht der Sterne geführt – mitten in der Nacht sechs schwarze Boote der Tranque-Plattform. Tranque offenbarte sich den Männern als verwüstete, bis zur Unkenntlichkeit veränderte Einöde, von der man – abgesehen vom Zentralgewächs – jegliche Vegetation entfernt hatte. Am östlichen Ende Tranques lagen niedrige Baracken und ein kleines Areal, das den Leibwächtern offenbar als Übungsgegelände diente. Westlich davon erstreckte sich das Fabrikationsgebiet, auf dem sich im Licht der mattleuchtenden Sterne die Skelette von Schwammpfählen in den Himmel reckten.

Das die Lagune von der See abschirmende Netz wurde zerschnitten. Die Boote drangen in die Lagune ein. Überall wimmelte es von stark bewachsenen Schwammpfählen. Mit gezückten Messern gingen die Männer lautlos gegen sie vor. Die Pfähle versanken und tauchten unter. Bald wirkte die vorher dichtbewachsene Lagune kahl und nackt. So leise die Boote gekommen waren, verschwanden sie auch wieder. Sie umrundeten die Plattform und näherten sich auf der östlichen, Thrasneck zugewandten Seite den dunklen Umrissen doppelwandiger Barken. Sie schütteten Öl gegen die Schiffswände und zündeten Fackeln an. Grelle Flammen stiegen zum Himmel; aus den Baracken drangen wütende Schreie an ihre Ohren. Die schwarzen Boote und ihre schwarzgekleideten Mannschaften griffen in die Riemen und brachen nach Osten auf. Eine ganze Stunde lang leckten die Flammen am nächtlichen Himmel, dann wurden sie kleiner und erloschen.

Zwei Monate später kehrte ein Späherboot von einer langen Reise zurück und berichtete, daß die Docks von Tranque repariert worden seien und beinahe fertiggestellte neue Barken bereitlägen. Man hatte auch die Schwammpfähle wieder angebaut, und das ganze Gebiet wurde von ständig umherpatrouillierenden Leibwächtern bewacht.

18

Das Jahr, das man später „Das Jahr der Leibwächter" nannte, neigte sich seinem Ende zu. Kurz nach Beginn des neuen Jahres sichteten drei Hochstapler, die östlich von Tranque ihrem Beruf nachgingen, eine aus dem Osten auftauchende Flotte. Die beiden jüngeren wollten sich eilig in die Riemen legen, aber der ältere ermahnte sie zur Ruhe. „Wir sind Fischer, nichts anderes. Laßt die Schiffe vorbei; sie werden uns nicht belästigen."

Daraufhin lehnten die beiden anderen Hochstapler sich zurück und taten nichts. Die Flotte, die an ihnen vorüberzog, bestand aus zwölf Galeeren mit äußerst hoher Wandung; jede von ihnen war von einer schwarzen Haut umgeben. Jedes einzelne dieser Schiffe trug eine Besatzung von dreißig Mann, die die Ruder durch kleine Löcher in der Schiffswand bedienten und so vor Wurfgeschossen geschützt waren. Sie trugen Harnische und Brustpanzer aus dem gleichen Material, das auch die Schiffshüllen bedeckte, und neben jedem lagen ein Bogen, zwölf mit Brandspitzen versehene Pfeile und eine Lanze aus rötlichem Metall.

Die Galeeren begleiteten eine seltsam rechtwinklige Barke mit dreifachem Rumpf. Auf dem Vorschiff und achtern angebrachte Plattformen verbargen zwei unter Segeltuchplanen versteckte große Objekte, neben denen große Bottiche standen. Hinter den drei Rümpfen befanden sich zudem drei Reihen klobiger Glasgefäße, die zu zwei Dritteln mit einer blassen Flüssigkeit gefüllt waren. Wie die Galeeren wurde auch die Barke von Ruderern bewegt, die hinter schützenden Bordwänden saßen und durch den schwarzen Hüllenüberzug vor Geschossen geschützt waren.

Als die Leibwächter von Tranque die Flotille entdeckten, blinkten die Signaltürme sofort eine Warnung: *„Die . . . Abtrünnigen . . . kehren . . . bewaffnet . . . zurück . . . Sie . . . kommen . . . in . . . seltsamen . . . schwarzen . . . Schiffen . . . und . . . einer . . . noch . . . eigen-*

tümlicheren . . . schwarzen . . . Barke . . . Sie zeigen . . . keine . . . Furcht."

Die darauf gegebene Antwort kam in einem Kode, der für die heranrückende Flottille undechiffrierbar war. Dafür konnte man jetzt aber die neuen Docks von Tranque sehen, in denen die neuen Boote dümpelten. Auf Tranque wimmelte es von Leben, überall rannten Bewaffnete herum, die wild entschlossen waren, einen zweiten Anschlag auf ihre Barken zu verhindern. Aber die Flottille segelte an ihnen vorbei, und die Signaltürme meldeten: „*Die . . . Abtrünnigen . . . fahren . . . weiter . . . nach . . . Westen . . . Ihre . . . Absichten . . . sind . . . schwer . . . zu . . . beurteilen.*"

Und wieder kamen kodierte Anweisungen, die möglicherweise den Befehl gaben, die Eindringlinge unaufdringlich zu beobachten, denn mehrere Leibwächter sprangen in kleine Boote und nahmen einen Kurs, der parallel zu dem der Flottille verlief. Sie hielten allerdings einen Sicherheitsabstand von zweihundert Metern ein.

Weiter und weiter fuhr die Flotte an den Plattformen vorbei: Thrasneck, Bickle, Grünlicht und dann schließlich Fee, Quatrefoil, schließlich Apprise.

Im Wasser vor der Lagune wälzte sich träge König Krakon herum. Er war so groß geworden, daß die gesamte Flotte neben ihm wie ein Kinderspielzeug wirkte.

Als er die Schiffe bemerkte, schwang er sich herum und wirbelte mit seinen monströsen Schaufeln das Wasser des Ozeans auf. Seine von einem leuchtenden Film bedeckten Augen bewegten sich ununterbrochen und ließen die schwarze Substanz, die die Schiffshüllen, Helme und Brustpanzer der Männer bedeckte, nicht aus seinem Blickfeld verschwinden. Er schien sich plötzlich bewußt zu werden, daß das, was da auf ihn zukam, mit Krakonhaut beschichtet war, denn er stieß ein erzürntes Schnaufen aus, paddelte mit seinen Schaufeln und brachte das ihn umgebende Wasser in starke Bewegung.

Die Barke näherte sich König Krakon von der Seite. Die Planen, welche die beiden Plattformen bedeckten, wurden abgenommen und offenbarten zwei massive, armbrustähnliche Mechanismen aus Hartholz und Krakonchitin. Die den Pfeil haltende Schnur bestand ebenfalls aus in Streifen geschnittener Krakonhaut. Zwei Arbeitsgruppen begannen nun mit Hilfe einer Winde die riesigen Armbrüste zu spannen und legten eiserne Harpunen aus menschlichem Blut in die Abschußkanäle, während die anderen viertausend Eisen- und Kupferplatten in die Glasbehälter tauchten.

König Krakon roch die drohende Gefahr. Aus welchem Grund konnten die Menschen plötzlich so mutig sein? Er schwang seine Schaufeln und setzte sich in Bewegung. Er kam bis auf dreißig Meter heran. Dann tauchte er unter. Seine Schaufeln wühlten das Wasser auf. Mit einem ohrenbetäubenden Kreischen und schnappenden Kiefern durchbrach er den Wasserspiegel.

Die Männer an den Armbrüsten waren weiß wie Meeresschaum, und ihre Finger zuckten. Sklar Hast wandte sich zu ihnen um, um den Feuerbefehl zu erteilen, aber seine Stimme brachte nur ein heiseres Krächzen hervor. Das, was ein lauter Befehl sein sollte, war nichts als ein erschrecktes Gestammel. Dennoch wurde sein Kommando nicht überhört. Die linke Armbrust wurde aktiviert; die Harpune, angebunden an ein schwarzes Seil, krachte gegen König Krakons Turmaufbau und bohrte sich hinein. König Krakon zischte.

Dann schritt auch das zweite Team zur Aktion. Auch die andere Harpune erreichte ihr Ziel. Sklar Hast eilte zu den Ruderern hinab und schrie: „Verbinden!“ Die Männer verbanden Kupfer mit Kupfer. Von den zweihundertzehn Voltzellen, von denen jede mit zehn dünnen Kathoden und zehn gleichartigen Anoden verbunden war, jagte eine Serie von siebzig Stromschlägen durch die mit Krakonhaut überzogenen und mit den Harpunen verbundenen Kabeln in König Krakons Turmaufbau hinein. König Krakon wurde steif. Seine Schaufeln standen rechtwinklig vom Körper ab. Sklar Hast lachte; die ganze aufgestaute Nervosität entlud sich in einer einzigen Explosion. „König Krakon war kaum schwieriger zu erledigen als seine kleineren Vettern.“

„Das habe ich nie bezweifelt“, sagte Roger Kelso.

Zusammen mit zwanzig weiteren Männern sprangen sie ins Wasser, näherten sich König Krakon und kletterten auf seinen im Wasser treibenden Körper. Mit Hämmern und Meißeln bearbeiteten sie die Haut seines Turmaufbaus.

Auf Apprise hatte sich eine riesige Menschenmenge versammelt.

Ein Mann, der ununterbrochen hin und her rannte, entpuppte sich als Barquan Blasdel. Er sprang in eines der bereitstehenden Boote und führte seine Leibwächter, dabei laute Befehle brüllend, gegen die Flotte der Abtrünnigen. Brandpfeile zischten durch die Luft; sieben Boote gingen in Flammen auf, und die Leibwächter sprangen ins Wasser. Die anderen suchten das Weite. Obwohl Blasdel mit sich überschlagender Stimme immer neue Angriffsbefehle ausstieß, schien niemand bereit zu sein, ihm noch zu folgen.

König Krakon trieb steif und bewegungslos in der See. Seine Augen waren weit geöffnet, seine Fühler ausgestreckt. Sein Turm, der einen Umfang von zehn Metern besaß, wurde von zweiundzwanzig Männern mit Hämmern und Meißeln bearbeitet, bis die Fuge schließlich rundum lief. Man legte Haken an und zog sie zurück. Mit einem knirschenden Ton gab die Turmhaut nach. Als sie zur Seite fiel, riß sie eine der Harpunen mit heraus. Der Kreis war unterbrochen; König Krakon erlangte noch einmal das Bewußtsein.

Einen beängstigenden Moment lang lag er stumm und zitternd da. Dann stieß er einen entsetzlichen Schrei aus, dessen Klang die auf der Plattform versammelten Menschen auf die Knie zwang.

König Krakon erhob sich aus dem Wasser, und die Männer, die seine Turmhaut abgehackt hatten, flogen nach allen Seiten davon. Lediglich dreien gelang es, nach dem Turm zu greifen und sich an seinen knorrigen Gehirnsträngen festzuklammern. Einer davon war Sklar Hast. Während König Krakon sich aufbäumte und vor Pein krümmte, hieb Sklar Hast mit seinem Eisenmesser auf die Nervenknoten ein. Erneut stieß König Krakon einen Schrei aus. Er warf sich auf die Wasserfläche. Das Wasser klatschte über seinem Turm zusammen und spülte zwei der Männer hinweg. Sklar Hast, der sich mit Händen und Füßen an den klaffenden Hautfetzen festhielt, blieb allein zurück. Das Salzwasser, das nun den enthäuteten Turm des Riesenfisches überspülte, schien König Krakon nicht gut zu bekommen, denn er machte einen Satz an die Oberfläche und bäumte sich erneut auf. Sklar Hast arbeitete mit seinem Messer weiter. Die Schaufeln, Fühler und Kinnbacken des Seeungeheuers arbeiteten ziellos hin und her. Und schließlich wurden die Kräfte König Krakons schwächer; stöhnend trieb er mit baumelnden Schaufeln durch den Ozean. Einige der abgeschüttelten Männer kehrten nun zu ihm zurück. In einer Zeremonie, die den Zuschauern ebenso erhebend wie bedrohlich erschien, zerschnitten die Männer König Krakons Nervenstränge und warfen sie ins Meer.

Leblos trieb König Krakons Körper dahin; er war nicht mehr als eine leblose Hülle. Die Männer stürzten sich ins Wasser, um sich abzuwaschen und schwammen dann zu ihrer Barke zurück. Die Flottille wandte sich Apprise zu, während Sklar Hast auf der Vorderplattform Aufstellung nahm.

„An die Waffen!" brüllte Barquan Blasdel die Leute an. „Nehmt Knüppel, Meißel, Hämmer, Messer und Paddel! Erschlagt die Lumpen!"

Sklar Hast rief den Leuten zu: „König Krakon ist tot. Was sagt ihr dazu?"

Auf seine Worte folgte zunächst Schweigen, dann brach leiser Jubel aus, der immer lauter wurde und schließlich in eine ausgelassene Stimmung einmündete.

Sklar Hast deutete mit dem Zeigefinger auf Barquan Blasdel. „Dieser Mann muß sterben. Er hat die Leibwächter organisiert und Henry Bastaff ermordet. Er hat eure Nahrung dazu verwendet, ein Seeungeheuer zu füttern. Und er hätte so weitergemacht, bis König Krakon größer geworden wäre als eure gesamte Plattform."

„Macht die Waffen klar!" rief Barquan Blasdel seinen Leibwächtern zu. „Tötet jeden, der uns angreift!"

Sklar Hast rief zu den Leibwächtern hinüber: „Legt die Waffen nieder! Ihr seid am Ende. König Krakon ist tot. Ihr seid nichts anderes mehr als Leibwächter eines toten Seeungeheuers."

Barquan Blasdel schaute sich rasch um. Seine Leibwächter, die den Plattformbewohnern hoffnungslos unterlegen waren, machten keine Anstalten zu kämpfen. Barquan Blasdel lachte heiser und wollte verschwinden. „Bleib stehen!" rief Morse Swin, der Schiedsmann von Apprise. „Kehr um, Barquan Blasdel! Du wirst dich vor einer Versammlung zu verantworten haben!"

„Niemals! Das werde ich nicht!" Barquan Blasdel versuchte sich einen Weg durch die Menge zu bahnen, und das war sein Fehler, weil dies unter den Menschen den Impuls auslöste, ihn festzuhalten. Als man ihn packte, setzte er sich zur Wehr und versuchte die Gegenrichtung einzuschlagen, was dazu führte, daß man nun von allen Seiten an ihm zerrte und ihn buchstäblich in Stücke riß. Nun wandte sich die Menge den Leibwächtern zu, von denen jeder, dem es nicht gelang, rechtzeitig mit einem Boot zu fliehen, das gleiche Schicksal zu erleiden hatte. Jene, die mit ihren Booten flohen, wurden von den Galeeren verfolgt und zusammengetrieben, woraufhin sie sich ergaben.

„Kommt an Land, Männer von Neuheim!“ rief jemand auf Apprise. „Liefert uns die Leibwächter aus, damit wir mit ihnen ebenso verfahren wie mit ihren Kumpanen!“

Eine andere Stimme rief: „Kommt und begrüßt eure alten Freunde, die lange genug darüber getrauert haben, daß ihr so weit weg von uns wart!“

Und wieder ein anderer schrie: „Heute nacht wird der Arrak fließen! Kommt zu uns und trinkt mit uns! Wir werden heute nacht die gelben Lampen anzünden, Flöte spielen und tanzen! Tanzt mit uns im gelben Licht der Lampen!“

Sklar Hast dachte einen Augenblick nach und erwiderte dann: „Wir kommen an Land und liefern euch die Gefangenen aus. Aber laßt uns kein Blut mehr vergießen! Laßt jene, die Verbrechen begangen haben, sich vor der Versammlung äußern, damit sie nach unseren alten Traditionen abgeurteilt werden. Seid ihr damit einverstanden? Sonst müssen wir nach Neuheim zurückkehren!“

Morse Swin rief aus: „Damit sind wir in allen Einzelheiten einverstanden! Genug Blut ist vergossen worden; wir haben davon jetzt genug!“

„Dann kommen wir an Land und feiern mit euch!“

Und die schwarzen Schiffe wurden bei Apprise vertäut. Die Männer gingen an Land, um alte Freunde, Zunftbrüder und Verwandte zu begrüßen.

Der Kadaver von König Krakon trieb auf dem Ozean dahin; er war nicht mehr als ein zerfetzter Fleischberg. Die Sonne ging unter, und die Signaltürme verbreiteten in gebührendem Ernst von Tranque im Osten bis nach Almack und Sciona im fernen Westen die Neuigkeit von seinem Tod. Fürbitter starrten betrübt in das Wasser. Leibwächter entledigten sich ihrer Uniformen und mischten sich schüchtern unter diejenigen, die sie noch vor kurzem mit herablassender Arroganz behandelt hatten. Sie wurden verspottet und verlacht, aber niemand tat ihnen etwas zuleide, dazu war die Stimmung der Menschen zu gut. Vor jeder Hütte flammten die gelben Lampen auf; der älteste Arrak und die schmackhaftesten Weine wurden aufgetischt, und alte Freunde prosteten einander zu. Im Schein der weißen Sterne tanzten und sangen die Menschen durch die Nacht, Menschen, die von nun an weder König Krakon noch einem anderen seiner Art mehr dienen wollten.

Nachwort

„‚Wenn das, was Sie da sagen, wahr ist', bemerkte Magnus Ridolph mild, ‚so bin ich wohl in den allgemeinen Fehler verfallen, Kreaturen, die von ganz anderer Wesensart sind als ich, meine eigene Haltung aufzwingen zu wollen.'

‚Ich sehe auch diese sadistischen Geschäftemacher nicht gern, die sich an diesen Kriegen bereichern wollen', sagte Clark voll Nachdruck, ‚aber was kann ich da schon tun? Die Touristen sind ja auch nicht besser, diese morbiden Schakale, die sich am Anblick des Todes weiden . . .'"

Diese Sätze stammen aus der Story „Die Kokod-Krieger" („The Kokod Warriors") von Jack Vance. Ein zweites Zitat, dieses Mal aus der Vance-Story „Die Mondmotte" („The Moon Moth"):

„‚Welches sind seine Untaten?' sang der Waldschrat. ‚Er hat gemordet und betrogen, er hat Schiffe zerstört, er hat gefoltert, erpreßt, geraubt und Kinder in die Sklaverei verkauft. Er hat . . .'

Der Waldkobold gebot Einhalt. ‚Deine religiösen Differenzen sind unwichtig. Wir können aber deine jetzigen Verbrechen beschwören.'

Der Stallknecht trat vor. Wild sang er: ‚Diese freche Mondmotte versuchte vor neun Tagen, mein bestes Reittier zu stehlen.'

Ein anderer Mann drängte sich durch. Er trug einen Universal-Experten und sang: ‚Ich bin ein Maskenmachermeister. Ich erkenne diesen Außenweltler, die Mondmotte. Erst kürzlich kam er in meinen Laden und zweifelte an meiner Meisterschaft. Er verdient den Tod!'"

In diesen beiden Zitaten steckt der halbe Jack Vance. Er liebt es, Kulturen mit starren, ritualisierten Normen zu schildern und zeigt Konfrontationen mit Außenseitern auf, die diese Normen nicht verinnerlicht haben. In der Kurzgeschichte „Die Kokod-Krieger" handelt es sich um Außerirdische, deren Lebensinhalt darin besteht, sich in sinnlosen Stammesfehden – nach Art mittelalterlicher Burgbelagerung – zu zerfleischen. Das ist nach Auffassung jedes friedliebenden Menschen pervers. Aber Vance verteidigt die Lebensweise dieser Außerirdischen, die sich nicht nach menschlichen Wertvorstellungen beurteilen läßt, gegen Einflußnahme von außen. Pervers für Vance ist hingegen, daß es Menschen gibt, die diese Kriege als aufregendes Spektakel genießen und auf deren Ausgang Wetten abschließen.

Ähnlich die Kurzgeschichte „Die Mondmotte". Wie das Zitat zeigt, wischen die Bewohner des Planeten Sirene die schwerwiegenden Anklagen gegen einen Verbrecher aus einer ihnen fremden Welt kurzerhand als „religiöse Differenzen" vom Tisch. Angeklagt und verurteilt wird der Verbrecher jedoch wegen einiger Delikte, die nach menschlichem Empfinden Bagatellen sind und ohne böse Absichten begangen wurden. Sie jedoch sind todeswürdige Verbrechen nach den Normen der sirenischen Kultur. (Wobei der Witz der Story darin besteht, daß diese „Verbrechen" gar nicht von dem Kriminellen, sondern von dessem Verfolger begangen wurden und der Kriminelle also für etwas bestraft wird, das er gar nicht verbrochen hat; er stahl nämlich seinem Verfolger die Maske – die jedermann auf Sirene zu tragen hat – und glaubte damit seine Identität zu ändern und den anderen dem Verderben preiszugeben.)*

Grundzüge dieser typischen Jack-Vance-Konstellationen finden sich auch in *The Blue World (Der azurne Planet)* – mit kleinen, aber bedeutsamen Unterschieden. Hier wird nicht die Kultur von fremden Wesen dargestellt, sondern von Nachfahren irdischer Flüchtlinge, und der Außenseiter, an dem sich diese Zivilisation reibt, ist kein Außenweltler, sondern ein aus ihr hervorgegangener Rebell. So geschieht denn auch etwas, das für Jack Vance eher ungewöhnlich ist: Der Rebell ist stark genug, die starre Gesellschaft zu erschüttern, die parasitären Fürbitter – die in Wirklichkeit das Volk nicht schützen, sondern betrügen – zu entmachten, indem er das Seeungeheuer König Krakon, auf dem ihre Macht beruht, tötet.

Ansonsten jedoch findet sich auch in diesem Roman, den man wohl zu den drei oder vier besten Romanen des Autors rechnen kann, all das, was Jack Vance auszeichnet: Exotik, eine ungewöhnliche Kultur

*) Die beiden erwähnten Kurzgeschichten sind in dem Band *Die besten SF-Stories von Jack Vance,* erschienen als Moewig-Hardcoverausgabe, enthalten.

– Menschen, die auf den Blättern von gigantischen Wasserpflanzen auf einem uferlosen Wasserplaneten leben und einander von Signaltürmen aus benachrichtigen, wo sich ihr gefräßiger Feind und Gott gerade aufhält! – und liebevoll ausgedachte Details, die bis zu den ungewöhnlichen Berufsbezeichnungen (die aber ihre tiefere Begründung haben) reichen.

Eine Anmerkung übrigens für Leser, die die stark gekürzte erste deutsche Übersetzung dieses Romans oder das Original kennen: Wir haben aus „King Kragen" König Krakon gemacht, weil im Deutschen „Kragen" nun einmal mit gänzlich anderer Bedeutung besetzt ist. Dies dürfte auch deshalb legitim sein, weil Jack Vance sich offenbar an dem *Kraken* der griechischen Mythologie (der wiederum dem Tintenfisch zu seinem Namen verhalf) orientierte.

Jack Vance wurde 1916 in San Francisco unter dem Namen John Holbrook Vance geboren, studierte in Kalifornien und fuhr im zweiten Weltkrieg lange Jahre als Matrose auf Schiffen der US-Handelsmarine. Nach dem Kriege nahm er eine lange Reihe von Jobs an (vom Obstpflücker bis zum Jazz-Trompeter), bevor er sich als Autor von Science Fiction und Krimis etablieren konnte. Neben dem vorliegenden Werk waren es besonders Romane wie *The Big Planet (Planet der Ausgestoßenen), To Live Forever (Start ins Unendliche)* und in jüngerer Zeit *Maske: Thaery (Maske: Thaery)*, die neben Romanzyklen wie *Star King, Durdane* oder *Alastor Cluster* dafür sorgten, daß der Name Vance in der Science Fiction zu einem Markenzeichen wurde, das für ungemein farbiges, exotisches Abenteuer – häufig im Grenzbereich von Sience Fiction und Fantasy angesiedelt – steht. Jack Vance wurde zweimal mit dem *Hugo* und einmal mit dem *Nebula* ausgezeichnet.

Hans Joachim Alpers